ソロキャン！　2

秋川滝美

朝日文庫

本書は書き下ろしです。

Solo Camping! 2

CONTENTS

ソロキャン！　2

静かに夜が更《ふ》けていく。

九月は、夏と秋のせめぎ合いだ。焚《た》き火が汗を噴き出させる日とぬくもりの心地よさを連れてくる日が交互にやってくる。

ふと四季にはそれぞれ化身《けしん》がいるのかもしれない、なんてことを思う。

年々居座り具合が強くなって、どうかすると彼岸《ひがん》あたりまで暑さを持続させようとする夏を静かに追いやる秋。夏の討伐に時間がかかりすぎて、後ろに控える冬にもうちょっとだけ待ってくれーと懇願する秋……そんな化身たちのやりとりを想像して、笑みを浮かべてしまう。

緩んだ口元にシェラカップを近づけると、カラン……という音が耳に入る。酒の中で氷が崩れる音はいつ聞いても心地よい。

水でもジュースでも同じような音だと言われるかもしれないが、やはり酒は別格。とりわけウイスキーの中で氷が立てる音の素晴らしさは、ほかの飲み物との差違をしっかり調べて論文にでもしてくれ！と哀願したくなるほどだ。

薄々はただの思い込み、シングルモルトに心酔するあまりのことだとわかっていても、どこかに科学的根拠があるような気がしてならない。

氷の音を楽しんだあと、シェラカップから立ち上《のぼ》る芳香ごと酒を一口含む。昼間の暑さが去りきらない中、氷を浮かべた酒が口の中の熱を冷ましていく。

ほかにも素敵な香りを持つ酒はあるけれど、ウイスキーほどキャンプの夜に似合うものはない。特に濃さ、すなわちアルコール摂取量を自由に加減できる水割りは素晴らしい。体調に合わせて楽しめて耳、鼻、口のすべてを癒《いや》してくれる――それがウイスキーの水割りなのだ。

洋梨のような香りとほのかな甘み、酒で冷やされた口の中が徐々に体温を取り戻す過程を楽しんだあと、小さなテーブルにシェラカップを戻す。

もう少し吞《の》みたいけれど、その前に火の世話をしなければならない。文字どおりウイスキーに酔いしれているうちに炎が大きくなりすぎてしまった。

それにしても、炎というのはどうしてこうもこちらの心情に寄り添ってくれるのか。

気持ちがすさんで、なんとかして落ち着きたいと思うときほど手がかからない。あっという間に燃え上がり、橙色《だいだいいろ》の灯《あか》りを静かに放ち続けてくれる。反面、気持ちにゆとりがあるときは、なかなか火がつかない。何度つけても消えてしまい、安定して燃えてくれない。あり得ないとわかっていながら、こちらに『火を熾す』という作業自体を楽しむゆとりがあると知っているのかも……と思ってしまう。

　今日の炎はいつも以上に『わかってくれている』やつらしい。ひどく雑に薪《まき》を組み上げたにもかかわらず簡単に着火し、その後も穏やかな炎を保ち続けていた。

　それなのに、今、炎は『さあこっちを見ろ、世話を焼け』と言わんばかりに猛《たけ》っている。まるで、ウイスキーの芳香と軽い酔いで心のゆとりを取り戻し、たわいもない想像までできるようになったことを察しているようだ。

　親兄弟でも、長年の友でもここまで寄り添ってはくれない。これだから焚き火はやめられないのだ。

　とはいえ、これからつまみを焼くつもりだったのに、これではあっという間に黒焦げになってしまう。炭の香りはウイスキーによく合うけれど『過ぎたるはなお及ばざるが如《ごと》し』、そろそろ炎の相手をしてやろう。

　手っ取り早いのはよく燃えている薪を抜いてしまうことだが、抜いた薪のやり場に困る。火消し壺《つぼ》に収まるサイズではないし、直火《じかび》が禁止されているキャンプ場で燃えている薪を地面に放置できるはずもない。

　やむなく組み上げた薪を崩して、空気の通り道を塞《ふさ》ぐ。すべて塞ぐと火が消えてしまうし、塞ぎ足りないと火が弱まらない。ちょっと難しい作業なのだが、昨日今日キャンプを始めたわけではない。長年の経験で匙《さじ》加減は身についていた。

荒ぶっていた炎が肩をすぼめるように鎮《しず》まっていく。どうやらうまくいったようだ。

よしよし、と頷《うなず》きつつ、焼き網にスキレットを載せる。

本日のつまみは『ベーカマ』。カマンベールチーズをベーコンに包んで焼くだけの簡単な料理だが、ウイスキーはもちろんどんな酒にも合うと巷《ちまた》で評判だ。

普段はハーフカットのベーコンを使っているが、『ベーカマ』にはロングサイズのベーコンが必要になる。あいにくいつも行っているスーパーでは売り切れになっていたため、わざわざ遠くのスーパーまで足を運び、昨夜のうちに準備してきた。何重にも包み込んだので、中のチーズが溶けるまでに少し時間がかかるけれど、ゆっくり火を通せば一番外側のカリカリのベーコン、その下の柔らかいベーコン、熱々のチーズ、そしてそれぞれの組み合わせ、と様々な味わいを楽しむことができるはずだ。

残ったベーコンと別に持ってきたスライスチーズ、実家で余っていたパックのお餅ももらってきたから、朝ごはん用に餅チーズベーコンを作ることもできる。餅チーズベーコンなんてダイエットの敵そのものだが、キャンプのときは気にしない。テントを張ったり畳んだりは大変な作業だし、料理にだって普段よりずっとカロリーを消費した『はず』だから……

スキレットが温まったのを確かめて、ベーコンに包まれたカマンベールチーズを入れる。ジュッという軽い音、そして加工肉が焼ける独特の香りが広がる。

蓋《ふた》をすれば早く出来上がるけれど、蒸し焼きみたいになってしまう。それに蓋をして食材が見えなくなるのはちょっとつまらない。待つ時間もご馳走《ちそう》の一部と自分に言い聞かせつつ、こまめにひっくり返す。ベーコンの端が、焦げ茶色に染まった。トングで押したときのチーズの固い感触がなくなったのを確かめ、黒胡椒《くろこしょう》を振りかければ『ベーカマ』の完成だった。

表面にナイフを入れる。愛用のペティナイフは本日も抜群の切れ味で難なくベーコンを分断してくれる。切った端からチーズが流れ出す。溶けたカマンベールチーズが熱されたスキレットの上で細かい泡を立てる。

しばしぼんやり見つめたあと、のんびりしてる場合じゃない、とスプーンですくい上げ口に運ぶ。

火傷《やけど》しそうな熱、軽い塩気とミルキーな味わい。シェラカップを持ち上げグビリとやる。チーズと酒のマリアージュに頬が緩む。さらに剝《は》ぎ取ったベーコンをもぐもぐ。そしてまたウイスキー……

夏と秋がせめぎ合う夜が静かに更けていく。もうなにも言うことはない。パラダイスの出来上がりだった。

2 Solo Camping!

第一話

母の心配

九月のとある土曜日、榊原千晶《さかきばらちあき》は自宅から一番近いキャンプ場で、焚《た》き火グリルの前に座っていた。

焼き網の上の厚揚げはほどよく焦がされて食べ頃、これに大根おろしを載せて醤油《しょうゆ》をかければ、絶好のつまみになるだろう。

近頃は、チューブ入りの大根おろしが売られている。生の大根を摺《す》り下ろしたほうが美味《おい》しいだろうな、と思いつつも、興味本位で買ってみたところ案外悪くない。

キャンプで大根おろしまで作るのは面倒すぎる、薬味としてほんの少し使うのであればこれで十分という結論に達し、今回も持参したのである。

厚揚げの表面には、熱で染み出してきた油が躍っている。早く食べろと言わんばかりの厚揚げをぼんやり見ながら、千晶は昨日訪れた実家での母との会話を思い出していた。

千晶は現在三十歳、総合スーパー『ＩＴＳＵＫＩ』を軸とするグループ会社『五木ホールディングス』の商品開発部に勤めている。同級生たちが大台、大台と騒ぐ中、二十代が三十代になったところでなにが変わるわけでもない、と達観している。

普段は実家から車で十分ほどの距離にあるアパートでひとりで暮らしているのだが、昨日は退社後に借りたいものがあったし、休日前の夜ならゆっくりできるだろうと考えて実家に向かった。

ところが、千晶がクーラーボックスを借りたいと言ったとたん母は眉根を寄せた。それどころか、大きなため息まで吐《つ》いたのである。

「またひとり？」

「そうだよ」

「……誰かと一緒に行くわけにはいかないの？」

「そんなこと言われても……」

千晶がキャンプを始めたのは小学生のときで、そのまま大学までさんざんキャンプに出かけていた。大学後半に入って勉強が忙しくなったことで、アウトドア活動とは縁を切った状態だったが、今年の春にキャンプを再開することを決意した。

後輩に譲るなどしてすっかり手放していたキャンプ用品をひとつひとつ買い揃えたり、職場の上司からテントをもらったり、となかなか準備が大変だったが、それでもなんとか夏までにはキャンプを楽しめるようになった。今では、暇と予算が許す限り、キャンプ三昧の日々だが、自分の都合次第で出かけられるソロキャンプの流行には感謝しかなかった。

家族連れやグループ客で賑《にぎ》やかになりすぎる夏が終わり、ようやくソロキャンパーがベストシーズンとする秋がやってこようとしている。昨日、起きてみたら空は晴れ渡り、遥《はる》か彼方《かなた》に目を凝《こ》らしても雲ひとつ見つからない。ここしばらく雨も降っていないから、地面はほどよく乾いていてテントも張りやすそうに思えた。

この週末は絶好のキャンプ日和《びより》、と意気込んでクーラーボックスを借りに行ったところに母のこの反応……ため息を吐きたいのは千晶のほうだった。

無言で見つめ合う母と千晶を見て、取りなすように父が言う。

「千晶、そんな顔をするなよ。母さんは心配なんだよ」

「心配って……」

「ちょっと前に、ネットで女性のキャンパーについてのニュース記事を読んだらしくてね。女性ひとりだとわかると、テントを荒らされたり悪戯《いたずら》されたりするそうじゃないか。親なら心配になるよ」

「そんなのごく一部だよ。珍しいからニュースになるんでしょ」

「その『ごく一部』に千晶が入っちゃわないとは限らないでしょ？」

母が憤然と言う。

言いたいことはわかるし、心配もありがたいけれど、そもそもストレスを発散させるためにキャンプを再開したのである。キャンプに行くために誰かと予定を合わせたり、行った先でも相手に気を遣い続けたり、なんてまっぴらだ。

昨今のキャンプブームで当日予約は難しくなっているけれど、それでもひとりならなんとかなることもある。空きを見つけても、同行者と連絡を取っているうちに埋まってしまったなんて憂き目に遭わずに済むのがソロキャンプの強みでもある。天気や気分を見定めて空きがあったら出かける、というのが千晶の理想だった。

「ひとりで行くことに意味があるんだよ。それに、そんなに心配しなくてもキャンプ場だってちゃんと選んでる」

キャンプは不便を楽しむもの、という概念があるが、千晶は別にできる限り道具は使わないのがモットーというわけではない。『真のブッシュクラフター』を目指しているわけではない。便利そうな道具があれば使うし、ホームセンターで薪《まき》や炭も買う。なんでもかんでも現地調達、川から水を汲《く》み、テントすら用意せずにそこらに落ちている棒とタープでテントを作って、なんて考えてもいないのだ。

とにかく焚き火が見たい。人間と動物を分けるのは、火を使えるかどうかだと聞いたことがある。太古から人間を人間たらしめてきた炎の揺らめきに癒《いや》されたい。その一心でキャンプに出かけているのだから、ほかはどうでもいい。

今では珍しくなった『直火《じかび》が許されている』キャンプ場目当てであれば、辺鄙《へんぴ》な山奥にでも出かけていくが、そうでなければ設備優先、最低限の条件は管理人が常駐していることだ。なにかがあったときに駆けつけてくれる管理人がいる。それだけで、母の心配はなくなるはずだ。

ところがそんな千晶の意見に、母はやはり首を左右に振った。

「管理人がずっとすぐ近くにいてくれるわけじゃないし、そもそもちゃんとした人かどうかわからないじゃない。女性ひとりだとわかってテントに押し込んでくるとか……」

「ありえないでしょ！」

母の言葉を聞いたとたん頭に浮かんだのは、先々月訪れた直火可のキャンプ場の管理人だ。あそこは水道やトイレは整えられていたし、山奥で電波状態が完璧とは言いがたいのに、ソロキャンプ用のテントサイトでだけはなんの問題もなくスマホが使えた。キャンプ場のホームページにはやはり、困ったときにいつでも助けが呼べるようにソロキャンプ用のサイトは電波状態のいい場所に設けているとあった。

管理が大変な直火を許してくれるだけではなく、学校に居場所がない姪《めい》を預かってキャンプの楽しさを教えている。キャンプ場の管理を手伝わせることで責任感を育て、自信を持たせているのだろう。

帰宅してからホームページを見て『鳩山宏《はとやまひろし》』というのが管理人の名だと知った。『名は体を表す』と言うけれど、確かに平和の象徴とされる鳩みたいに穏やかで優しそう、それでいてなにかあったら伝書鳩なみの速さで駆けつけてくれそうな気がした。

彼だけではなく、キャンプを再開してから使ったキャンプ場の管理人はみんな親切だった。女性ひとりだと知ってよこしまなことを考えるどころか、困っていることはないか、足りないものはないかと声をかけてくれる。

先日行ったキャンプ場の管理人だってものすごく気配りのある人だった。テントサイトひとつ取っても、暗い中を歩くのは不安だろうから、とトイレや水場とほどよい距離の区画を優先的に割り振ってくれている気配すらあった。千晶の憶測に過ぎないかもしれないけれど、先に着いていた常連らしきキャンパーに「いつもと違う区画なんだね」と言われたのに対し、「ごめん、レディファースト」なんて言葉を返していたのを耳にしたから、あながち間違ってもいないだろう。

それほど親切な管理人たちに『テントに押し込んでくる』なんて疑いをかけられて、黙っていられるわけがなかった。

「変なこと言わないでよね！　はっきり言って、キャンプ場の管理人なんて儲《もう》かる仕事じゃないんだよ。そりゃあ中には不心得な人もいるかもしれないけど、大抵は純粋にキャンプが好きだから、キャンプが好きな人に楽しんでほしいから、大変な思いをして運営してくれてるの。そういう人たちを悪く言わないで！」

「ごめん……」

気色《けしき》ばむ娘に驚いたのか、母はすぐに謝ってくれた。

だがやはり心配な気持ちは去らないらしく、千晶が足下に置いていた大型クーラーボックスを横目に言う。

「そのクーラーボックスなら、二人でも三人でも大丈夫なはず。いっそ大学時代のサークル仲間でも誘ったら？」

かつての仲間ならそれほど気を遣うこともない。みんなが技量に長《た》けていれば、それぞれが勝手にキャンプを楽しめるはずだ、という発言にいたって、千晶は呆《あき》れ果ててしまった。

「十年も連絡を取ってなかった友だちを、いきなり『キャンプに行こう！』って誘うの？　そんなことできるわけないじゃない。それに、昔の連絡先が今も変わってないかどうかわからないし」

「連絡は取ってないの？」

「取ってません！　仕事が忙しくてそれどころじゃなかったよ」

「年賀状とか……」

「出してないし、みんなからもこない。今時年賀状をやり取りしてるのって、お母さんたちから上の世代でしょ。とにかく、昔のキャンプ仲間で今も連絡が取れる人はいない。

いたとしても誘わない。私は、ひとりで自分だけの焚き火を堪能したいの！」

そして千晶は玄関に向かった。

本当はもっとゆっくり、なんなら夕食も食べて帰るつもりだったのに、そそくさと実家をあとにすることになってしまった。母の心配もわかるだけに、それ以上言い合うのがいやだったのだ。

後味の悪さは、一日過ぎた今なお残っている。きっとクーラーボックスを返しに行くときも、母はまた不安そうな顔を見せるのだろう。

深いため息とともに、厚揚げを皿に取る。考え事をしている間に、厚揚げはさらにこんがりと焼け、表面はぱりぱりだ。ものすごく美味しそうではあるが、これでは醬油をかけてもはじきかねない。やはり醬油は大根おろしに染みさせて、まとめて口に運ぶほうがいいだろう。

ここぞとばかりチューブから大根おろしをしぼり出す。使いかけで空気が入っていたせいか、途中で『プピッ』という音がした。

なんとも間抜けな音に少しだけ笑い、また真顔になって大根おろしに醬油をかける。

真っ白な大根おろしが瞬《また》く間に醬油色に染まっていく。大根おろしに醬油をかけるのは、かき氷にシロップをかけるのと似ているな、などと考えながら厚揚げを頰張り、すかさず缶酎ハイを流し込む。

大根おろしとレモンの相性はぴったり。レモン味の酎ハイを選んだ自分を褒め称《たた》えつつ、静寂を楽しむ。

どこかから虫の音が聞こえてくる。この静けさに人の声がまじらぬ価値が、母には理解できないのだろうか……

――ソロキャンプはけっこうなブームだけど、女性はみんなこんな思いをしてるのかなあ……それがいやでキャンプをやめちゃう人がいるとしたら残念すぎる。キャンプ、とりわけソロキャンプの魅力は朝までだって語り続けられる。

コミュニケーションの重要性が説かれる昨今、千晶は他人と良好な関係を維持しなければと思うあまり、少々疲れ気味だ。そんな千晶にとって、自然の中で誰にも気を遣わずに過ごせる時間はかけがえのないものだ。千晶だけではなく、そんなふうに感じている人はたくさんいるに違いない。

みんな、頑張ろうね！という思いを込めて、千晶は空になった酎ハイの缶を潰した。


月曜日、満員電車に揺られて出勤した千晶は、またしても『ソロキャンプ』がらみのうんざりする出来事に遭遇することになった。

オフィスのドアを開けるなり、千晶が教育係を務めていた後輩、『愛されキャラ』で名高い野々村花恵《ののむらはなえ》が駆け寄ってきたのだ。

けっこうな勢いだったから、なにか失敗したのかと心配になった。大事な試作品を電車の中に置き忘れたり、間違えて冷蔵庫の電源プラグを抜いてしまったり、といった大失敗のあとは比較的落ち着いた仕事ぶりだったが、それだけに慢心がミスを呼ぶ可能性は高いと思っていたのだ。

「どうしたの？　なにかまずいことでも……」

とりあえず落ち着いて、と宥《なだ》めつつ聞いてみると、花恵は意外な質問をしてきた。

「榊原さん、キャンプをやってらっしゃるんですよね⁉」

「え……ああ、キャンプね。やってるよ。この週末も行ってきたばっかり」

「お願いします！　私にキャンプのやり方を教えてください！　私、ソロキャンプができるようになりたいんです！」

「え……」

『二の句が継げない』とはこのことだった。

なにせ花恵は、夏に千晶がキャンプ、しかもソロキャンプに行っていると知ったとき、信じられないものを見る目で「危ないじゃないですか！」と言い放った。なにもかもひとりでやらなければならない上に、おしゃべりする相手もいないソロキャンプのどこが楽しいのだ、と言っていたのである。

その花恵がキャンプを教えてほしい、ソロキャンプができるようになりたい、と言う。いったいどういう風の吹き回しだろう、と千晶は首を傾《かし》げてしまった。

花恵は勢い込んで続ける。

「ソロキャンプってかっこいいですよね！　今は男女平等の時代です。これからは女性だってひとりでなんでもできなきゃいけないし、なにより静かな山奥の夜、焚き火だけを相手にお酒を呑《の》んだり本を読んだり……素敵すぎます！」

「素敵……ねえ……」

もちろん焚き火は素敵だ。千晶がキャンプをする目的は焚き火に尽きると言っても過言ではない。けれどそれに至る大変さを花恵はわかっているのだろうか。

『なんでもひとりでできる』の中には、キャンプ場までひとりで辿《たど》り着き、荷物をテントサイトまで運び、テントや雨よけシート——タープを張る……といった様々なタスクをこなさなければならない。

それらをすべて終わらせ、さて焚き火……となったとしても、薪や炭を焚き火台に相応《ふさわ》しい量、相応しい大きさで組み上げて、火をつけなければならない。着火自体はライターやマッチを使えるけれど、火が安定するまでは気が抜けない。ついたと思って慌てて薪を足したら空気の通り道を塞《ふさ》いでしまってあっという間に消えてしまった、なんてよくあることだ。

つけたはずの火が消えてしまったときの喪失感は、まったくつかないときよりも大きい。なにもかも放り出してふて寝したくなるほどなのだ。

それらを全部乗り越えなければ、『焚き火呑みの夜』は得られない。それが花恵にできるだろうか。そもそもなぜ彼女は急にキャンプに興味を示すようになったのだろう。なにからなにまで『解《げ》せん！』の一語に尽きた。

「課長に聞きました。榊原さんってキャンプ歴がずいぶん長いんでしょう？　小学生のころからやってて、大学でもアウトドアサークルに入ってたそうですね！」

思わず課長席に目をやった。

鷹野瑞樹《たかのみずき》は四十代半ば、商品開発部デリカ食品課の課長を務め、極めて温厚かつ優秀な上司である。商品開発についてまったく知らなかった千晶にあれこれ教えてくれたし、新商品のアイデアを出すたびに感想やアドバイスをくれた。おまけに彼の妻の里咲《りさ》は、千晶が最初に配属になった店舗で売場主任を務めていたため、話をすることも多かった。キャンプを再開した際、予算不足に悩んでいた千晶は鷹野家からテントを譲ってもらったが、それも里咲の発案だったそうだ。入社以来ずっと世話になりっぱなしで足を向けて寝られない、それが鷹野夫婦なのである。

千晶の視線を受け、鷹野が気まずそうに目を逸《そ》らした。

どうやら花恵は千晶が出社してくる前に、鷹野ともキャンプ談義をしたらしい。その際彼は、千晶が小学生時代からの熟練キャンパーであることを告げてしまったようだ。

あんなに気まずそうにしているのは、千晶が花恵を少々面倒くさいと思っていることを見抜いているからだろう。

「子どものころからやってたけど、ブランクもずいぶんあったし……」

「ブランクなんて！　水泳と一緒でしょ？　一度覚えたことはそう簡単に忘れませんよ。それにここ最近ずいぶん頻繁にキャンプに出かけてるみたいじゃないですか。昔取った杵柄《きねづか》は磨き上がってますよ」

「磨き上がって……」

課長席で鷹野が噴き出した。もともと笑い上戸《じょうご》の彼は、一度笑いだしたらなかなか収まらない。しばらく笑っていたあと、非難がましい目で見ている千晶に気付き、彼は咳《せき》払《ばら》いをして言った。

「すまん。なんかツボに入った」

「課長の笑い上戸は今に始まったことじゃありません。でも、個人情報を簡単に開示されては困ります」

「それもすまん……」

「それに熟練度で言ったら課長のほうが上ですよね？　鷹野主任が、娘のキャンプの手ほどきは夫任せだったって言ってましたし、指導力も十分じゃないですか」

「いやいや、小学生相手に六年近く指導していた榊原さんには敵《かな》わないよ。それに野々村さんは一緒にキャンプに行って手ほどきしてほしいそうだ。俺が野々村さんを連れてキャンプに行った日には、どんな噂《うわさ》が立つやら……」

「それはありそう……」

会社の部下と上司だとか、キャンプの指導だとか言ったところで信じない人は信じない。よからぬ噂を撒《ま》き散らされて、どちらも大ダメージを受ける未来しか見えなかった。

「な？　野々村さんがキャンプを覚えたいって言うなら、指導はやっぱり榊原さんが適任だよ。なんと言っても『教育係』だったんだし」

「仕事とプライベートを一緒にしないでください！」

「まあそう言うなよ。キャンプ愛好者としては同好の士がひとりでも増えてほしいじゃないか」

「確かに……」

いくら千晶が花恵を苦手だと思っていても、キャンプ愛好者が増えるのは悪いことではない。

売れるものを作るというのは商売の王道だから、キャンプ人口が多ければ多いほどギアの開発にだって力が入るし、価格だって下がるかもしれない。ただでさえ、グループキャンプなら誰かが持っていればよかったギアも、ソロキャンプの流行でなにもかもを個人で持つ必要が出てきた。昨今のキャンプ用品市場の活況はそういった側面もあると思う。全体の利益という意味で、キャンパーが増えるのは望ましいことだった。

「とにかく野々村さんはキャンプに行きたいそうだ。一緒に行って教えてあげたら？」

「教えるって言っても……どこまで？」

「それは野々村さん次第だけど……」

「私、ソロキャンプができるようになりたいんです」

「え……」

花恵の返事に、鷹野が言葉を失った。ろくにキャンプ経験がない人間の場合、ソロキャンプができるようになるのには相当時間がかかる。それに付き合わせるのはさすがに千晶の負担が大きすぎる、と鷹野も思ったのだろう。

キャンプの手ほどきは得意と言えば得意だ。経験だってある。むしろ、千晶のキャンプ歴の大半はキャンプ指導に費やされてきたのだから、テント張りでも火熾《おこ》しでも何でもござれ、なんならロープワークや救急法、キャンプファイヤーで子どもを楽しませる手遊びや歌もお手の物だ。問題は、千晶が花恵に教える気がないということだった。

鷹野は探るような目で花恵に訊《たず》ねた。

「野々村さんは今まで何度ぐらいキャンプに行ったことがあるの？」

「けっこう行ってますよ」

「あ、そうなんだ。それはよかった。な、榊原さん？」

「経験があるならまあ……」

基礎があるならソロキャンプへの道はかなり近い。今まで誰かと分担していた作業をすべて自分でやる覚悟さえ持てればなんとかなる。

千晶と鷹野が安堵《あんど》しかけたそのとき、花恵が驚愕《きょうがく》の発言をした。

「小学校三年のときの校外学習でデイキャンプを一回、五年生のときにも友だちの家族と一緒にキャンプに連れていってもらいました。すごく立派な山小屋……バンガローって言うんですか？　そこの屋根裏部屋に泊まらせてもらって大騒ぎしました」

「デイキャンプとバンガロー……ってことは？」

恐る恐る鷹野を見ると、彼は天を仰いでいた。

「テント泊経験、ゼロだな……」

「野々村さん、火を熾したことは？」

「ありませんよ。あ、でも校外学習のときにカレーを作ったことはあります。ちょっと焦がしちゃいましたけど」

校外学習ならば何人かの分をまとめて作ったはずだ。水も具材もたっぷり入っている鍋を焦がすのはかなり難しい。焦がさないようにあらかじめ少し多めに水を入れるように指示されることも多いから、むしろしゃばしゃばのカレーになりがちだ。ルーを入れる前は焦げるはずがないし、入れたあとで焦げたとしたら、よほど長い間、鍋から目を離していた、もしくはおしゃべりに夢中になって、火加減を見ていなかったことになる。いずれにしても、テント泊経験ゼロ、火の番もろくにできないのは不安材料でしかない。とりわけソロキャンパーとしては絶望的だった。

「それでよくキャンプに行こうなんて考えたわね……なんでまた?」

これまでの発言や経験から考えて、彼女はアウトドアとは無縁の生活を送るタイプに思える。なぜ急にソロキャンプに興味を示したのか、謎でしかない。理由を訊ねた千晶に返されたのは、これまた呆《あき》れ果てる答えだった。

「私の『推し』がソロキャンプを始めたんですよ!」

「『推し』……って芸能人かなにか?」

「動画配信者です。『じおん』くんっていって……」

「じおん……それってもしかして治める恩って書く子?」

「ご存じなんですね!」

「どこかで見たことあるわ。珍しい名前だなって思った覚えがある」

「動画配信を始めるときに、誰とも被《かぶ》らない名前を選んだんですって。もともとミュージック系でときどき食レポとかゲーム実況動画を上げてるぐらいだったんですけど、急にキャンプに嵌《は》まったらしくて、このところずーっとキャンプ用品紹介とかソロキャンプの実況ばっかりになって……」

なるほどそれで……と腑《ふ》に落ちた。千晶はキャンプや焚き火の動画ばかり観《み》ているから、おすすめとして上がってきた動画タイトルの中に名前があって記憶に残っていたのだろう。

だが、治恩と一緒に花恵までキャンプを始めることはない。楽しく動画を観ていればいいだけのことだろう。

けれど、千晶の言葉に花恵はとんでもないと言わんばかりだった。

「そんなのいやです！　コメントとかチャットとかにはキャンプのことをすごく知ってる人がいて、アドバイスもしてるんです。治恩くんはそういう人には毎回きっちり『ハートマーク』をつけるし、コメントに返信もしてます。私だってコメントを返してほしいんです！」

ハートマークとはなんぞや？と首を傾げる鷹野をよそに、花恵は語り続ける。

どうやら治恩はキャンプを始めたばかり、彼のファンたちもキャンプについて詳しくない人が大半らしい。

そんな中で数少ない経験者たちが我が物顔でキャンプについて助言する。治恩は大いに感謝するし、そういった経験者たちに相談を持ちかけることまであるそうだ。

花恵は、治恩の中でのキャンプ通の認知度がどんどん上がっていく、それどころかまるで長年の友だちみたいなやり取りをしているのが耐えられない。彼女にとって治恩のためにソロキャンプを始めるのは当然のことで、治恩に認知してもらうためにはそれ以外の方法はないと考えているようだ。

芸能人なら世界が違う人間と諦められるが、動画配信者ならもしかしたら……なんて思っているのかもしれない。いずれにしても、そんな理由でキャンプを始めるのか、と腹が立つのを通り越して不安しかない話だった。

「あのさ、野々村さん、キャンプってけっこうハードだよ？　テレビとか動画とかは楽しい部分しか扱ってないことが多いけど……」

「そんなことないですよー！　治恩くんは準備するところからしっかり動画で紹介してくれてます。食材や『ギア』を揃《そろ》えるところも見ましたけど、すごく楽しそうでした」

「準備はまだマシ。問題は片付けのほうよ」

おそらく花恵は、治恩くんがあんなに楽しそうなんだから私も楽しめるはず、とでも言いたいのだろう。けれどキャンプの大変さは、実は準備やキャンプ中のあれこれよりもそのあとにある。

これからキャンプに行けるという高揚感を伴う準備と異なり、片付けはまさに『祭りのあと』で、キャンプ経験に富む千晶でさえ億劫《おっくう》になることが多いのだ。

初心者の花恵はさぞやうんざりするだろうし、手入れ不足でギアを劣化させ、次のキャンプで使おうとしたらとんでもないことになっていた、なんて羽目に陥るかもしれない。

そんな話を、少々大げさに告げてみた。花恵もそこまでは考えが及ばなかったらしく、
ずいぶん難しい顔をしている。

「ってことで、仕事にかかろうよ」

壁に掛かっている時計は、あと二、三分で九時を指す。始業時刻だ。きっとこれで諦めてくれる、少なくとも、千晶が花恵のキャンプの手ほどきをしたくない気持ちぐらいは伝わっているはずだ、と思いつつ、千晶は席についてパソコンを立ち上げた。


――うー……しくじった……

その日の午後十二時四十五分、千晶は少々、いやかなりうんざりした気分で昼食を取っていた。

週明けの月曜日は忙しくて外に昼食を取りに出かける暇がないことが多いので、出勤途中にコンビニで昼ごはんを買ってきた。案の定、朝から取引先との交渉やら新製品の企画会議やらで気がついたときには正午をかなり過ぎていた。

いつもなら用意周到な自分を褒めるところだが、今日はわけが違う。なぜなら、千晶同様昼食を持参していた花恵に捕まってしまったからだ。

「あ、榊原さんもお昼ごはんを持ってきてらっしゃるんですね！　私も今日はお弁当な

んです。ご一緒していいですよね！」

ご一緒していいですか、ではなく、いいですよね、と言い切る花恵を振り払うわけにもいかず、ふたりで小会議室に向かった。

小会議室は、空いていれば休憩に使っていいと言われているからほかにも誰かいるかもしれない。できればそうあってくれ、という願いも虚《むな》しく、小会議室は無人。こんなことなら昼ごはんの用意などせずに来ればよかった。店に食べにいく時間はなくても、買い物を言い訳に時間をずらすことぐらいできただろうに……と後悔しても後の祭り。千晶は花恵の相手をしながら昼食を取るしかなくなってしまった。

「今朝の話なんですけど、私、考えたんですよね！」

そして花恵は、巾着袋からお弁当箱を取り出しながら話しかけてくる。ピンクのプラスティック製のお弁当箱は蓋《ふた》にアニメキャラクターのイラストが入っていて、デザインだけではなく容量もかわいらしい。これで満腹になるとしたら、やはり彼女はキャンプ、とりわけソロキャンプには向かない。いくらひとり用のギアが充実してきたとはいえ、容量の基準は成人男性の一食分だ。こんな少ししか食べられないようでは、ごはんもおかずも余りまくる。二度に分けて食べればいいと言われるかもしれないが、せっかくキャンプに行くならあれこれ食べたいものだ。同じ料理を食べ続けるなんて興ざめもいいところである。

だが、そんな口を挟む間も与えず花恵は話し続ける。

「片付けが大変なのはわかりました。でもそれって治恩くんも同じですよね？　これまで誰もキャンプの大変さには触れてませんでした。治恩くんと同じようにキャンプを始めたばかりの私が、あれも大変、これも大変って書き込み続けたら、目を引くと思いませんか？　治恩くんはすごく優しいから、『一緒に頑張ろう！』って言ってくれると思うんです！」

あくまでも『推し活』の一環か……とため息が出る。

治恩がどれほどのファンを抱えているかは知らないが、十人や二十人というわけではないだろう。何百人、何千人、何万人といるかもしれないファンの中で目立つためだけにキャンプを始めようなんて無謀すぎる。

せめてリアルで好きな人がいて、その人とキャンプの話をしたいから、と言うならまだわかるし、微笑《ほほえ》ましく応援した可能性だってある。けれど、そんなふうに考えるのは千晶がいわゆる『推し活』とは無縁の人間だからかもしれない。

花恵にとってはリアルの恋愛も『推し活』も同等、夢中になっている相手に違いはないのだろう。

さらに花恵は言い募《つの》る。

「それにキャンプって結局はサバイバルですよね？　災害のときに役に立つノウハウだ

と思うんです。身につけておいて損はないでしょ？　それに、もしも私がろくに練習もしないままにひとりでキャンプに行っちゃったらどうするんです？」

「どうするって……」

「課長から聞きました。ずっと子どもさんたちにキャンプを教えてたんですよね？　榊原さんってすごく責任感が強いから、子どもにキャンプを楽しんでほしい、そのためにはまず安全にキャンプができるようにしてやらなきゃって思ってたんじゃないですか？」

「それは……そのとおり」

事故や怪我《けが》ほど思い出を台無しにするものはない。転んで擦《す》りむいたとか、小さな切り傷、軽い火傷《やけど》ぐらいなら時間が笑い話に変えてくれることもあるが、医者に駆け込まなければならないような事態は洒落《しゃれ》にならない。

学校行事も子ども会行事も、大勢の子どもにつききりになれるほど大人はいない。自分の身は自分で守るのが基本、千晶のような子ども向けのキャンプ指導者はそのためにいたといって過言ではないだろう。

「私、一生懸命やりますし、子どもより私のほうが指導も楽だと思います。お願いします、私にキャンプを教えてください！」

——そうきたか……

思わず千晶は天を仰いだ。

もしかしたら花恵は午前中ずっと、『推し活』を理解してくれそうにない千晶をどうしたら説得できるか考えていたのかもしれない。その結果が安全対策だとしたら、敵ながらあっぱれとしか言いようがない。

大好きな玉子とハムのサンドイッチが砂を嚙《か》んだような味に思える。オフィスに備え付けのサーバーから持ってきたコーヒーもいつもよりずっと味気ない。それぐらい花恵にキャンプの手ほどきをするのはいやだった。

けれど、かつてキャンプ場にやってきた子どもたちと目の前の花恵のどこが違うというのだろう。どちらもキャンプがしたい、キャンプを楽しみたいと目を輝かせている。技量が足りないという意味でも同じ、子どもみたいに無茶なことをしない分、花恵のほうが指導が楽というのも間違いないだろう。

「お願いします！　ほかに頼れる人がいないんです！」

選挙活動みたいに『お願いします』を繰り返す花恵に、千晶の諦め気分はどんどん高まっていった。

――しょうがない。とりあえず準備だけは手伝おう。初心者ならギアを揃えるだけでも大変だから、キャンプに出かける前にうんざりするかもしれない。実際に行かなくても動画のコメントぐらい入れられるんだから……

花恵はさあどうだ、と言わんばかりに千晶の答えを待っている。どうにか挫折してくれないかという密《ひそ》かな期待のもと、千晶は口を開いた。

「わかった……じゃあ、とりあえず手頃なアウトドア用品を扱ってるお店を教えるから、必要なものを揃えてきて」

「えーそんなのひとりじゃ無理です！　一緒に行ってくださいよ」

「治恩くんは誰かと一緒にギアを買いに行ったの？」

「お店には行ってないみたいです。行くとファンが集まってきて騒ぎになっちゃうから
ネットで揃えたって……」

「ネット……だったら野々村さんもそうしたら？　いっそ全部治恩くんと同じものを買っちゃえばいいじゃない」

「無理ですよー！　治恩くんはお金がいっぱいあるから、ギアだっていいと思ったら片っ端から買ってます。使ってみてだめならまた買い直すとか……。とてもじゃないけどそんなお金はありません」

羨ましいのを通り越して腹が立つ。そんな成金みたいなお金の使い方をするやつのどこがいいんだ、とは思ったが、花恵に言っても仕方がない。「お金がある人が経済を回さなくてどうするんですか！」とか反論されるのが落ちだろう。

「じゃあ……明日か明後日《あさって》にでも仕事が終わってから行ってみようか」

休日を潰されるのは避けたい。金曜日の退社後なんて週末の一部だから勘弁してほし

い。面倒なことは早く済ませたい性格でもある。幸い今週は残業するほど忙しくもないし、花恵にしてみれば一刻も早くキャンプ計画を始動させて治恩へのコメントに反映させたいに違いない。

そしてふたりは翌日の退社後、会社の最寄り駅から二駅先にあるアウトドア用品店に行くことを決めた。ついでに、先週ネットニュースで便利この上なしと評判になったファイヤーライター――着火剤付きのマッチを探せるのが不幸中の幸いだった。

翌日、千晶は余裕で、花恵も小さなミスをひとつふたつやらかしたもののなんとか定時で業務を終わらせることができた。

頭の中が治恩とキャンプでいっぱいで仕事にならないのではないかと心配していたが、そこはきちんと切り替えたのだろう。

花恵の机の上はきれいに片付き、前回間違ったプラグを抜いて大失敗した冷凍庫の霜取りも無事に前面のスイッチで電源を切った。冷凍庫の掃除は、保管されているものの量と霜のつき具合を考えておこなっているのだが、今日は試食会が終わったところで庫内はほとんど空っぽだ。まさにベストタイミング、冷凍庫の中身にまでしっかり気を配っていたのだな、と感心させられた。

「さあ、行きましょう、榊原さん！」

花恵は、一日の仕事のあととは思えないほど元気いっぱいだ。

その名のとおり、花恵には背景に花びらを撒き散らしたような華やかさがある。ただでさえ、その場にいるだけで周りまでぱっと明るくするような子なのに、退社後の予定のおかげでさらに輝きを増している。この様子を見て、これから行く先がアウトドア用品店だなんて思う人がいるだろうか。少なくとも千晶には無理だし、鷹野も全然違う想像をしたらしく、嬉《うれ》しそうに訊ねた。

「やけにご機嫌だね。新しい飯屋でも見つけた？」

旨《うま》かったら俺にも教えてよ、なんて期待たっぷりに言う鷹野に、花恵は笑顔で返す。

「違いますよー。これからアウトドア用品店に行くんです。榊原さんにキャンプ用品を選んでもらおうと思って」

「あ……そう……」

鷹野が千晶を見た。同情たっぷりの眼差《まなざ》しにちょっと笑いそうになる。

『とうとう捕まっちまったか』と『なるべく早く済むといいな』の両方が込められていて、千晶にとって不本意な予定だということも十分わかってくれている。少なくともここにひとり理解者がいると思えば、面倒な『タスク』もなんとかこなせそうだった。

「榊原さんがいれば百人力ですよ。コスパがよくて使いやすいギアをささーっと買っちゃいます。で、寒くならないうちにファーストキャンプに挑みます！」

「そうか……榊原さんもなにかお目当てがあるの？」

「ファイヤーライターを見てみようかなと……」

「ファイヤーライターは便利だよな。この間、うちでバーベキューをやったんだけど、一発でついた。着火剤と着火ライターの両方を用意するより面倒がないし、なにより嵩《かさ》張《ば》らない。あれは大発明だ」

「ですよね！　ネットで買おうと思ってたんですけど、どうせアウトドア用品店に行くならついでに買っちゃおうと思って」

「だよな。じゃあ、まあ気をつけて」

鷹野はヒラヒラと手を振ってふたりを送り出す。早く行けばそれだけ早く帰れるとわかっているからだろう。

「うわ、すごーい！　これ全部、キャンプで使うものなんですか⁉」

店に入るなり花恵が声を上げる。歓声ではなく純粋に驚きの声で、千晶にしてみれば「まあそうなるよね」だった。

このアウトドア用品店は、都内でも有数の大型店舗だ。

昨日、一緒に買い物に行くと決まったあと花恵に予算を聞いてみたところ、千晶の予想を遥かに超えた金額が提示された。花恵は実家暮らしだから懐に余裕があるらしい。

千晶は『推し活』というのはけっこうお金がかかるものだと認識していた。イベントのチケット代はもちろん、地方まで遠征したら旅費だってかかるだろうし、オリジナルグッズを買うにしてもひとつひとつが『え？』と思うような値段がつけられているからだ。

ところが、潤沢な予算に驚く千晶に、花恵はひどく残念そうな顔をした。

曰《いわ》く、グッズは欠かさず買っているが、治恩はあまり頻繁にグッズを出さない。出したとしても、個数制限がつくので大金をつぎ込むことにはならない。イベントにしても、このところ回数自体が減っている上に抽選に外れまくってチケット代を払うことすらできない、とのことだった。

さらに花恵は拳《こぶし》を握って言う。

「直接会えれば、一緒に写真を撮ってもらうとかプレゼントを渡すとかして、覚えてもらうことができます。でもそもそもイベントにすら行けないんですから、認知度を上げるためにはコメントを頑張るしかないんです！　それには……」

「わかった、わかった！　じゃあ、明日にでも行こう！　ぱーっとまとめて買っちゃおう！」

いつまでも治恩について語り続けそうな花恵を制し、買い物予定が決まった。いずれにしても、潤沢な予算があるならまとめ買いが可能だ。何度も出かけるのは勘弁してもらいたい千晶にも好都合、とにかく取扱商品が多いという理由から大規模店舗を選んだ。初心者からハードリピーター向きのギアまで幅広く扱っているから、花恵に扱いやすいギアを揃えることができるだろう。

「なにから始めればいいんですか？」

瞳を輝かせて花恵が訊《き》く。

訊きたいのはこっちのほうだ。予算は潤沢とはいえ無尽蔵と言えるほどでもない。どこに重点を置くかは人それぞれだから、基準ぐらいは自分で決めてきてほしかった。だが店に来てからそんなことを言っても仕方がないし、よく考えたらなにが必要かもわからないビギナーにはそれを決めることすら難しいに違いない。

「えーっと……野々村さんは泊まりのキャンプがしたいんだよね？」

「もちろんです」

「じゃあ、まずテントと寝袋。あとは焚き火関連と調理用品……私はけっこう百均ショップのを使ってるけど……」

「私もそうしたいです。治恩くんはメーカー品ばっかりみたいですけど、私はそこまでは無理だから、どれなら百均で大丈夫か教えてほしいです」

「そうだよね。じゃあ、その治恩くんが使ってるギアってどういうのがあるの？」

「えっとですね……」

そこで花恵はスマホを取り出した。どうやらスマホのメモアプリに、治恩が使っているギアを記録してきたようだ。

その一覧をぱっと見て、千晶はちょっと感心してしまった。

――ふーん……やっぱり、けっこういいラインで揃えてるじゃない。無駄に高いだけで使い勝手はイマイチ、なんてのはひとつも入ってない。最近始めたばっかりでこのラインナップなら、優秀なアドバイザーがいるのかも……

昨夜、千晶は治恩の動画をいくつか観てみた。キャンプを始めて三ヶ月ぐらい、準備を含めても半年は経っていないそうだ。使ってみてだめだったものは買い直していると は聞いたが、人気の高い動画配信者はとにかく忙しい。毎週キャンプに行くほどの時間はなかったはずだから、買い直したものもそう多くないだろう。やはり最初から質の高いギアを揃えたに違いない。

「ねえ、その配信者さんって、身近に熟練キャンパーがいるの?」

「いないはずです。いるとしたら視聴者にアドバイスなんて求めないでしょ」

「そうかな……」

動画配信者にだって戦術というものがあるだろう。視聴者の関心をつなぎ止めるには一方的に発信するだけではなくそれなりのコミュニケーションが必要だ。なにかについてのアドバイスをもらうのが優れたコミュニケーション方法だということぐらい、人気配信者なら心得ている。たとえアドバイスをくれる熟練キャンパーが身近にいたとしても、表に出さずに視聴者に教えを請うというのはよくあるやり方だった。

もっといえば、あえて表に出さない、人目に触れさせたくないと考えているとしたら、そのアドバイザーは治恩にとってかなり大事にしたい存在かもしれない。

ただ、全力で推しまくっている花恵にそんなことを言ったら大変なことになる。『言わぬが花』と口をつぐみ、千晶はテント売場に向かった。

売場に着くなり花恵が歓声を上げた。

「あ、これだ！　榊原さん、これ、治恩くんが使ってるのと同じやつですよね！」

「どうだろ……これはふたり用だけど、治恩くんが使ってるのってソロ用じゃない？」

「でも……写真を見る限りこれぐらいありますよ？」

「じゃあふたり用のを買ったのかも。まあ、そのほうがスペースを広く使えていいんだよね」

実のところ、千晶もふたり用のテントを使っている。ただ、千晶の場合は鷹野から譲ってもらったのがふたり用だったというのが主な理由だが、治恩については怪しいものだ。なぜなら目の前のテントは、千晶が使っているような『一～二人用』ではなく完全な『二人用』、荷物を全部中に入れないなら三人でも寝られそうな大きさだ。

ソロキャンプ目的でこれを買う人はかなり珍しい。やはり誰かと一緒にキャンプをしている、あるいはする前提ではないか、と疑わずにいられない。けれど、そんなことは千晶には関係ない。リストを見る限り、花恵が買おうとしているのはひとり用のギアばかりだ。本人の言うとおり、ソロキャンプを目指していることに間違いはない。あとは、とりあえず一緒に行ってくれ、とせがまれないことを祈るばかりだった。

「これはすごくいいテントなんだけど、野々村さんにはちょっと重いかもしれない。ワンサイズ小さいのにしたらどう？　デザインはほとんど同じだし」

あいにくソロ用のテントは展示されていなかったため、スマホで検索した画像を見せると、花恵は素直に頷《うなず》いた。

「ほんとだ。ちょっと小さいだけですね。えーっと、在庫……あ、ここにあるのがそうですね！　じゃあ、これにします」

値札に並ぶ数字にためらいもせず、花恵は購入を決める。続いて寝袋コーナーに向かい、ここでも治恩とお揃いのものに決めた。寝袋はたいていひとり用だし、治恩が使っているのは性能も値段も手頃なものだった。むしろ、大特価だったとはいえマイナス十八度まで対応していて夏場は暑くて上掛けとしてしか使えそうにない千晶の寝袋よりも使い勝手はいいかもしれない。

テントと寝袋はすんなり決まった。このふたつはキャンプギアにおける二大巨頭で、とにかく治恩とお揃いにしたいという意思に助けられたが、問題はこの先だ。

さすがにそこまでお揃いにはできないと言う花恵のために、初心者でも使いやすく性能と価格のバランスがいいギアを選ばなければならない。

なにより難しいのは、初心者はどれぐらいのギアなら使いこなせるか、だった。ブランクがあるとはいえ、千晶はキャンプの基本が身体《からだ》に染みついている。千晶の頭の中では、こんなことができないはずがないと思っても、手も足も出ないなんてことが発生しかねない。使い方を教えるために一緒にキャンプに行くなんてまっぴらだった。

予算の壁が低いのをいいことに、使い勝手を重視してどんどん選んでいく。右も左もわからない花恵は、言われるままに商品を買い物カゴに入れる。時折、「あ、治恩くんが使ってるやつだ！」なんて声が上がってほくそ笑む。

「昨日、治恩くんの動画で見たのをなんとなく覚えてたみたい」

「観てくださったんですか！　嬉しい！　視聴回数が上がって治恩くんも喜びます！で、どうでした？」

「確かにいいギアを揃えてた」

「熟練キャンパーの榊原さんから見てもそうなんだ！　偉いなあ……きっと、すっごく勉強したんでしょうね！」

「勉強したのは間違いないね」

ただ独学とは限らない……と続けかけた言葉を呑み込み、組み立て式の火吹き棒を手に取る。ステンレス製で持ってみると意外に重い。いかにも焚き火愛好家の心をくすぐるギアだが、実のところ千晶も持ってはいるがほとんど使っていない。ファイヤースターターや火打ち石で飛ばした火花を麻の火口《ほくち》に移して……なんてことでもやらない限り、こんなに吹口《ふきぐち》の細いものは必要ない。着火ライターや着火剤付きのマッチを使う場合、そこらの紙を丸めるか、団扇《うちわ》代わりにして扇《あお》ぐほうが有効だろう。

千晶の手元を覗《のぞ》き込んで花恵が訊ねる。

「それはなんですか？」

「火吹き棒だよ。火を熾すときに使うやつ」

「火吹き棒？　なんか……治恩くんが持ってたのと違いますね」

花恵が首を傾げるのは当然だ。彼女の治恩くんが持っていたのは有名アウトドア用品メーカーの純正品で、うっかり熱い空気を吸い込んで火傷をしないための逆流防止弁までついている。値段にしても寝袋が買えるぐらいする高級品だった。

「治恩くんはすごいのを持ってたけど、野々村さんにはいらないと思う。治恩くんと同じものを揃えたい気持ちはわかるけど、全部買っちゃうとすごい重さになるよ」

花恵がキャンプ場までどうやって行くつもりでいるのかわからないが、ソロキャンプならすべての荷物をひとりで運ばなければならない。男性、しかも、もしかしたら同行者がいるかもしれない治恩のキャンプとはわけが違うのだ。

さすがに『ふたり疑惑』は口には出せないまでも、千晶は荷物の重さを考えて取捨選択することの大事さを説いた。

「取捨選択……確かに大事ですね。で、榊原さんは火吹き棒をお持ちなんですか？」

「百均で買ってはみたけど、実際は使ってない。私は『焚き火さえ見られればいい人』だから、火を熾すことにはあまりこだわらないのよ。手っ取り早くついてくれさえすればOK。あ、そういえば……」

そこで千晶は、本日唯一のメリット、『ファイヤーライター』の購入を思い出した。どちらも火を熾すためのものなのだから、火吹き棒があるなら近くにあるはず……と見回すと、目当てのものは一段上の棚に置かれていた。

「マッチ箱を見たのは久しぶりだ……」

思わず声が漏れた。

マッチ箱というにはあまりにも巨大だが、形状も機能もマッチ箱に違いない。折り取った着火剤付きマッチを箱の側面にこすりつければ火がつく。しかもこのマッチ、八分も燃え続けるらしい。これなら、かなり火熾しが苦手な人でも失敗するほうが難しい。

「へえ……こんなに便利なものがあるんですね」

「ほんとだよね。野々村さんも買っておいたら？」

「そうします。あ、これ治恩くんにも教えてあげられますよね！　今まで誰もコメントしてませんでしたから！」

そういえばこの子の第一目的はそこにあるんだった、と思い出す。苦笑いしている千晶をよそに、花恵は嬉しそうに着火剤付きのマッチを手に取る。続けて何箱もカゴに入れようとしているのを見て、千晶は慌てて止めた。

「野々村さん、そんなにいらないでしょ！」

「大丈夫、榊原さんの分は残しますって」

「私の分って……それ以外は買い占めるつもり？」

キャンプのたびに必要になるものだし、何度も買いに来たくない気持ちはわかる。だが、ものがマッチだけに保管が大変だ。湿気《しけ》らせて全部が台無し、なんて目も当てられない。やはり面倒でもこまめに買い足すべきだろう。

ところが花恵は得意満面で言う。

「私の分だけじゃありません。治恩くんに送ってあげるんです」

「え、送るの⁉」

「はい。食べ物や飲み物はだめなんですけど、それ以外なら事務所経由で送れるんです。お誕生日とかクリスマス、バレンタインもすごい数のプレゼントが集まるんですよ。服とか小物はありきたりだけど、こういうのなら目立つと思いませんか？」

「コメントで教えてあげるだけでいいと思うけど」

「コメントだと埋もれちゃうかもしれません。コメントをした上で、送りますねー！って書いておけばいいかなって。私のコメントを見た人が同じようにプレゼントしようとするかもしれないけど、これだけ大量に送れば目立つでしょ？」

「やめときなさいって。いくらキャンプギアでも火がつくものを送りつけるのは物騒すぎるよ」

　着火剤が付いていようがいまいが、マッチが自然発火するとは考えにくい。ネット通販でも売られているぐらいだからそこまで危険ではないはずだが、やはりプレゼント向きのものとは思えない。

　もっと言えば、こんなに便利で誰もがほしがりそうな商品をひとり占めしようとしていることのほうが気がかりだ。このあと、もしくは明日の朝一番でこのマッチを買いに来る人がいないとは限らない。ネット通販で何でも買えるご時世にこういった、いわば消耗品を店に買いに来るのはすぐに使いたいからかもしれない。キャンプに行く途中でマッチを買おうと店に寄ったのに売り切れていたらどれほどがっかりするだろう。

　前もって買っておかないのが悪いとか、店がしっかり在庫を持っていないのが悪い、とか言われるかもしれないが、花恵の買い物カゴにはマッチ箱が十箱近く入っている。店側にしても着火剤付きのマッチが一日でそんなにたくさん売れるなんて思わない。保管が大変な商品の在庫を大量に抱え込むのは愚の骨頂というのは、流通業に携わる者の常識だった。

だが、花恵は千晶の言葉に耳を貸そうとしない。治恩に認知されたい一心で、常識やマナーがどこかに行ってしまっているのだろう。

どうしたものか、と思ったとき、千晶の頭にこれ以上ない言葉が浮かんだ。まさに天恵とも言うべきアイデアだった。

「ねえ、野々村さん。やっぱりそれを送るのはやめたほうがいいよ。炎上してほしがってるって思われたらどうするの？」

「炎上⁉」

「だってマッチだよ？　しかも着火剤付きでボーボー燃えるやつ。ヤバくない？」

「……かも」

「でしょ？　だから買うのは自分の分だけ、治恩くんにはお知らせだけしておきなさい」

「……そうします」

納得がいったのか、花恵はひどく残念そうながらもカゴの中のマッチ箱を売場に戻した。

そのあと、耐火シートやグリルといった焚き火関連のギアを数点と食器をいくつか選んだ。基礎知識がないせいか、焚き火関連についてはほぼ千晶の提案どおりだったが、食器には彼女らしいこだわりが見られたのは面白かった。

すべてにおいて千晶とは選ぶものがまったく異なる。千晶は機能性と価格を重視するが、花恵はどちらかというとデザイン性を追求する。小さくロゴが書かれているだけのものよりもキャラクターが入っているもの、しかもそのキャラクターも『かっこいい』よりも『かわいい』ものを選ぶのだ。

ただ「これかわいーー！」とキャラクターのみで選んだシェラカップには驚いた。大手アウトドア用品メーカーのもので、使い勝手がいいとキャンプのみならず登山愛好家の中でも評判のものだったからだ。価格的にはかわいらしいとは言えないが機能性は抜群、雑に扱ってもまず壊れたりしない、安心できる品だった。

さらにほかにもこのキャラクターがついたものはないのか、と探した結果、彼女のギアは熟練キャンパー顔負けのラインナップになった。本人はいたく満足そうだったからいいにしても、花恵の懐の豊かさに、思わずアパートを引き払って実家に戻りたくなってしまった。

とはいえ、先日の母の厳しい表情を思い出したとたん、そんな気持ちは霧散する。千晶を心配してのこととわかっていても、キャンプに出かけるたびにあんな問答が発生してはたまったものではない。経済的豊かさとひとり暮らしの気楽さを比べれば、圧倒的に気楽さが勝る。それが千晶の天秤《てんびん》だった。

「はい、終了。今買わなかったのは百均のもので間に合う……って、これ全部持てる？」

すべてを一度に揃えるというのはそれだけ荷物が多いということだ。

花恵が車を運転するという話は聞いたことがない。免許を持っているとしてもペーパードライバーに違いない。だとすると、キャンプも公共交通機関を利用して行くことになる。

それを前提にギアもなるべく軽量なものを選んだけれど、買ったばかりの商品というのは包装されている。箱や緩衝材は嵩張るから、おそらくショッピングバッグ三つ、いや四つぐらいにはなるはずだ。花恵ひとりでは持ちきれそうにないから、送っていったほうがいいと考えたのだ。

「持ちきれないなら家まで一緒に行くよ」

ところが花恵は、千晶の提案をあっさり断った。

「大丈夫です。送っちゃいますから」

「え……」

買ったものが多ければ送る——旅行中ならよくあることかもしれないが、日常的な買い物でそんなことをする人がいるとは思わなかった。少なくとも千晶にはあり得ない。特にキャンプ用品の場合、帰宅してすぐに開けて確かめたい気持ちが抑えられそうになかった。

啞然《あぜん》とする千晶に、花恵は当たり前みたいな顔で言う。

「そんなにびっくりしないでください。それに、こんな大荷物を持って電車に乗るのはちょっと……」

「確かに……」

言われて見ればそのとおりだ。

現在時刻は午後七時三十五分、帰宅ラッシュは過ぎつつあるとはいえ、車内はガラガラとは言いがたい。テントや寝袋を担いで乗り込むのは迷惑以外の何物でもなかった。

「送料はかかっちゃいますけど、明日か明後日には着くでしょ？　どう頑張っても週末までは使えないんですからそれで十分です」

その後、支払いを終えた花恵はサービスカウンターで発送手続きをした。発送伝票に記された送料は千晶の一週間分の食費ぐらいの金額だった。

これは、千晶が一度で買い物を済ませたいと思わなければかからなかったお金だ。そう思うと申し訳なくなるが、この際それは考えない。いくら教育係だったといっても勤務外、完全にプライベートなことで時間を費やしているのだから、勘弁してもらいたいところだった。

「お食事していきましょうよ」

店を出たところで、花恵が周りを見回しながら言う。

おそらく花恵はご馳走《ちそう》してくれるつもりだろうが、年下かつ自分が教育係を務めていた相手に払わせるわけにはいかない。かといって、こちらの奢《おご》りや割り勘では彼女は納得しないはず。なにより、感謝する気持ちがあるなら速やかに解放してほしかった。

「ごめん、今日は帰るわ」

「えーでも、もう八時近いですよ？　帰ったら九時になっちゃいます。それからごはんを作るのも大変でしょう？」

「実は作り置きがあるの。そろそろ食べないとだめになっちゃう」

「作り置きって週末にされてるんですよね？　今日はまだ火曜ですよ？」

もちろん嘘《うそ》だ。作り置きがあるのは本当だが、日曜日の夜に作ったものだし、冷蔵庫に入っているからまだまだ傷んだりしない。いつだったか、花恵にも週末に作り置きをしていることは話したから、それを覚えていたのだろう。やむなく千晶はとどめの一言を発した。

「先週作った分の残りなのよ。それに、野々村さんはさっさと帰って治恩くんにコメント入れたほうがいいんじゃない？」

「あ、そうだった！　ごめんなさい、榊原さん。お礼のお食事はまた今度。今日は帰りましょう！」

そう言うなり花恵は駅に向けて歩き出す。二時間近く売場を歩き回ったあととは思えないほどのスピードで、彼女の治恩にかける熱量を知る。

とどのつまり、それがキャンプに向かうか『推し』に向かうかの違いでしかない。夢中になれるものがあるというのは、それだけで幸せなことだと思いながら、千晶は花恵の後を追った。

やれやれこれでお役御免、と安心して帰宅した翌日、千晶はぜんぜんお役御免ではなかったことを思い知らされた。なぜなら、出勤するなり花恵がスマホを片手に駆け寄ってきたからだ。

「榊原さん！　キャンプ場の予約をしようと思ってるんですけど、いつならご都合いいですか？」

「え……私？　なんで？」

「なんでって……一緒に行ってくれなきゃ、ギアの使い方とかわからないじゃないですか」

「いや、昨日説明したよね？　あと治恩くんの動画とかでもさんざん……」

「知識と実際にできるかどうかは別ですよ。それにろくに経験もないのに、ひとりでキャンプができると思います？」

「それはたぶん……無理……かな」

途切れ途切れの答えに、花恵はひどく満足そうに笑った。

「でしょ？　だから一緒に行ってください。ほかに頼める人がいないんです！」

『万事休す』としか言いようがない。それに、千晶が断ったところで花恵は、失敗したらしたとき、それをネタにコメントを入れよう、なんて安易な考えでソロキャンプを強行するかもしれない。

ろくなノウハウを身につけないままにキャンプに出かけて事故にでも遭われたら困る。あくまでも大人の行為、それで千晶が非難される可能性は低いにしても、やっぱり寝覚めが悪すぎる。千晶の趣味がキャンプであること、ブランクがあったにしてもそれなりの技能を身につけていることを彼女に知られたのが運の尽きだった。

花恵が深々と頭を下げて言う。

「お願いします、榊原さん！　私も治恩くんみたいなソロキャンパーになりたいんです！」

花恵の『熱量』は昨夜よりさらに増加したようだ。

治恩のサイトを確認していないから、どんなコメントを入れてどんな返事があったのかは知るよしもないが、ここまでテンションを上げているところを見ると、期待以上の反応があったに違いない。

「この週末って予定ありますか？」

「いや……これといっては……」

ここで「もう予定がある」と言ってしまえないところが辛《つら》い。子どものころから嘘をついてはいけないという親の教えを遵守しすぎて、とっさのときに『嘘も方便』が使えなくなっている自分を恨むしかなかった。

花恵が真夏の向日葵《ひまわり》みたいな笑顔で言う。

「予定はないんですね！　じゃあ一緒に行ってください！　キャンプ場代とかごはんの材料費とか全部私が払いますから！　えーっとお天気は……やったー！　週末はずっと晴れマークがついてます！」

千晶の困惑の中、花恵の勢いはまったく衰えず、キャンプ場の予約サイトと天気予報を交互に見ながら言ってくる。断られることなど考えもしていない様子に、頭の中に村の長老のようなお爺《じい》さんの『定めじゃ……』なんて台詞《せりふ》が響く。

だが、幸か不幸かこの週末は三連休だ。キャンプブームで予約なんてとっくに埋まっている。千晶自身も予約を試みたが、めぼしいキャンプ場はすべて一杯、いくつかあった抽選にも漏れて、キャンプに行けない三連休になってしまった。だからこその『これといっては……』なのだ。

お願いします、と花恵は何度も頭を下げる。断っても断っても聞いてくれず、やむなく千晶は苦肉の策で言ってみた。

「じゃあ、この週末に空いているキャンプ場があれば……」

「空いてれば行ってくださるんですね！　絶対ですよ！」

言質《げんち》を取ったと言わんばかりに花恵は検索を続ける。

悪天候ならまだしも晴れの予報なら直前キャンセルも望めない。まあ、雨でキャンセルがあったところで、花恵は雨の中のキャンプなんて選択はしないだろう。

この週末だけではなくしばらく先までキャンプ場の予約はいっぱいのはずだ。そうこうしているうちに気温はどんどん下がり、冬がやってくる。花恵と一緒にキャンプに行くことになるとしても、かなり先になるだろう。

ところが、そんな千晶の期待も虚しく、花恵が歓声を上げた。

「榊原さん！　今週末に空いてるところがありました！」

「え……」

そんなはずは……と確かめてみると、確かに空き状況欄に○印がある。たまたまキャンセルが出て一区画だけ空いているというなら△が表示されるはずだ。この時季に○印が表示されているなんて……と思っている間に花恵は予約を終えてしまった。

「ほかに空いてるところがないからここでいいですよね。はい、予約完了。これでキャンプに行けます！」

一緒に行ってくれ、ソロキャンプを教えてくれ、と言うわりには、キャンプ場の選定については独断専行《どくだんせんこう》。なんだこいつ……と呆れたが、花恵はとにかく早くキャンプに行きたいのだろう。もっといえば、千晶の気が変わることを心配しているのかもしれない。

「ちょっと待って野々村さん。それって、どこにあるキャンプ場なの？」

花恵が予約したのは、千晶が聞いたことがないキャンプ場だった。ただ、キャンプ場の中には、あえて予約サイトに登録しないところもある。おそらくこのキャンプ場もそのひとつだろう。予約サイトに登録していなければ人目に触れる機会が減るから、直前でも空いている可能性はなきにしもあらず。花恵は運良く、そんなキャンプ場を探り当てたのかもしれない。

だが、花恵が口にした地名は、千晶に言わせれば『ヤバい』の一言に尽きる場所だった。キャンプ場の名前そのものは知らなかったが、地名とそこにキャンプ場があること自体は知っている。公共交通機関では行きづらいし、車を使うにしても千晶の家から三時間ぐらいかかる場所だ。

「そこって、けっこう遠いよ？　電車やバスじゃ難しいし」

「榊原さん、車をお持ちなんですよね？　乗せていっていただくわけにいきませんか？」

「車でも三時間はかかる。一泊二日だとしたら、かなり早く出なきゃならなくなっちゃう」

「早起きは得意です。それに、治恩くんだって朝五時ぐらいに出発してますし」

あんたはそうだろうけどね！と突き放したくなる。

千晶だって、朝に弱いということはない。キャンプに行くために早起きすることも多い。それでも自分が望まない状況でのキャンプのために、朝の五時とか六時に出発して長時間運転したいとは思えなかった。

けれど、大きくてまん丸、しかも水分多めな目で頼まれたら、「ああ、はい、わかった。なんとかする」としか言えなくなってしまう。こういうのが、花恵が『愛されキャラ』である所以《ゆえん》だろう。

花恵と三時間のドライブ——さぞや道中よくしゃべることだろう。考えただけでも目眩《めまい》がしそうだが、すでにキャンプ場は予約してしまったし、見放すこともできない。乗りかかった舟がものすごい速さかつ泥舟だったことを嘆きつつ、千晶は花恵とキャンプに出かける覚悟を固めた。

千晶の了承を得て、花恵は給湯室に向かった。おそらくこれから冷凍庫の掃除をするのだろう。

花恵が鼻歌まじりに去ったのを確かめ、鷹野が声をかけてきた。ずっとパソコンのキーボードをカチャカチャ叩《たた》いていたから、もう仕事にかかったのだと思っていたが、作業の傍《かたわ》らふたりのやり取りを聞いていてくれたようだ。

「お疲れさん」

「課長……私、なんか悪いことでもしたんですかね？」

「してないと思うよ」

「それにしては、不本意なことが起こりすぎだと思いません？」

「まあねえ……でも、あの子はおとなしそうに見えて言い出したら聞かない。キャンプに連れていくまで諦めないよ。だったらさっさと済ませるほうがいい。きっといつかこの『修行』が役立つ日がくるって信じるしかない」

「これって『修行』だったんだ……」

「みたいなもんだろ。あ、それと、くれぐれも無理はしないように。そのキャンプ場、実は俺も行ったことがある。設備なんてほとんどないし、周りにはコンビニすらない。あとから買い足すなんて無理だから、水も燃料もしっかり用意していけよ」

「もともとそのつもりです。車だから重さは気になりませんし、薪も炭も買ったばかりのがありますから、まとめて積んでいきます」

「ならよかった。あそこは山の中だから夜は夏でも冷え込む。寝袋があるなら寝るときは大丈夫にしても、服装には気をつけて」

「わかりました。あと管理人はいるんですよね？」

「いるにはいるが、ほかに家があって、予約が入ってるときだけ来てるって感じかな」

「それでよく『管理人常駐』なんて書けたものですね！」

「利用者がいる間は常駐ってことなんだろう。いないよりマシ、ぐらいに考えたほうがいい」

　野性味に溢《あふ》れているが、初心者にはまったく向いていない。もしも千晶が一緒でなければ全力で止めていた、と鷹野は言う。だが、そもそも花恵がひとりで辿り着ける場所ではないのだから、千晶がいないほうがよかったのかもしれない。

　鷹野の経験者ならではの忠告は続く。

「天気予報の確認を怠るなよ。かなり川の近く……っていうかほとんど河原だから。それと動物にも気をつけて……」

「わかりました……。諸々《もろもろ》気をつけます」

　どんどん痛ましそうになっていく鷹野の眼差しが辛くて、皆まで言うな、状態で会話を終わらせる。

　いい天気だと思って河原でキャンプをしていたら、川の上流が大雨になっていて、いきなりかさが増した水に呑まれるといった事故は何度も耳にしている。

　そういうキャンプ場はえてして辺鄙な場所にあって、辿り着くのに時間がかかる。せっかく来たのだからと無理をした結果、事故に遭うなんて目も当てられない。

　車なら荷物の量は気にならないし、いつでも帰ってくることができる。大事なのは周到な準備と引き返す勇気――そう胸に刻み、千晶はキャンプ準備をすすめる。

　ただ、アルコール飲料は一切持たないことにした。

焚き火を見ながらの飲酒は、千晶のキャンプにおいて一、二を争う楽しみではあるが、酒を呑んだら車の運転ができない。天候の急変に対応できないのは困る。花恵はそれほど酒に強くないいし、酒自体それほど好きではないから、なくても大丈夫だろう。

——せっかくのキャンプでお酒すら呑めないなんて、土砂降りキャンプ以上の罰ゲームだな……

吐いても吐いても出てくるため息に、千晶は閉口していた。

2
Solo Camping!

第二話
ソログループキャンプ

九月半ば過ぎの土曜日、千晶はアパートの最寄り駅の近くに車を停《と》めた。駐車中を示すハザードランプを点《つ》けて、ギアをパーキングの位置に動かす。

普段ならのんびり車を停められるような場所ではないが、三連休初日かつ午前五時五十分という時刻のおかげか、車どころか人影もまばらだ。花恵が来るまであと数分、それぐらいの間は停まっていても許されるだろう。

五分後、駅から出てくる花恵の姿が目に入った。勢いよく歩いてきたかと思ったら立ち止まり、左右を見回す。運転席から降りた千晶を見つけて大きく手を振る。

どこから見ても元気いっぱいで、早起きは得意だという言葉に嘘《うそ》はないらしい。あれもこれも気になってよく眠れなかった身としては、元気を分けてほしいぐらいだった。

「おはようございます！」

いつも以上に明るい声と上気した頬に、キャンプに行くのが嬉《うれ》しくてならない気持ちが窺《うかが》える。

もしもここに花恵がいなくて、いつもどおりにソロキャンプに出かけるというのであれば、自分もこれぐらい明るい気分でいられただろう。

正直に言えば、彼女が今後キャンプに行きたいなんて二度と言い出さないほどひどい経験をさせてやろうか、という考えが頭を過《よぎ》らないでもなかった。

とはいえ、花恵の価値観や判断基準が自分と異なるからといって、蔑《ないがし》ろにするのは間違っている。ましてやキャンプ嫌いにしてやろう、なんて画策するのは論外だ。

千晶にとって、キャンプの楽しさは今更語るまでもない。学生時代は、自分が焚《た》き火をしたいという欲求を満たしたいのと同じぐらい、ひとりでも多くの人にこの楽しみを知ってほしいと願っていた。だからこそ、子どものキャンプ指導なんてボランティアを続けていたのだ。

叱ったり宥《なだ》めすかしたりしてテント設営や飯盒《はんごう》炊さんを教える。言うことを聞かない子どもを前に、無力さに頭を垂れた日もある。そんなときですら、キャンプをすること自体は楽しかった。今回はソロキャンプでこそないが、相手は大人だ。千晶の言うことなら素直に聞くだろうし、阿鼻叫喚《あびきようかん》なんてことにはならないはずだ。

――とにかく一泊二日を無事に乗り切ること。できれば野々村さんにも楽しんでもらうこと……とは言っても、すでに十分楽しそうだけど！

そんなことを考えつつ待っていた千晶は、すぐそばまで来た花恵を見てはっとした。

彼女の背には大きなリュックがある。そういえばリュックの心配まではしなかった。普段から車を使っているため、本来はリュックが必要だということを忘れていたのだ。

「ごめん、リュックも必要だったね。あとから買ったの？」

一緒に買うべきだった、と言う千晶に、花恵はニコニコ笑いながら答えた。

「大丈夫です。リュックは家にありましたから」

「え、こんな本格的なやつが？」

花恵のリュックはキャンプや登山といったアウトドアのプロが好んで使うメーカーのものだった。容量は多いし、あらゆるところにポケットが付けられて使い勝手は抜群の上に、軽くて丈夫と評判のものだ。

「本格的なんですか？　よくわかりませんけど、箱のまま物置に入ってました。両親に聞いたんですけど、買った覚えはないから、たぶん誰かにもらったものだろうって。もしかしたらカタログギフトかもしれません」

カタログギフトは一見素敵なものばかり揃《そろ》っているようで、よく考えるとほしいものがない。選ぶのに困って適当に決めた結果、届いた商品は物置に直行……なんてことがよくあるのだ、と花恵は笑う。

カタログギフトはご祝儀《しゅうぎ》や香典のお返しに使われることが多い。このリュックが載っているカタログギフトはかなり高額だろうから、相当な額を包んだことになる。花恵のお嬢様ぶりを改めて思い知らされた気分だった。

「そ、そう……じゃあまあよかった」

「はい。これ、すっごくたくさん入るんです。しかも治恩くんがほしがってるやつ！」

「じゃあ、そのうちお揃いに……はならないか。こういうリュックって、けっこうモデルチェンジするよね」

「そうなんです。もう手に入らないって嘆いてました。気付いたのはパッキングしたあと……もう、がっかりですよ。使っていなければプレゼントできたのに……」

最初は千晶も、花恵を家まで迎えに行こうと考えていた。だが、今回行くキャンプ場は千晶のアパートからのほうが近く、花恵を迎えに行くとしたらさらに出発時刻を早めなければならない。さすがにそれは……と花恵が遠慮し、千晶の最寄り駅まで電車で来ることになった。

キャリーバッグにでも入れていけばいいと思っていたが、到底収まらない。慌ててもっと大きな鞄《かばん》はないか、と探した結果、見つけたのがこのリュックだったそうだ。

「いざ詰めてみたら全然入りませんでした。母に相談したら物置になにかあるかもって言われて、これを見つけて詰め込んで、やれやれ……ってなったところで気がついたんです。これ治恩くんがほしがってたやつだって……」

花恵はさっきまでの元気はどこへやら、見るからにしょんぼりしている。思わず千晶は口を開いた。

「そんなにほしがってるなら、プレゼントしたら？」

「私の使い古しを？」

「でも、今日初めて使ったんでしょ？」

世の中には中古販売というものもあるし、もう手に入らないものなら使ってあっても かまわないと考える人もいるはずだ。ここから先は車に積み込んでの移動だし、なんならキャンプ場に着いても中身だけを取り出して、リュックは下ろさないという方法もある。それならほとんど汚れないし、傷もつかないだろう。それ以外に手に入れる方法がないなら、喜んでくれるのではないか、と千晶は考えたのである。

けれど、花恵はすごい勢いで首を左右に振った。

「一度でも使ったらもう中古です。中古をプレゼントするなんてあり得ません。それに、そんなことをしたらめちゃくちゃ叩《たた》かれます」

「叩かれるって、誰に？」

「ファンの人たちに決まってます！　私が叩かれるだけならまだしも、治恩くんまで悪く言われたら……」

新品でも中古でもプレゼントには違いはない。だが、治恩とファンの間には千晶には理解できない決まりのようなものがあるのかもしれない。

なにより治恩について語る花恵は真剣そのもので、これが応援している相手を本気で好きになる、いわゆる『リア恋』というものかと思わされる。本気で好きになった人に中古なんてプレゼントできない、というのはいかにもお嬢様らしい考え方だろう。

——これは『触らぬ神に祟《たた》りなし』だろうなあ……

この分では、花恵はキャンプの間中、治恩について語り続けるだろう。そのすべてを黙って聞くしかないのか……

花恵がシートベルトを締めたのを確かめて、ギアを『D』に入れる。ため息はすっかり品切れ状態、覚悟の倍ぐらい大変になりそうなキャンプが始まろうとしていた。

「わー素敵な場所！　ほかに人もいないし、早く来てよかったですね！」

予約したあともずっと見ていたけれど、このキャンプ場の空き状況は依然として○印がついている。『当日予約可』との記載もあったから、予約しようとすれば今からでもできる。しかも、あたりを見渡してもほかの利用者の姿は見えない。こんなに早く来なくても好きな場所を選べたに違いない。

「ちょっと早すぎたかもね。管理人もまだいないみたいだし」

管理棟らしき小屋の窓はカーテンが引かれたままになっている。人の気配がまったくないし、高速道路や駐車場の料金所程度の建物なので寝泊まりは難しそうだ。『管理人常駐』が聞いて呆《あき》れる。予約が入っているときだけ来ているのかも、という鷹野の推測は当たっているのだろう。

受付をしないうちに設営を始めるのはいかがなものかという判断で、管理人がやってくるのを待つ。

現地到着は午前八時四十五分だった。ホームページにはチェックインは正午、チェックアウトタイムは午前十時とあったが、口コミ欄に管理人さえいればいつでもチェックインさせてもらえる、と書き込まれていた。

なんていい加減な……とは思ったけれど、早く使えるに越したことはない。なにより早朝のほうが道だって空《す》いている、ということで朝一番で駆けつけた。『常駐』を謳《うた》うぐらいだから、管理人は九時にはやってくると信じたいが、チェックインタイムまで来なかったらどうしよう。三時間も待つのはいやすぎる、などと花恵と話していると、遠くから車のエンジン音が聞こえてきた。

白いワンボックスタイプの軽自動車で、サイドにキャンプ場の名前が入ったステッカーが貼られているから、管理人の車に違いない。ほどなく停めた車から降りてきたのは、中年と初老の間ぐらい、ごま塩頭の男性だった。

「おはようございます！」

早速車から降りていった花恵が挨拶をしている。もちろん千晶も後に続いてぺこりと頭を下げた。

「おはようございます。お世話になります」

ところが、精一杯愛想よくしているつもりなのに、管理人はひどく不機嫌そうにふたりを見ている。そして、花恵のパステルピンクのTシャツを見て吐《は》き捨てるように言った。

「あんた、そんな恰好《かっこう》でキャンプするつもり？」

「え……？」

花恵がきょとんとしている。おそらくなにが悪いのかわからないのだろう。慌てて千晶が取りなす。

「道中、暑かったから脱いでますけど、長袖の綿百のシャツを持ってきてます。あと、防寒用のウインドブレーカーも。フード付きで防水もしっかりしてますから、雨具代わりにもなるはずです」

「ならいいけど」

ぶっきらぼうに答えたあと、管理人は小屋の鍵を開けて中に入っていく。続いて入るべきか、ここで待つべきかもわからない。とにかく、歓迎されざる客であることだけははっきりわかった。

中に入った管理人は、カーテンを開けて受付用らしき小窓を開けた。どうやら待っていたのが正解だったらしい。

「ここに名前と連絡先を書いて」

このキャンプ場がいつでも『〇』印なのは、立地や設備以上にこの管理人の性格によるものかもしれない。そう思わずにいられないほど、彼は不機嫌をむき出しにしている。

花恵が困り果てた様子で振り返る。予約をしたのは自分だから、管理簿にも自分が記載しなければならないと思っているのだろう。だが、天性の愛されキャラである花恵が、こんな不機嫌な対応に慣れているはずがない。おびえた様子が痛ましくて、千晶は自分が受付を済ませることにした。

管理簿は出されているが筆記具はない。管理人はこちらに背を向けたきりだし、頼んだところで機嫌よく出してくれるとは思えない。やむなく胸ポケットに入れていたボールペンでふたりの名前を書き込み、携帯番号を添える。本来は花恵の番号を書くべきなのかもしれないが、管理人から連絡が来たとしても、彼女には対応できそうもないので自分の携帯番号にしておく。

もう少しで書き終わるというところで、管理人が振り向いた。千晶が手にしているペンを見て、片眉を上げる。

「いいのを持ってるな」

「え？」
「そのペン、アウトドア用のやつだろ？」
「ご存じですか？」
「ああ。ペン先にLEDライトがついてて暗い中でも字が書ける。軸も何色かあるが、黒だけはライトが赤と白の二色。いかにもキャンパー好みのペン。しかもけっこう使い込んでるな」

昨日今日買ったものではなさそうだ、と管理人は言う。

彼の言うとおり、このペンはキャンプを再開するときに買った。ソロキャンプで筆記具を使うことはほとんどないし、なにかを記録したければスマホのメモアプリで十分なのだが、なんとなく胸のポケットに挿していないと不安になる。

それはきっと、かつて子どもたちのキャンプ指導をしていたころのことが習い性となったのだろう。予定表を挟んだ紐《ひも》付きバインダーを首から下げ、なにかあったらすかさず記録する。そのためには、ペンを胸ポケットに入れておく必要があった。

たとえ使う予定がなかったとしても、ペンなら大して邪魔にならない。ライトがついているから暗闇で役立つこともあるはずだ、と買い込んだ。買ってから一年にもならないが、キャンプのたびにポケットに突っ込んでいるから使い込んでいるように見えたのだろう。

千晶が書き終えるのを待って、管理人が訊《たず》ねた。

「あんた、キャンプを始めてどれぐらいになる？」

「私は子どものころから。とはいってもここ十年ぐらいはご無沙汰してて、今年になって再開したところです」

「子どものころ？　親に連れていかれたとか？」

「いいえ、子ども会で行事に参加したり、子どものキャンプ指導をしたりしてたんです」

「もしかして、ジュニアリーダー経験者？」

「よくご存じですね」

『ジュニアリーダー』というのは、子ども会を通じて子どもたちの地域活動を支援する青少年、もっぱら中学生や高校生を指す。中学入学時から高校卒業まで子どもにキャンプを教えてきた千晶にとってはお馴染《なじ》みの言葉だが、あまり広く知られてはいない。

それを知っているということは、この管理人もかつて子どものキャンプ指導に関わったことがあるのだろうか……

こんな人に指導されたら、子どもがキャンプ嫌いになりかねない。少なくとも今は子どもと無縁でいてほしいものだ、などと考えてしまう。だが、管理人は今までの無愛想さと打って変わって、やたらと嬉しそうに言った。

「そうか、ジュニアリーダー経験者か！　じゃあ大丈夫だな！」

「大丈夫って……？」

「見たとおり、うちは人里離れた山奥だし、設備もろくにない。おまけに管理してるのはこんな老いぼれだ」

「そんな……」

　自分で自分を老いぼれという人が、本当にそう思っていることなんてない。いや、そういう人もいるのかもしれないが、千晶は出会ったことがない。十中八九、否定してほしいだけの『かまってちゃん』、つまりこの管理人は『無愛想な上に面倒くさい人』の可能性大だ。

　否定してやるのは簡単だが、なんだかしゃくに障り、千晶はあえて無視して話を進めた。

「管理人を当てにキャンプをする人はいないでしょうに」

「それがそうでもないんだ。むしろ、あれがないか、これはないかって物を借りに来たり、テントがうまく張れないから手伝ってほしいとか……。あんたみたいな若いお嬢さんたちは特に多い」

「若いお嬢さん……」

　千晶はアラサーもアラサー、もう大台に乗った年齢である。『若いお嬢さん』なんてジュニアリーダーと同じくらい久しぶりに聞いた言葉だ。思わずにんまりしてしまった千晶は、呆れ顔の管理人を見て慌てて口元を引き締めた。これでは管理人を『かまってちゃん』なんて言う資格はない。

「そんなに手のかかる利用者が多いんですか？」

「ああ。うちはいつでもガラガラだから、直前予約で飛び込んでくるやつが多いんだ。ブームに乗っかってキャンプを始めてみたものの、技量も計画性もない。ギアはそこらの百均で揃えて、使い方だってろくに知らない。燃料も水も食材も、足りなければ現地で買えると思ってる。そんなわけがあるか！」

「……で、私たちもその部類だと？」

「ああ。予約情報を見たら、年齢は若いし、ずいぶん遠くからやってくる。にもかかわらず、朝の九時前に到着。車を覗《のぞ》かせてもらったが、テントも寝袋もリュックも新品。これはもう、どこでもいいからとにかくキャンプがしたいっていうビギナーに違いない、と……」

どうやら千晶のギアまでは管理人の目に入らなかったようだ。手前に置かれた花恵の新品しか見ていないのならこの感想も無理はない。

「当たらずとも遠からず、かもしれません」

思わず花恵に目を走らせる。

花恵はまさしくビギナーだし、こんなに遠くまで出かけてきたのも、早くキャンプがしたい一心で、どこでもいいから空いているところ、と予約した結果だ。ただ、朝の九時前に到着したのは、はやる気持ちを抑えきれずに、というよりも千晶の個人的な都合だった。

「この子はまさしくビギナーですが、私はそれなりに経験があります。それに、早く来たのは渋滞を避けたかったのと釣りをしたかったからです」

「あんた、釣りもするのか？」

「子どものころに何度か父と一緒に。大人になってからはご無沙汰ですからたぶん釣れないでしょうけど」

「遊漁券《ゆうぎょけん》は？」

「ネットで買いました。今ってスマホでも買えるんですね」

「そうか……周到だな。あんたみたいな人が一緒なら、ビギナーでも大丈夫だろう。釣りならいいスポットがある。なんなら教えようか？」

「ほんとですか？　それは嬉しいです」

「時間によって釣れるスポットも違うから、始めるときに声をかけてくれ」

「わかりました。それと、どのあたりにテントを張ればいいですか？」

「どこでも好きなところに。今日はあんたたちしかいないから。あと、夜は気をつけるように。このところ糞《ふん》をよく見かける」

「あ、そうなんですか……」

糞があるのは、近くまで動物が来ている証《あかし》だ。かわいらしい小動物なら見たいけれど、あまり大きいのは勘弁してほしい。さすがにクマが出たという情報はないから大丈夫なはずだけれど……

嬉しさと不安が一度に襲ってくる。

どうか無事に終わってくれ、と祈りたくなるキャンプの始まりだった。

花恵が焚き火グリルに薪《まき》を入れてから三十分が過ぎた。依然として、火がついた様子はない。ちなみに彼女のテントと千晶のテントは十メートル以上離れている。

技量が足りない者が四苦八苦している様子をただ見ているのは難しい。たとえ千晶のように、長い指導経験を持ち『失敗は成功の母』という言葉を胸に刻んでいるキャンパーであっても、明らかに間違っているやり方を見過ごすことはできず、あれこれ口を出すことになりかねない。

口どころか手も出しまくり、花恵を完全なお客さんにしてしまう恐れすらある。それでは彼女の技量を上げることなどできないだろう。

そんなことはキャンプに出かける前からわかっていた。だからこそテントを離し、最速で自分のテントを張り、焚き火シートやグリルを設置した。

まずは自分でやってみて、できなくてもぎりぎりまで頑張って、手を貸すにしてもそれから……という千晶の言葉に、花恵も素直に頷《うなず》いていた。

ところが、いざ作業にかかってみると、テント設営は言うに及ばず、焚き火グリルを組み立てて薪を入れるところまで手伝わざるを得なくなった。

なぜなら花恵のキャンプについての知識が想像以上に浅かったからだ。特にテントの設営に関してはほとんどゼロ、入り口をどちらに向けるかすら決められなかった。

大人なんだし、ちゃんと予習してくるという花恵の言葉を信じたのが間違いだ。花恵にとっての予習とは、治恩の動画を繰り返し観るということだったのだ。ひたすら治恩と同じ体験を望み、動画に映されているものがすべてと信じ込む花恵は小学生より質《たち》が悪い。予習するというのなら、せめてビギナー向けのキャンプ知識をまとめたサイトぐらい見てきてほしかった。

今日はよく晴れていて、風は微《かす》かにしか吹いていない。けれど、たとえテントを張ったときは弱風でもあとになって強くなるというのはよくあることなので、風向きを考えて設営、具体的にはテントの入り口が風下に向くように、テントを地面に固定するためのペグも風上から打つ、といった気配りが必要なのだ。

しかも彼女が持っていたペグがまったくよろしくなかった。

固く締まった地面に対し、プラスティック製の太いペグ、おまけに打ち込むためのハンマーすらない。これはギアを購入した際に確認を怠った千晶の責任でもあるので、慌てて予備の金属ペグと使い終わったペグハンマーを貸した。

「え、でも治恩くんはこんなの使ってませんでしたよ？　ネットにもドーム型のテントはペグがいらないって書いてありましたし」

またそれか……と頭を抱えたくなった。

そういえば、以前出会った女子高生も同じような考え方だった。ドーム型テントは広げるだけでいいから簡単、中に荷物を入れておけば風で飛ばされることもない、と……けれど、強い風が吹けばひとり分、しかも一泊の荷物なんて簡単に飛ばされる。やはり固定するに越したことはないのだ。

現に、打ち込む場面が動画に映されていなかったから気付かなかっただけで、治恩のテントにもペグは使われていた。十分とか二十分の動画ですべての作業を紹介しきれるわけがない。ペグ打ちなんて地味な作業は真っ先に割愛されたのだろう。

とにかくちゃんと打ちなさい、とペグを渡し、打ち方も教えた。ただ、花恵がペグを打っていなかったせいで助かったこともある。ペグを打とうと近づいたテントの入り口がもろに風上を向いていた。これではテントの中に風が入り放題、強風にならなくてもテントが吹き飛ばされてしまう。もしもペグを打ったあとなら、すべてを抜いてテントをひっくり返してから打ち直す、という面倒な作業を強いられていた。『不幸中の幸い』

とはこのことだった。

とりあえずテントは張り終えた。次は焚き火グリルの設置だ。頑張ってね、と言い置いて自分の場所に戻り、焚き火グリルに薪を入れた。

その時点で時刻はすでに午前十時半を過ぎていた。テントの設営にこんなに時間がかかるとは思わなかった。ドーム型のテントですらこの有様なら、火をつけるのにはもっともっと時間がかかる。昼ごはんの支度に間に合うかどうかも怪しい……というかおそらく間に合わない。さっさと設営して、軽く昼ごはんを済ませてから釣り、という計画は見事に頓挫《とんざ》してしまった。

――時間に余裕ができるように早めに出てきたはずなんだけど、読みが甘かった。やっぱり必要なギアはこちらで用意して、しっかりレクチャーした上でやらせていた子どものキャンプとは違うなあ……

嘆いていても仕方がない。花恵が火をつけている間に、昼ごはんの支度を済ませてしまおう。もしかしたらビギナーズラックであっという間に火がつくかもしれない。もしも彼女がファイヤースターター――いわゆる金属製の火打ち石セット、に執着しなければ、だが……

花恵はふたりでアウトドア用品店に行ったあと、もう一度同じ店に出かけてファイヤースターターを購入してきた。その話を聞かされた千晶は、たぶん無理だよ、と言ってみたが、治恩くんが使っていたから自分もやってみたいと譲らなかった。

治恩くんもさんざん苦労していたが、最終的には着火に成功したから、もしかしたら自分にもできるかもしれない、というのだ。

その時点で千晶は、治恩の陰には間違いなく熟練キャンパーがいると考えていた。ファイヤースターターを使い慣れたベテランのアドバイスがあれば、ビギナーでも火をつけることができるかもしれないが、千晶には無理。なにせ千晶は学生時代に一度もファイヤースターターでの着火に成功していない。挙げ句の果てに、焚き火さえできれば着火方法なんてどうでもいいと開き直り、着火ライターを使うようになった。さらには数日前に、燃焼時間八分という強力なファイヤーライターを嬉々《きき》として買い込んだほどだ。

花恵にしても、ファイヤーライターのことを知ったとき、これを教えてあげれば治恩くんに印象づけることができる、と喜んでいたではないか……

それでも、ファイヤースターターを使ってみたいという気持ちはわからないでもない。かつての千晶だって同じだった。どれほど難しいか、身をもって知るのも大切だろう。花恵が速やかに着火できれば、自分の昼食は自分で作ってもらえばいい。どうにもならなかったときのために、残っても平気なものを作っておこう。

そして千晶はベーコンとほうれん草、そしてニンジンを取り出し、愛用のペティナイフで刻み始めた。

スキレットに被《かぶ》せてあったアルミホイルを取って爪楊枝《つまようじ》を刺してみる。まだ少し粉がついてきたのでもう一度アルミホイルで蓋《ふた》をする。それでも、あと数分も加熱すれば焼き上がるはずだ。

スキレットの隣にはアウトドアクッカーセットの一番小さい鍋がのせてある。中身は水だが、スティックタイプの粉末飲料を持ってきているから、お湯さえあれば好みの飲み物を作ることができる。

花恵のほうに目をやると、状況はまったく変わっていない。『カチッ』という音が何度も繰り返され、そのたびに「あーん……」「まただめ?」「なんで?」なんて声が続いていた。五分ほど前からは彼女らしからぬ舌打ちまで聞こえてきているから、そろそろ限界に違いない。

もう少しでお湯が沸くから声をかけに行こう。その間にスキレットの中身も焼き上がるだろう。

なんと声をかけようか、と迷いながら近寄っていく。足音に気付いたのか、花恵が顔を上げる。こちらを見た目が少し赤かった。

「大丈夫?」

「……ぜんぜんつきません」

「ファイヤースターターはねえ……」

「こんなに難しいなんて思いませんでした。治恩くんはちゃんとつけてたのに」

「すっごく練習したんじゃない？　私もやってみたことがあるけど、火花すら出せなかったもの。まあそれが普通だと思う」

「え……榊原さんもだめだったんですか？」

「だめだった、だめだった。だからこそファイヤーライターを買ったのよ。いつもは着火ライターなんだけど、こっちのほうがもっと簡単そうだから」

「そうなんだ……じゃあ治恩くんはキャンプの才能があるってことですね。やっぱりすごいなあ……」

どういう道を通っても、結局は治恩を褒めることになる。ファンの鑑《かがみ》だな、と感心しつつ、千晶は腕時計を示した。

「そろそろお昼だよ。ごはんができたから食べよう。野々村さんの分もあるよ」

「そんな時間ですか……ごめんなさい。最初から難しいって言われてたのに変な意地を張ったせいで」

「まあいいんじゃない？　やってみないとわからないことってあるし」

「しっかり納得しました。ファイヤースターターは私の手には負えません」

「何事も経験よ。私のところで食べようね」

そこでふたりは千晶の焚き火グリルのほうに歩き始めた。花恵が鼻をクンクンさせながら訊ねてくる。

「いい匂い……なにを作ってくださったんですか？」

「ケークサレ」

「ケークサレ……甘くないパウンドケーキのことですよね。キャンプでそんなの作れるんですか？」

「家で作れる料理はたいてい外でも作れるよ。だって大昔はみんな外で料理してたんだから。全部家の中で作るようになったのなんて、江戸時代以降じゃない？」

「あ、そっか……」

そんな話をしながら歩いていく。とは言ってもほんの十メートルぐらいなので、ふたりはすぐに千晶のキャンプサイトに到着した。

焚き火グリルを確かめると、お湯はぐらぐら沸いているし、ケークサレもいい感じに焼けている。表面に散っている緑とピンクと赤を見て、花恵が嬉しそうに笑った。

「わあ、おしゃれ！　それにすごく美味《おい》しそうです！」

「美味しいかどうかはわからない。本格的なケークサレじゃなくて、ホットケーキミックスに材料を入れて焼いただけだから。多少甘みもあるかも」

「美味しいに決まってます！」

「まあ、お腹《なか》はペコペコだろうしね」

『空腹は最高のスパイス』と笑いながら、シェラカップを用意する。そこで花恵が慌てたように自分のキャンプサイトを振り返った。

「私の分を持ってこないと」

「ふたつあるから大丈夫。とりあえず座って休みなさい。その椅子、使ってね」

「榊原さんは？」

「クーラーボックスを使うわ。これだけ大きくて頑丈なら、ベンチ代わりになるでしょ」

「すみません、なにからなにまで」

「気にしないで。えーっとなにを飲む？　コーヒー、カフェオレ、ミルクティー。スープがよければビーフコンソメとコーンポタージュもあるよ」

「そんなに？」

「全部、お湯を注ぐだけのインスタント。便利だし、一本一本が小さいから何種類か持っても大した荷物にはならないの」

「インスタント……ちょっと意外です」

　このところ千晶は、キャンプをするたびに鷹野に焚き火であれを作った、これを作ったという話をしている。パンを焼いたりアースオーブンでローストビーフを作ったりした話は花恵も聞いていたから、千晶はなんでも手作りするとばかり思っていたのだろう。

だが、千晶に言わせれば、便利なものがあるのに使わないのはもったいない。ビーフコンソメやポタージュなんて簡単に作れるものじゃない。コーヒーもゴミが出なくてそこそこ美味しく、料理の隠し味にも使えるインスタント上等だった。

「キャンプは不便を楽しむものだって言われるけど、そういう人ばっかりじゃないよ。ただ普段の生活から離れたい、非日常でさえあればいいって人もいる。そういう人は便利なものをたくさん使って楽しんでる。さもなきゃ、大型蓄電池があんなに売れてるわけがない」

かつて、キャンプにおいて一番得がたいのは電力だった。千晶が子どもたちを指導していたころは、キャンプで電化製品を使うなんてもってのほか。明かりはオイル式か乾電池式のランタン、料理はすべて熾《おこ》した火で、水の残量にいつも気を遣い、いったんキャンプを始めたら風呂やシャワーのことなど忘れるしかなかった。

ところが大型蓄電池の普及で電化製品の利用が可能になり、水道は使い放題、シャワーや風呂が備わったキャンプ場も多くなった。

大型のキャンピングカーを買ったり借りたりする人、普通のワンボックスカーを寝泊まりできるように改造する人も増えた。それどころか料理すら炊飯器やホットプレート、電子レンジまでを持ち込む人が出てきた。

大型蓄電池とソーラーパネルの普及は、キャンプのあり方を変えつつある。ネット通販の売れ筋ランキングで大型蓄電池を見ることも増えた。不便を楽しむキャンプをしている人なんて、テレビか動画サイトでしか見られなくなるのかもしれない。

「大型蓄電池……そういえば紹介動画もすごく増えましたね」

「有名動画配信者が紹介したらあっという間に売り切れだもん。そりゃメーカーだって依頼するよ。広告だって明記してあればステマにもならないしね」

できれば千晶だってほしいが、大型蓄電池はかなり高額商品でソーラーパネルと合わせて使えるものなら十万円ぐらいする。さすがにキャンプにそこまでのお金はかけられない、と諦めている。

だが、実際に買っている人がたくさんいる。防災用品としても優れものだと聞くから、みんながみんなキャンパーではないにしても、キャンプで利用する人は少なからずいるのだろう。

キャンプに不便はつきもので、それを楽しんでこそのキャンプという時代は終わりを告げ、用意周到なキャンプに向かっている。

それが悪いとは思わないけれど、ちょっとだけ寂しさを覚える。せめてごはんは焚き火で作ってほしい。メスティンに米と水を入れてグリルにのせればごはんは炊ける。橙色《だいだいいろ》の火を眺めて待っているだけでいいのだから……

だが、そんな話をする千晶に、花恵が首を傾《かし》げながら言った。

「でも、それって炊飯器とどう違うんですか？　メスティンって火加減がいらないんですよね。焚き火がすごく好きな人じゃなければ、スイッチを入れるだけの炊飯器と大差ない気がしますけど……」

「いやいや、焚き火が好きじゃない人はキャンプには来ないでしょ」

「どうでしょう？　ファミリーキャンプでお父さんに引っ張ってこられたお母さんとかなら、火を熾すのも後始末も面倒くさい、炊飯器なら失敗しないしーとか考えてそう」

「一理あるかも……」

世も末とはこのことだ、とまでは言わない。寂しさを覚えるのは千晶が昔のキャンプを知っているからに過ぎず、本来キャンプ人口が増えるのはそれだけで嬉しいことなのだ。

キャンプはもはやブームではなく文化だ、と言われるようになった原因は、千晶のような『焚き火愛好家』以外にも層が広がったことにある。電化製品使い放題であろうとなんであろうと、キャンプを愛する人がひとりでも増えたのならよしとすべきだった。

「じゃ、食べようか。私はミルクティーにするけど、野々村さんは？」

「じゃあ私も」

いくらホットケーキミックスを使ったとはいえ、ケークサレはそれほど甘くないから飲み物は甘みがあったほうがいい。今日持ってきたメーカーのミルクティーは甘みが強いタイプだから、心身の疲れを癒《いや》してくれるはずだ。

シェラカップにミルクティーの粉末を入れ、アウトドアクッカーのお湯を注ぐ。続いてケークサレにナイフを入れ、四つに切ったひとつをお皿にのせて花恵に渡した。

「はい、どうぞ。フォークはこれね」

「ありがとうございます！　いただきます！」

目を輝かせて受け取るやいなや食べ始め、花恵はあっという間に皿を空にした。よほどお腹が空《す》いていたのだろう。もう一切れすすめると、今度はゆっくり嚙《か》みしめる。そして皿が空になったところでようやく飲み物に口を付けた。

ミルクティーの甘みを嚙みしめるように一口、二口飲んだあと、大きく息を吐《は》く。

「あーしみる……」

「足りた？」

「はい。ちょうどいい量でした。私、こんなに美味しいケークサレを食べたのは初めてです」

「焼きたてだからじゃない？　とはいっても、私、ケークサレなんて作ったことなかったんだけどね」

作ったことはおろか、食べた記憶すらない。素材としてはスパニッシュオムレツと同じようなものだろうと思っていたから、レシピを見て黄色っぽい部分が卵ではなく小麦粉生地だと知ったときはけっこう驚いた。そして、それなら食べ応えがあるし、キャンプの昼食にぴったりだと思ったのである。

実際に食べてみて食品としては美味しいとは思ったけれど、『ケークサレ』として成功しているかどうかは謎だ。特に、もともと甘みのあるホットケーキミックスで作ってしまったら、『甘くないケーキ』というケークサレの定義から外れてしまうのでは、という不安があった。『こんなに美味しいケークサレを食べたのは初めて』という花恵の言葉はとても嬉しいものだった。

――誰かと一緒っていうのも悪いことばかりじゃないよね。作ったものを褒めてもらうのは気持ちいいし……

ミルクティーを味わっている花恵を横目に、そんなことを思う。それでも、次のキャンプはやっぱりひとりがいい。千晶にとって、ソロキャンプの自由気儘《きまま》さは捨てがたい魅力だった。

「野々村さん、このあとどうする？　私は釣りをしようと思ってるんだけど一緒に行く？」

「釣りですか……私はあんまり……」

花恵の答えにほっとした。

声をかけてみたものの、できれば断ってほしい気持ちでいっぱいだった。釣り竿《ざお》は一本しかないから、一緒に来ても見ていることしかできない。それはさすがに退屈すぎるし、なにより千晶自身が少しひとりになりたかったのだ。

喜んでいるのが伝わりませんように、と祈りつつ言葉を返す。

「そう。じゃ、ファイヤースターターにリトライするの？」

「それはもういいです。たぶん私には無理。でもなんとか火はつけないと」

「着火ライターは持ってるよね？　なんならファイヤーライターを使ってもいいけど」

「着火ライターでやってみます。さすがにいきなりファイヤーライターは……」

「なんで？　別にいいじゃない。私も使ってるし」

「榊原さんはちゃんとライターでつけられるでしょ？　それに治恩くんがファイヤースターターでつけられるんですから、せめて……」

千晶に言わせれば、ファイヤースターターはメカニックな火打ち石だ。着火ライターとの間にはものすごく深くて暗い河が流れている。その反面、着火ライターとファイヤーライターは大差ない。スイッチを押さえたまま持っていれば、着火ライターはオイルが切れるまで燃え続ける。もしかしたらファイヤーライターより長く保《も》つかもしれない。

火力が強く、組み上げた薪や炭の下に放り込んで放置できる分、ファイヤーライターのほうが楽というだけの話なのだ。

ただ、本人がそうしたいというなら止める理由もない。じゃあ、頑張ってと言い残し、千晶は釣りに行くことにした。

二時間後、千晶は無言で釣り竿の先を見つめていた。

管理人が教えてくれたスポットはテントサイトからかなり離れていたため、ひとりになりたいという欲求は存分に叶《かな》えられた。

にもかかわらず、千晶はかなり落ち込んでいる。あまりにも釣れない、釣れなすぎる。入れ食いなんて期待していなかったけれど、ここまでとは思わなかった。

管理人には『たぶん釣れないでしょうけど』なんて言ったけれど、あれは謙遜だ。餌《えさ》釣《づ》りだし、釣れるスポットまで教えてもらったのだから、一匹ぐらいは引っかかるはずと思っていた。

しかも、まったく魚がいないかというとそうではない。管理人の情報は極めて正しく、日光が反射してキラリと光る姿を何度も目にした。糸を上げてみたら餌がなくなっていることもあった。間違いなく魚はいるのに一匹も釣れない。引っかかりさえしない。

子どものころ、初めて父と一緒に行ったときですらもうちょっと釣れた。それはビギナーズラックだ、と言われるかもしれないが、そんなはずはない。

なにせ釣りに行ったのはそのときだけではない。少なくとも七、八回は行ったし、家族旅行で氷結した湖でワカサギ釣りをしたこともある。そのときは一度に二匹、三匹と引っかかり、父をしのぐ釣果《ちょうか》を上げた。だからこそ、ソロキャンプにも慣れてきた今回、せっかく河原のキャンプ場に行くなら釣りをしようと思ったのだ。

ヤマメとかイワナなんて贅沢《ぜいたく》は言わない。アブラハヤかカワムツで十分だ。とにかく一匹でも……と粘っているうちにどんどん時が経ち、気付いたときには午後三時を過ぎていた。

――管理人さんも、このスポットは三時ぐらいまでって言ってたし、これ以上やっても無駄だな……

一度戻ってこれから先のスポットを聞きに行くという手がないでもない。けれど、釣りを始めてから二時間も経っている。これ以上花恵をひとりにしておくのはかわいそうだ。なにより、夕ごはんの支度を始めなければならない。

惨敗そのものの結果に、千晶の足取りはひどく重い。戻ったら二時間も放りっぱなしにしたことを謝らなければ、と思うとさらに重くなった。

ところが、釣果ゼロで戻った千晶を迎えたのは、花恵の満面の笑みだった。

「お帰りなさい！」

「遅くなってごめんね。もうちょっと早く戻るつもりだったんだけど」

「釣れましたか？」

「それがぜんぜん……我ながらびっくりした」

「あらーそれは残念でしたね。でも、そういうこともありますよ。それよりほら！」

花恵が得意げに深型のアウトドアクッカーの蓋を取る。中に入っていたのは、アルミホイルで包まれた物体だった。包みを広げたとたん、甘い香りが漂う。

「もしかして……焼きリンゴ？」

「はい！　お母さんが買いすぎたみたいで、リンゴがたくさんあったんです。そのままデザートにしてもよかったんですけど、焼きリンゴにしたほうがキャンプっぽいかなと」

どうせ火を熾すのだから火を使うデザートを作ってみたい、と考えた花恵は、家で焼きリンゴの準備をしてきたそうだ。

芯をくり抜いて中にバターを詰めてシナモンパウダーの小瓶も持ってきた。バターと合わせたのは砂糖ではなく蜂蜜だという。

よく見るとリンゴに開けられた穴がとても細い。スプーンではこんなに細くならないから、専用の器具を使ったに違いない。

家にリンゴがあった。蜂蜜もシナモンもあった。芯を抜くための道具もあった。そこから焼きリンゴを作ろうと思い立って準備をして持ってきた。

おそらく花恵の母親は料理好きで、デザートを手作りすることも多いのだろう。焼きリンゴだって頻繁に登場しているに違いない。さもなければ芯抜きが家にあるはずがない。

花恵はナイフでふたつに切り分けた焼きリンゴをお皿に移し、片方を千晶に差し出しながら言う。

「半分こでいいですよね？　このお鍋にはひとつしか入らなかったので」

「もちろん……ありがとう」

「美味しいケークサレのお返しです。それに、これならまず失敗しないと思って」

「失敗しない？　そんなこともないでしょ」

千晶は作ったことがないから定かではないが、アウトドアクッカーで焼きリンゴを作るのは難しい気がする。焼きリンゴはアウトドアのデザートに最適、と紹介されることが多いが、その場合はほとんどがダッチオーブンを使っている。

軽さ重視で選んだアウトドアクッカーは薄手で熱が伝わりやすい分、油断するとすぐに焦げてしまう。

にもかかわらず、渡された焼きリンゴに焦げた形跡はない。皮はきつね色、身は透明感のある黄金色、うっすらと湯気が立ち上《のぼ》っている。よくぞこんなに上手に作れたものだ、と感心するほどだった。

「本当にきれいにできてる」

「お母さんが、アルミホイルを二重にすればそんなに焦げないはずだって言ってました。だから念のために三重に巻いてきたんです」

花恵は『母』ではなく『お母さん』と言い続ける。普段なら眉を顰めそうだが、ニコと喜んでいる花恵がかわいらしくて、まあいいか……となってしまう。なによりこんなに美味しそうな焼きリンゴを作ってくれたのに、多少言葉遣いが間違っていたところでどうでもいいではないか。

冷めないうちにどうぞ、とすすめられ、早速食べてみた。

ああ、はい、牛乳から作りましたね！としか言いようのないコクのあるバター。リンゴの酸味を、柔らかな蜂蜜の甘みが和らげる。こんな蜂蜜を奪われたミツバチはさぞや無念だっただろう。呑《の》み込んだあとに微かに残るシナモンの香りは、もともとシナモンが苦手な千晶ですら、『けっこう好きかも』と思わせるものだった。

「野々村さん、これすごく美味しい！」

「素材の勝利です。アウトドアクッキングってそういうのが多いですよね」

リンゴは言うまでもなくバターも蜂蜜も上等、シナモンもいつ買ったかわからないような香りが失《う》せたものではない。これだけいい材料を使ったのだから、美味しいのは当たり前だと花恵は笑った。

「そりゃそうかもしれないけど、やっぱりすごいよ。それに、アルミホイルを三重巻きにしたのならけっこう時間がかかったんじゃない？」

「ファイヤーライターのおかげですぐに火がつきました」

「着火ライターは？」

「つくにはつきましたけどすぐ消えちゃって……」

「もしかして着火剤を使わなかった？」

「着火剤？　そんなのいるんですか？」

オーマイゴーッド！と叫びたくなった。もちろん、言わなかった千晶が悪い。でも、そこまで教えなければならないなんて思わなかったのだ。ファイヤースターターに挑んでいたときは、火つけ用のほぐした麻縄まで用意していた。当然着火剤ぐらい持っていると思ったが、ファイヤースターターとほぐした麻縄というのは治恩からの受け売りだったようだ。

それでも花恵はニコニコしながら言う。

「とにかく全然つかなくて、ファイヤーライターに切り替えました。そしたらすぐについて、これなら三時のおやつに十分間に合うなって……。タイミングよく帰ってきてくださってよかったです」

「あー……ごめんね、長くひとりにしちゃって」

二時間も放りっぱなしにしたことを謝る千晶に、花恵は大慌てで答えた。

「いいんです！　むしろひとりにしてくださってよかったぐらいです」

「え？」

花恵はかなりの寂しがり屋でひとりぼっちを嫌う。会議や外回りでほかのメンバーが全員離席してしまうと、やたらと千晶のスマホが賑《にぎ》やかになる。今じゃなくていいだろう、と思うような連絡や質問が次々届くのだ。

その花恵が、こんな山の中に置き去りにされて喜ぶとは思わなかった。

そういえばテントを張る場所にしても、もっとぴったりそばに寄せてくるとばかり思っていた。ソロキャンプの練習なんだから、とでも言い聞かせて距離を取ろうと思っていたのに、自分から少し離れた場所にすると言い出した。いったいどういう風の吹き回しだろうと思っていたのだ。

それだけに、あとに続いた花恵の説明には、納得がいくと同時にちょっと笑ってしまった。

「実は、治恩くんがイベントを企画する、って言い出してて……」

「イベントってキャンプの？」

「はい。ソログルキャンです」

複数で出かけたにもかかわらず、各々《おのおの》でテントを張り、火を熾して、自分なりのキャンプを楽しむことをソログループキャンプ、略して『ソログルキャン』と呼ぶらしい。

かなり矛盾した言葉ではあるが、ソロキャンプの自由を味わいつつ、ひとりきりの寂しさを味わわずに済む。不審者や野生動物に危害を加えられることが減るかもしれないという期待からか、人気が高まりつつあるらしい。

ソロキャンプを好む者が寂しさ云々《うんぬん》と言うかどうか甚《はなは》だ疑問だが、危害を加えられる心配についてはわからないでもない。千晶のように、家族に心配されている女性キャンパーならなおのことである。

「ふーん……イベントでソログルキャンを企《たくら》むとはなかなかのアイデアマンだね」

「でしょう？　やっぱり素敵ですよね！」

「でも、それだと参加できる人数が限られそうだけど……」

千晶が知る限り、一番大きなキャンプ場の収容人数は三千人だ。それでも実際に三千のテントを張れるわけではないだろう。テント同士をそれなりに離す、かつひとつのテントにひとりしか泊まらないのが前提のソログルキャンなら、参加できるのは収容人数の半分以下になりかねない。しかも、失礼ながら治恩に三千人規模のキャンプ場を貸し切りにできる力はないだろう。

花恵もそれはわかっているらしく、ものすごく残念そうに言う。

「そうなんですよね……治恩くんも三十人ぐらいかなって」

「それでもすごいけどね……」

ソログルキャンで三十人と言ったらかなりのものだ。規模が小さいキャンプ場では難しい。さらに難しいのは、その三十人に花恵が入ることだった。

「それって抽選とかになるの？」

「おそらく。でも応募自体が、ちゃんとソロキャンプができる人っていうのが条件なんです」

「えーっと……それはどうやって判断するの？　まさか事前にやってみてチェックするとか？」

そんな曖昧な条件は聞いたことがない。

ソロキャンプができるかどうかなんて、誰がどうやって判断するのだ。少なくとも実際にキャンプをしてみなければわかりっこない。イベントに参加するために、事前にソロキャンプをするなんてナンセンス過ぎる。

ところが治恩が考えている判断方法は、いかにも動画配信者らしいものだった。

「動画を送るんです」

「動画って……キャンプの？」

「はい。ソロキャンしてる様子を自撮りして送って、治恩くんとスタッフさんたちで判断するみたいです。治恩くんが合格と判断して初めて抽選に参加できるってことで」

「それだと誰かほかの人に頼めるんじゃない？」

ソロキャンプに慣れた人に動画を撮ってもらって送れば、審査にパスすることはできるはずだ。当日とんでもないことになっても、途中で追い返されても、とにかく参加さえできればいいと考える熱烈なファンがいるかもしれない。

だが花恵は、その対策はちゃんと考えられていると言う。

「自撮りに自分の顔もちゃんと映すっていうのが条件です。それなら当日の本人確認も兼ねられるからって。頭いいですよね！」

「自分の顔が映った動画を送るの？　それって恐くない？」

「えー平気ですよー」

平気じゃないだろうが、と吠《ほ》えたくなった。

だが、花恵は治恩やそのスタッフたちが、自分が送った動画を悪用するなんて考えてもいないらしい。治恩が下した判断を無条件で受け入れるという時点で、絶対の信頼があるようだ。

『推しは推せるときに推せ』という言葉があると聞いた。そこに『全力で』と足すファンもいるそうだが、そこまで推しまくれる対象があること自体が幸せなことなんだな、と思う。

母にソロキャンプについて言及されたとき、心配しすぎだと呆れたけれど、花恵の治恩への心酔具合を見ているとやっぱり不安になる。母の気持ちが少しだけわかった気がした。

千晶の思いと裏腹に花恵は上機嫌で話し続ける。

「ファイヤースターターや着火ライターで失敗しまくったところも、ファイヤーライターで火をつけられたところも、そのあと焼きリンゴを作っているところもバッチリ撮れました。『引き』で撮っても映っているのは私のテントだけですし、そのテントもどうやってもひとりしか寝られないぐらいの大きさです。これなら私がソロキャンプ経験者だって証明できますよね！」

「ああ、うん、そうだね」

ほかに言葉が出ない。

離れた場所にテントを張ったのは、千晶の存在を気取らせないためだったとは……

それでも、花恵がキャンプを始めたのは治恩のためだし、ソロキャンプにこだわるなら千晶としても最低限のかかわり方で済んで楽だ。

そのままソロキャンプに一直線に向かってほしい。そうすれば花恵に一緒に行こうとまとわりつかれることはなくなる。もっといいのは治恩のキャンプ熱が冷めることだが、そこまでは望めそうにない。とにかく治恩たちと仲良くソログルキャンを続けてくれることを祈るばかりだ。

――とはいえ、キャンプなんて本当に好きじゃなければ続かないけどね……

キャンプ場の選定、そこまでの移動、ギアの運搬や管理……いずれもドラマや漫画で見るほど簡単ではない。キャンプにおいては、そういったスポットライトを当てられることが少ない下準備こそ重要だし、後始末を怠れば次のキャンプは悲惨なものとなる。『家に帰るまでが遠足』とはよく言われるけれど、キャンプには家を出る前、帰宅したあとにもかなりの作業がある。そういった作業に慣れた千晶ですらうんざりすることも多い。それはきっと千晶がキャンプ好きというより熱狂的焚き火愛好家に過ぎないからだろう。

キャンプは、準備から後始末にわたる全過程を心底楽しめる人だけが持ちうる趣味で、生半可な気持ちなら二、三度行っておしまいになりかねない。

花恵が今後もキャンプを続けるかどうかはわからないが、とにかくソログルキャンのメンバーとして私を考えるのだけは勘弁して、と祈るばかりだった。

焼きリンゴを食べ終わり、包んでいたアルミホイルをぎゅっと丸めながら花恵が訊ねてきた。

「それで、釣り自体は楽しかったんですか？」

「あ、うん。釣れなかったけど、けっこうリフレッシュできた。糸を垂れてぼーっとしてること自体好きだから」

「よかったです。私が一緒に来ちゃったせいで、榊原さんが大好きなキャンプを楽しめないようでは申し訳なさすぎますから」

そう言って花恵はにっこり笑う。

――あ、かわいい……。こういうのが憎みきれないところなのよね。ただ煩わしくて手がかかるだけの子ならもっと冷淡に突き放せるのに……

仕事上のことならやむを得ないが、プライベートなら断ることもできた。それをさせなかったのはある意味、彼女の人徳だ。もう来てしまったのだから、今更帰るわけにもいかない。このキャンプを精一杯楽しむしかない。どんなキャンプであろうと、焚き火さえできればいい。それが焚き火愛好家の真髄《しんずい》というものだ。

「ありがとう。ちゃんと楽しんでるから大丈夫。それより、そろそろ晩ごはんの支度にかかろうか。野々村さん、なにを作る予定?」

食事は原則として各々が作ることになっている。昼ごはんこそ千晶がふたり分用意したが、ちゃんと火がついた以上、夕食は自分で作れるはずだ。

ビギナーにありがちなカレー、バーベキュー、ちょっと頑張ってアヒージョとかだろうか、と思いながらの問いに返ってきたのは意外なメニューだった。

「スペアリブとトウモロコシごはん。あと、キュウリの一本漬けです」

「キュウリの一本漬け? それって観光地なんかでよく見るやつ? 串に刺してそのまま齧《かじ》るかんじの……」

「そうです、そうです。お母さんが作るのも簡単だし、サラダ代わりにいいわよって教えてくれました」

「もしかしてスペアリブとトウモロコシごはんも？」

「はい！　これなら失敗しそうにないからって」

花恵の母親はなんて強力なアドバイザーなんだろう。なにを食べるかというのは、キャンプの楽しさを決める重大要素だ。簡単なものでも十分楽しめるけれど、やっぱりちょっとは頑張ってみたくなる。

特に今回の花恵は、動画にして治恩に送るというタスクを抱えているから、美味しさと同じぐらい見栄えを重視したに違いない。その点、スペアリブとトウモロコシごはんとキュウリの一本漬けというのは、茶色、白、黄色、緑と多彩かつ栄養のバランスも素晴らしい。そんな組み合わせを思いつけるなんてすごいとしか言いようがなかった。

「お肉は家で漬け込んできたから焼くだけ。トウモロコシごはんとキュウリの一本漬けの作り方もバッチリ習ってきました。確かに失敗しそうにないって感じでした」

豚バラの骨付き肉は一昨日からタレに漬けておいたし、トウモロコシごはんは炊きたてのごはんにコーンとバターと刻みパセリをまぜて黒胡椒《くろこしょう》を振りかけるだけ。キュウリも塩と細切りの塩昆布を揉《も》み込むだけ。いっそ昨日のうちに漬け込んでおこうかと思ったけれど、しょっぱくなりすぎるといやなのでこれから漬ける――そんな話をする花恵は今まで以上に楽しそうだ。

千晶も母とは仲がいいほうだと思っていたが、花恵はそれ以上。おそらく友だち親子というやつなんだろうな、と微笑《ほほえ》ましく思えた。

「すごく美味しそう。それにきっと動画映えするよ」

「でしょう？　お母さん、すごい！って思っちゃいました。榊原さんはなにを作られるんですか？」

「私は天ぷら」

「天ぷら……キャンプで揚げ物をするんですか⁉」

「うん。秋は揚げ物に最適の季節なんだよ。真夏と違って揚げ物をしても暑くないし、冬ほど温かい汁物がほしくならない。私のアウトドアクッカーは小さいから油もそんなにいらないし」

「なるほど。でもちょっと残念ですね。春なら山菜とかも揚げられたのに」

「それは……パスかな」

「どうして？　山菜の天ぷらは美味しいのに」

花恵の言うとおり、春のほうが山菜が豊富でいいのかもしれないが、千晶は目の前に山菜があっても採取するのをためらうことが多い。昔は心得ていた食べられる植物についての知識も、長いブランクで覚束《おぼつか》なくなっている。適当に採取した植物で中毒するのは避けたいという気持ち以上に、かつては一切気にしなかったその植物にまつわる権利が気になるようになってきた。おそらく流通販売に関わっているせいもあるのだろう。

日本中のあらゆる土地に持ち主がいる。個人であろうと国であろうと、土地が誰かのものであるならそこに生える植物だってその誰かのものだ。もしかしたら山菜を売って収入を得ているかもしれない。みんなが、ちょっとくらいいいじゃないと採取しだしたら大変なことになってしまう。

山に登る人の間には『なにも持ち込まない、なにも持ち帰らない』というセオリーがあるそうだが、千晶も明確に権利者が許可している場合を除いて自然物には手を出さない方針なので秋でも春でも大差ない。もっとも春と違って秋の山菜はスーパーで売られることが少ないから、うっかりノビルなど見つけると取りたくてうずうずすることもあるけれど……

知識が増えるのは望ましいことだが、子どものころのように野放図に楽しめなくなる。大人になるのも善し悪《あ》しだ……などと考えつつ花恵を見ると、ひどく羨ましそうな顔をしていた。

「天ぷらは好き？」

「大好きです！　しかも揚げたてなんて最高じゃないですか！」

「じゃあ、お裾分けするね」

「わー嬉しい！　でも……」

そこで花恵はいったん言葉を切り、千晶の顔を窺《うかが》い見る。これはもしや……と思っていると予想どおりの言葉が続いた。

「あの……お夕飯、一緒に食べませんか？」

「それって大丈夫なの？」

たとえ複数で来ていても『ソロキャンプ』を謳う限り料理はそれぞれがおこなう。食べるのもそれぞれが望ましい。けれど、花恵はそこまで厳密にする必要はない、と言う。

「せっかく一緒に来たんですから、一緒に食べればいいじゃないですか。ひとりで作ってるところさえ動画に撮っちゃえば、問題ありません」

――こういうのを似たもの同士っていうのかな……

治恩がひとりでキャンプをしているとは思えない。おそらく今の花恵同様、画面の外にアドバイザーが控えている。花恵はそれに気付かないまま、同じことをやっている。似たもの同士、あるいは『類友』と呼ぶべき現象に、千晶は苦笑いが出る。

本当は料理も食べるのもひとりがいい。今回限りだと思ったから、渋々でも一緒に来たし、とりあえずひとりでやってみようとする姿勢に安心した。けれど、花恵は一緒に食べる気満々だった。

「お裾分けしていただく身でこんなことを言うのは贅沢ですけど、やっぱり天ぷらって揚げたてが美味しいですよね。榊原さんのグリルのところでいただけたほうが……」

正論中の正論だ。これで夕食は千晶の大好きな焚き火ではなく、花恵との対話に終始することになった。うっかり天ぷらなんてメニューを選んだことを軽く後悔しつつ、千晶は答えた。

「そうだね……じゃあ、こっちで食べようか」

「嬉しい！　私のも食べてくださいね！　レシピはお母さんのですから、ちゃんとできれば美味しいはずです。スペアリブが焦げちゃわないか心配ですけど」

「焦げてもいいけど、豚肉の生焼けはちょっと困るね。まあでも、焼きリンゴがあれだけうまくできたんだから大丈夫。火加減は同じようなものだし」

「そっか……ちょっと自信がつきました。頑張ります！」

まずキュウリを漬け込んで、それからスペアリブ、そのあとごはん……と花恵は手順を確認する。家で母親に何度も言い聞かされたのだろう。

大抵最初に炊いてしまうごはんを最後にするよう指示を出すところも秀逸だ。ただのごはんではなくバターをまぜるトウモロコシごはんは熱々でなければならない。スペアリブは焼きたてが一番だけど、多少冷めてもちゃんと美味しい。なんならごはんが炊けたあと、軽く炙《あぶ》り直してもいい。キュウリ、スペアリブ、ごはんというのは完璧な順番だった。

「じゃあ、出来上がったらこっちに来てね。あとなにか困ったことがあったら……」

「大丈夫です。お料理は極力ひとりで頑張ります。せっかく連れてきていただいたんですから、なんとしてでも応募資格をもらわなきゃ！」

意気込む花恵の姿に、うんざり気分がまた少し薄らぐ。

千晶にとって、花恵がキャンプを始めたのは迷惑だとしか思えなかったが、これほど『ソロキャンプ』に意欲的になってくれるなら悪くない。治恩がいなければ花恵がキャンプをすることなどなかった。興味の幅を広げるにしても、キャンプ以外のなにかにしてほしかった、とさえ思っていたが、『ソログルキャン』イベントがそんな気持ちを軽減してくれそうだ。

キャンプの楽しさはもちろん、なんでもひとりでやること、やれることの価値を知ってほしい。それはきっと彼女の今後の仕事にも役立つ。困るなり千晶のところにすっ飛んでくる回数を減らしてくれるだろう。

――ちょっとズルしてる感じはあるけど、治恩はけっこういい子なのかもしれない。『ソログルキャン』イベントがうまくいくといいなあ……

花恵が応募条件をクリアして、抽選に当たる確率はどれぐらいだろう。ライバルが少ないといいけど……などと考えつつ、千晶は自分のテントサイトに戻る。

釣りに行く前に火は消しておいたため、千晶は火熾しからやり直しになる。だが一度熾したあとだから簡単につくはずだ。

それから先は焚き火タイム。天ぷらなら冷たいビールか日本酒がほしいところだけれど、今日が最後のキャンプというわけじゃない。アルコールは次のお楽しみにしておこう。

花恵は炊飯を最後にするようだけど、千晶は先に炊く。

まずはメスティンにお米とペットボトルの水を入れる。無洗米のおかげで水の消費量がうんと減らせる。なんて画期的な発明だ、と改めて感心しつつ、時計を確認。三十分ほどおいてから炊くことにして、天ぷらの材料を取り出す。

ナス、サツマイモ、ピーマン、椎茸《しいたけ》、大葉、タマネギ、ニンジン、そしてエビ。エビは冷凍のままクーラーボックスに入れてきたが、出しておけばごはんが炊ける間にいい感じに解凍されるはずだ。

ここにアブラハヤの一匹でもあれば、さぞや満足のいく天ぷら盛り合わせになっただろうが、釣れなかったのだから仕方がない。

天ぷらの王様であるエビ、しかもかなり張り込んで大ぶりなのを買ってきたのだから十分だ。揚げながら食べる天ぷらと焚き火で炊いたごはん。花恵からの差し入れも期待できる。ちょっとしたパーティだな、と思いつつ、千晶は食材を切り始めた。

花恵は時折「えっ!」とか「うそー!」などという声を上げているものの、ヘルプ要請はまだ出ていない。焚き火グリルの上には少し前まであったスキレットの代わりにメスティンがのっている。メスティンでの炊飯はそれほど難しくないから、たぶん無事に炊き上がるし、あとはコーンとバターをまぜれば作業終了、きっと動画もばっちり撮れたに違いない。

一方、千晶はとんでもなく暇だった。

天ぷらは食材を切って揚げるだけだから、ほとんど時間はかからない。花恵を手伝うことになっても大丈夫なようにと選んだメニューだが、ごはんを炊いたあとはすることがない。どうしたものか、と思ったとき、塩の瓶が目に入った。

――天丼にしようと思ってたけど、おにぎりでいいかな……

花恵はスペアリブとトウモロコシごはんを作っている。スペアリブは言うまでもなく、バターを使うトウモロコシごはんもボリュームたっぷり、そこに天ぷらと天丼を加えたら豪華には違いないが、胃にもたれそうだ。

それならおにぎりにしたほうがいい。おにぎりなら余ってもおいておけるし、焼きおにぎりにすることもできる。

――天丼中止、おにぎりに変更！　あ、でも……

そこでまた目に入ったのは、行儀よく並んでいるエビだった。

パックごと持ってきたから、かなり数がある。ひとつふたつ減ったところで問題ないだろう。ただの塩にぎりではなく天むすにすればいい。

そうと決まれば作業開始。これで手持ち無沙汰状態も終わりにできる、と千晶は喜び勇んで、アウトドアクッカーを焚き火グリルにのせた。

油を注いで温まるのを待つ間にエビの準備をする。解凍し切れていないのではないかと心配だったが、パックの端のほうはちゃんと解けている。大きなエビだから切って使えるし、ごはんの量から考えれば二尾で十分だ。あとのエビももう少しすればちょうどよくなるだろう。

殻《から》を剝《む》き、尾と背腸《せわた》を取って一尾をふたつに切る。シェラカップに天ぷら粉を溶いて塩を振り入れる。

天むす用のエビ天の衣に味付けは欠かせない。塩を入れずにタレを絡める方法もあるが、千晶は断然塩派だ。せっかくカリッと揚がった衣をタレで湿らせる気にはなれなかった。

解凍したてのエビはほどよく冷たい。天ぷらをうまく揚げるコツのひとつは、タネをよく冷やしておくことらしいのでちょうどいい。おにぎりの中に入れてしまうのだから多少失敗しても平気かもしれないが、料理についてはできるだけ成功させたい。失敗を糧《かて》に成長する機会はほかにいくらでもあるのだから……

鍋底から細かい泡が沸いてくるのを待って、天ぷら粉を垂らしてみる。中程まで沈んで浮き上がってくるのがエビを揚げるのにちょうどいい温度とされているが、油の量が少なくて判断しづらい。底まで沈んですぐに浮いてくるなら大丈夫と判断し、エビを四尾とも投入。多少油が熱すぎても、この大きさならすぐに中まで火が通るだろう。

ふと目を上げると、花恵がこちらを見ていた。少し焦っているように見えるのは、まだ自分の料理が終わりそうもないのに天ぷらを揚げ始めたからだろう。

「大丈夫、これはおにぎりに入れるやつだから！」

「あ、そうなんですね！　よかったー。でも急ぎますね！」

時刻はそろそろ五時。一般的な夕食には早いけれど、キャンプはなにかと時間がかかる。調理器具の後始末ひとつ取っても、家とは勝手が違う。

家なら水でザーザー洗ってしまえば済むが、アウトドアの場合は使える水は限られる。たとえ洗い場が設けられていたとしても、長々と独占するのはマナー違反だし、今日は洗い場どころか水道設備すらないキャンプ場である。食器の片付けにもいつもよりずっと時間がかかる。

どうせならゆっくり食事をしたいし、日没までに片付けを終えたいと思ったら、早めに食べ始めるに越したことはなかった。

天ぷらはすぐに揚がり、天むすも出来上がった。実は四つ作るつもりだったのだが、一合の米では小さめのおにぎりを三つで精一杯、残ったひとつのエビ天はそのまま口に放り込んでしまった。ほの温かくてプリプリのエビ天はとても美味しかったけれど、胃いた。

を刺激されて空腹がマックス状態。花恵がやってきたときには、お腹がグーグー鳴って
「遅くなってごめんなさい！」

「いやいや、動画は撮れた？」

「バッチリです！　これでだめなら仕方ありません」

花恵は作った料理をトレイにのせて運んできた。トレイはアウトドアでよく使われるステンレス製だが、千晶のものよりかなり大きい。アウトドア用品店で買ったとき、もっと小さいサイズで大丈夫だと言ったのだが、この大きさがいいと譲らなかった。

確かにこの大きさなら、スペアリブとトウモロコシごはん、キュウリの一本漬けを一緒にのせられる。運ぶにしても、撮影するにしてもちょうどいい。

まさか買った時点で『ソログルキャン』イベントのことを予期していたとは思えないが、このサイズにしたのは正解だと認めざるを得なかった。

冷めないうちに食べましょう、と促され、サツマイモを油に投入する。サツマイモならエビやほかの野菜に比べて揚がるのに時間がかかるから、その間に食事を進められるだろう。

ダイエットには野菜から食べ始めるのがいいと言われるが、この空腹を抱えてスペアリブを後回しになんてできない。

まずはお肉！とばかりに齧り付くと、焦げた醤油《しょうゆ》の香ばしさとともに甘みが口中に広がる。スペアリブのようにタレに漬け込んで焼く料理の場合、千晶は甘さを控えめにすることが多いが、花恵の母親のレシピはしっかりと甘い。きっと味醂《みりん》ではなく砂糖、もしくは両方を使っているのだろう。

──甘い……だがそれがいい！

酒のつまみならちょっと違うと思うかもしれない。でも、今回はノンアルコールキャンプだ。トウモロコシごはんはバターだけではなく醤油も垂らしたせいでほどよい塩気。キュウリの一本漬けは漬物だからしっかり塩気がある。見た目と栄養だけではなく、味付けという見地からも完璧なバランスだった。

「どれも美味しいし、一緒に食べたときの味のバランスがすごくいいね」

千晶の言葉に、花恵はひどく嬉しそうに頷いた。

「でしょう？　うちのお母さんってお料理上手なだけじゃなくて、臨機応変なんです」

「というと？」

「状況とか食べる人に合わせて味付けを変えるんです。今回もいろいろ訊《き》かれました」

一緒に行く人はどんな料理が好きなのか。どれぐらい食べる人か。甘いものは好きか。キャンプにお酒は持っていくのか……

そんなことを細かく訊ねた上で決定したのが、本日のメニューだったそうだ。

「お酒のおつまみじゃないならタレは甘め、でも味はしっかり付けたいから二日ぐらい漬け込んだほうがいいわね、って言ってました」

「二日も漬け込んだの？」

「はい。とは言っても、お肉はお母さんが買ってきてくれたし、タレもほとんど作ってもらったんですけど。私は言われたとおりに調味料を計ったぐらいかな」

「まあ、教えてもらうときってそんな感じだよね」

「ですよね！　イベントのときは全部自分でやるようにします」

当選前提の台詞《せりふ》にちょっと笑ってしまったが、結果が出るまでは当たると信じていたほうが幸せに違いない。

そのタイミングでサツマイモを引き上げ、エビを投入。和洋折衷《わようせっちゅう》の夕食が始まった。料理はどれも上々。トウモロコシごはんが少し残ったのでおにぎりにして千晶がもらい、同じくひとつだけ残った天むすを花恵に進呈。夜食分まで含めて量までちょうどいい食事となった。

食器の片付けにはウェットティッシュを使った。花恵にはあらかじめウェットティッシュを用意するよう伝えてあったが、持ってきたのを確かめてみると成分表示に『パラベン』という文字があった。パラベンはアレルギーや湿疹《しっしん》を引き起こす可能性があるから食器には使えない、と千晶が持ってきたものを渡した。車だし、腐るものでもないからと余分に持っていたからよかったが、水道なしでウェットティッシュも足りないとなったらさぞかし不安だっただろう。

大人なのだからそれぐらいのことは考えつくはずだと思っていたが、ろくにアウトドア経験がないのだから、指示はもっと細かく出さなければだめだと反省させられた。

いずれにしても、花恵のご機嫌なマシンガントークは途切れることがなく、片付けを終えるころには軽い頭痛を覚えていた。

「はいおしまい。じゃあ、解散かな」

「えー……もうちょっとおしゃべりしたいですー」

「それじゃあソロキャンプにならないでしょ」

「まあそうなんですけどね……」

渋々ながらも花恵は自分のテントサイトに戻っていく。明け方は冷えるかもしれないから、ちゃんと寝袋を使うように指示をして、千晶も自分のテントに入った。

入ったというより転がり込んだ、が相応《ふさわ》しい。それほど、花恵のおしゃべりに気力を削《そ》がれていた。

——だめだこれ……目が冴《さ》えきってる……

頭の奥底に熱が籠もっている気がする。おそらく花恵の声のせいだ。

キャンプを再開してからしばらく経つが、こんなに話し声を聞き続けたことはなかった。足を捻挫《ねんざ》した女子高生と隣同士でテントを張ったことはあったけれど、彼女はどちらかというと口数が少ない子で、会話もぽつりぽつり、沈黙が占める割合のほうがずっと大きかった。もっといえば、彼女はどこか人を落ち着かせる声をしていて、ずっと聞いていると眠気を誘われる気さえした。花恵の元気いっぱいの賑やかな声とは対照的だったのである。

このままでは眠れそうにない。睡眠不足では帰りの運転に支障が出かねない。自分だけならまだしも、花恵まで乗せて三時間のドライブである。彼女は初めてのキャンプで相当疲れているはずだから、できれば家の近くまで送ってあげたい。そのためにも、なんとか気持ちを落ち着けて眠る必要があった。

アルコールの助けを借りることはできないとなると、焚き火に頼るしかない。だが、すぐ近くで火を熾したら花恵に気付かれる可能性がある。

静かにテントの入り口を開け、花恵のテントを窺う。ランタンの明かりは見えないし、動いている様子もないから、おそらく眠っているのだろう。けれど、キャンプの夜にふと目を覚ます人は多い。真っ暗ならテントから出たりしないだろうが、少し先に焚き火が見えたらどうだろう。自分の声が千晶の安眠を妨害しているなんて微塵《みじん》も思わない彼女は、大喜びでやってきておしゃべりを始めかねない。火を熾すなら、彼女に気付かれない場所を探すしかなかった。

折り畳んだままの焚き火台と薪を手提げ袋に突っ込み、ポケットに懐中電灯を入れる。焚き火台を持っていてよかった。焚き火グリルがあるからいらないかなと思ったし、実際に昼食も夕食も焚き火グリルで事足りた。前に使ったあと丁寧に手入れをしたおかげで煤《すす》汚れはまったくなく、布製の袋でもためらいなく入れられる。丈夫でカサカサという耳障りな音を立てない布袋は、今の状況に最適だった。

足音、物音、呼吸音まで忍ばせてテントを出る。懐中電灯の明かりを最小に絞って足下だけを照らす。どこまで離れればいいのかわからないままに歩き続け、しばらく行ったところで振り返ってみると花恵のテントは見えなくなっていた。おそらく川がカーブしていたせいだろう。

ここまで来れば安心、と懐中電灯の明かりを大きくし、焚き火台を組み立てる。組み立ててから火が熾《お》きて安定するまでおよそ五分、ファイヤーライターのおかげとはいえ、我ながら惚《ほ》れ惚《ぼ》れするようなスムーズさだった。

闇の中で橙色の炎を見つめる。

耳の奥にまとわりついていた声や頭の奥底の熱が少しずつ消え、肩に入っていた力が抜けていく。肺に溜《た》まっていた空気を一気に吐いて、また空気を吸い込む。夜の新鮮で少し冷たい空気が肺に満ちる感覚は、さらに千晶の気持ちを落ち着かせてくれた。

目の前では小さな火が燃えている。夜の闇になんとか抗《あらが》おうとする姿が頼もしい。薪が爆《は》ぜるパチパチという音が、拍手のように聞こえる。焚き火が自分自身に向けているのか、はたまた千晶を励ましてくれているのか……いずれにしても、闇の中にひとりきり――これこそが千晶がキャンプに求める夜だった。

十分、二十分……と時が過ぎていく。持ってきた薪はすべてくべてしまった。山の夜はやはり冷える。今は耐えられないほどではないが、火が消えたら一気に寒くなる。かなり気持ちも落ち着いたし、そろそろ戻ったほうがいい。

やはり焚き火の癒し効果はすごい。改めて感心しながら、千晶は火の始末を始める。思わぬ事態が起きたのは、薪がほぼ燃え尽きて暗くなった手元を照らすために、懐中電灯を点けようとしたときだった。

千晶の懐中電灯は本体を捻《ひね》ることで点灯し、捻り方で明かりの強弱も加減できるタイプだ。暗闇の中でスイッチを探る必要がないので重宝しているのだが、その懐中電灯がいくら捻っても点かない。右に回しても左に回しても、カチカチと頼りない音を立てるだけで周りを照らしてはくれないのだ。

――ちょっと待って、このタイミングで点かないってのはだめでしょ！

来るときは確かに点いていた。故障なのか電池切れなのかはわからないが、どうせ点かなくなるなら来るときにしてほしかった。それなら懐中電灯ではなく、ランタンを持ってきたのに……

おまけに、さっきまで見えていた月が雲に隠れてしまった。そう言えばポケットにペンが……と点けてみたものの、明かりが小さすぎて足下まで届かないし、電池も種類が違うから懐中電灯に入れてみることもできない。この暗闇の中、河原を歩いて戻るなんて、転んで怪我《けが》をする未来しか見えなかった。

スマホを懐中電灯代わりに使うという手もあるが、あいにくバッテリー残量は五パーセントしかない。当然だ。少し前に明日の天気予報を確かめたのだが、そのときにすでに七パーセントしか残っておらず、テントに戻ったらモバイルバッテリーに繋《つな》がなければ、と思っていたのだ。

スマホのライト機能を使うと、かなり電力を消耗する。テントからここまでどれぐらいかかっただろう。三分、いや五分ぐらい歩いたかもしれない。残量五パーセントではすぐになくなりかねない。万が一怪我をした場合に助けが呼べなくなるのは恐すぎる。

——いや、でも、これ今すぐ助けを呼ぶべき状況なんじゃない？

暗闇の中で動けなくなっている。これ以上の窮地はあるだろうか……

いっそ夜明けまでここにいようか、と考えかけてすぐに頭をブンと振る。

あり得ない。テントに戻ろうとしたのは寒さを懸念したからだ。さらに、野生動物と遭遇する恐れもある。今のところそれらしき声は聞こえないが、管理人が糞を見かけるというからには動物がいるのだろうし、たいていの野生動物は夜行性だろうから今が活動時間である可能性が高い。野生動物を追い払うための光源なしに出くわすのは勘弁してほしかった。

――一か八《ばち》かにかけて、スマホのライトで戻ろうか。手ぶらならたとえ転んだとしてもそこまで大事にはならないだろうし……

焚き火台と火消し壺《つぼ》を置いていけば、なんとか戻れる気がする。大事なギアではあるが、こんな月も隠れている深夜に河原を物色する泥棒はいないはずだ。明るくなってから取りに来ればいい。

ファイヤーライターや火かき棒といった細かいギア類を布袋にまとめる。焚き火台はさすがに布袋には入れられない。煤だらけだし、焚き火台自体がまだ熱を持っているから、耐熱加工されていない布袋に入れるのは危なすぎる。

取りに来るとき用になにか目印を……と見回したとき、動物の鳴き声が聞こえてきた。

『キュー』と『ギュー』の間ぐらいの鋭く高い声が二回続く。

――今のは長音、どっちかっていうと余韻が残る鳴き方だからクマじゃない……

とはいえ、これはインターネットで得た知識に過ぎない。これまでは野生動物の目撃情報がないキャンプ場ばかりだったからそれほど心配はしていなかったが、さすがに今回はヤバいかも……とあらかじめ調べてみた。その結果、いくつかのサイトにクマは短く『クマ・クマ・クマ……』と鳴くとあった。クマという名前もそれに由来するらしい。

動画で聞いた音声は千晶の耳には『クマ』ではなく『クッ』と聞こえたものの、ついさっき聞こえてきた声とはかなり異なる。

だから、あれはクマではない。十中八九シカだ。けれど、人間にだっていろいろな声音の人がいるように、クマにも個性がある。中にはとんでもなく美声で『キュー！』と鳴くクマだっているかもしれない。

——絶対シカだ。でも万が一クマだったらどうしよう。野生動物って暗闇の中にかがんでいる人間を見つけられる？　見つけられたとして、いきなり襲いかかってきたりするのかな……

不安と疑問が渦巻く。不幸中の幸いはまだ声が遠いことだが、動物はとにかく足が速い。油断しているうちにすぐそばに来ていた、なんてことがあるかもしれない。

——しまった！　荷物を全部テントの中に入れてきちゃった！

ソロキャンプエリアが確保されているとはいえ、基本的には人の多いキャンプ場ばかり使っていた。ほかの利用者を疑うのはいやだったが、盗難にあってもつまらないということで荷物はできる限りテントの中に入れるようにしている。

今回も習慣的に中に入れてしまったが、ほかに誰もいないのだから、食材やゴミはテントから離れた場所に置くべきだった。そうすれば、匂いに釣られて野生動物が出てきたとしても、テントではなくそちらに向かうはずだ。

花恵は食材やゴミをどうしたのだろう。下準備は家で済ませてきたようだから、ゴミが大量に出たとは思えない。けれど、キュウリの皮は所々剝いてあったし、スペアリブの骨も残っていた。動物の嗅覚はとても鋭い。缶の中のコーラやビールを嗅ぎ分けるらしい。たとえ少量でも、野菜クズやタレが染みこんだ骨の匂いは野生動物を引き寄せかねない。ギアと一緒にテントの中に入れていたらどうしよう。暗闇に潜んでいる千晶よりも、美味しい匂いのそばにいる花恵のほうがより危険だ。

ここは人里から離れきった山の中、しかも河原だ。野生動物と遭遇する危険がいつもよりはるかに高いことを認識すべきだった。

見上げると空の一部がうっすら明るい。雲が薄くなっているところに月がかかったのだろう。もちろん足下まで明るくなったわけじゃない。それでも真っ暗闇よりマシと判断し、そろそろと歩き出す。荷物なんてどうでもいい。いくらお気に入りのギアだって、所詮は物だ。失ったらまた買い直すことはできる。それよりも花恵、そして自分の安全確保だった。

――キュー！　キュー！

また鳴き声が聞こえた。さっきより少し遠くなったが、その分テントに近づいている気がする。

スマホのライトで足下を照らしつつ、できる限りのスピードで進む。一分ほど歩いたところで、ぼんやりとした明かりが見えた。千晶は明かりを全部消してきたから、花恵のテントに違いない。

おかげで目標ができた、と喜びながら歩いていくと、明かりがゆらゆらと揺れ始めた。どうやら花恵がランタンを持って外に出てきたらしい。千晶のテントの前あたりでいったん止まり、またすぐに動き出す。中に千晶がいないとわかったようだ。

うろうろしているのは危険すぎる。一刻も早く辿《たど》り着かねば、と足を速めたとき、スマホのライトが消える。バッテリー切れだった。

「野々村さーん！」

「榊原さん!?」

「ごめん、明かりがなくて動けないの！」

声を頼りにランタンの明かりが近づいてくる。花恵の存在がこれほどありがたかったことはない。

目印にならなら使えるはず、とペンライトを点けて待っていると、一分ほどで花恵がそばまでやってきた。

「よかった……どこに行っちゃったかと思いました」

「ほんとにごめん。ちょっと散歩でもと思ったら、懐中電灯が壊れちゃって」

「こんな夜中に散歩って……」

「眠れなくて……。野々村さんは寝てなかったの？」

「寝てたんですけど、なにかの声で起こされて……あれ、なんですか？　まさかクマじゃないですよね!?」

「違うと信じたい。たぶん、シカじゃないかと……」

「シカ！　ならよかった」

クマだったらどうしようという不安のあまり、花恵は外に出て千晶のテントに行ってみたそうだ。ところが声をかけても返事がないどころか、中にいる気配もない。どうしようと思ってあたりを見回したところ、遠くにライトが見えた。ところが、次の瞬間明かりは消えて、千晶の声が聞こえてきたそうだ。

「助かったよ。懐中電灯が壊れちゃって、スマホもバッテリー切れ。真っ暗だし河原は石がいっぱいあって歩きづらいし、このまま朝まで動けないかと思ってた」

「ならよかったです」

「でも、助けてもらってこんなことを言うのはなんだけど、基本的にはこういうときは外に出ちゃだめだよ。特に野々村さんは、山に慣れていないし」

今回はおそらくクマではないけれど、万が一ということもある。鳴き声が聞こえたときはテントから出ないほうがいい。クマは基本的に臆病な生き物だから、人がいる場所に近づいてこない。ただし、飢《う》えていて明らかに食料があるとわかっている場合を除いて……

「そういえば野々村さん、食材はどこに置いてる？」

「クーラーバッグに入れて、少し先の木に引っかけました。ゴミも袋を二重にして同じ木の根元に置いてあります。じゃないとクマとかイノシシとか寄ってきちゃって危ないんですよね？」

「そのとおりだけど、よく知ってたね」

「受け売りです。治恩くんは人気《ひとけ》が少ないところでキャンプをすることが多いから、動物対策バッチリなんです」

あまり利用者が多いキャンプ場だと、ファンの目についてしまう。ファンと交流したくないわけではないが、できればキャンプそのものを楽しみたいし、動画だって撮りたい。そんな理由から辺鄙《へんぴ》な場所にあるキャンプ場を使うことが多く、動物対策にも余念がないそうだ。

「そうなんだ……私よりずっとちゃんとしてるね」

「え、榊原さんはテントの中に入れちゃったんですか？」

「ついうっかり……いつもは動物なんて出てきそうにないところばっかりだから」

「だめですよー。クマやイノシシが山から下りてきて民家や畑を荒らしたってニュース、テレビでもネットでもいっぱい流れてるじゃないですか」

「そう……だね」

ビギナーに助けられたばかりか、説教までされる。面目ないとはこのことだが、とにかく花恵に危険が及ばずに済んでよかった。

花恵のランタンを頼りに歩き始める。途中でまた『キュー』という鳴き声が聞こえたが、さっきよりもさらに遠くなっているから大丈夫だろう。

ほどなくテントに戻ることができた。念のために食材とゴミをテントから離れた場所に移す。これで一安心。置き去りにしてきた焚き火グリルは気にかかるが、今は睡眠を取ることのほうが重要だ。

そしてテントに戻った千晶はスマホをモバイルバッテリーに繋ぎ、寝袋に潜り込む。

花恵に対する苛立《いらだ》ちはすっかり消えている。暗闇で動けなくなっていたのを助けてもらったのだから当然だ。あまりにも勝手な自分の感情に呆れながら目を閉じる。鳴き声はもう聞こえず、ただただ静かな夜が続いていく。これなら朝までぐっすり眠れることだろう。


「おはようございます！」

朝から花恵は元気いっぱいだ。聞いたところによると、動物の鳴き声がするまではしっかり寝ていたし、千晶を助けてくれたあともすぐに眠れたらしい。

初めてのテント泊で速やかに入眠、夜中に動物の声を聞いてもシカだと言われれば安心してまた熟睡し、日の出とともにすっきり起床する。アウトドア活動とは無縁に思えたけれど、花恵は案外キャンプに向いている。

彼女が治恩のイベントに参加できるかどうかはわからないが、イベントは今回だけとは限らない。治恩の興味が続けば何度も繰り返されるかもしれないし、花恵は参加できるまで応募を続けるだろう。もしかしたら、参加できたとしても二度目、三度目を狙うかもしれない。

回を重ねるたびに技量は上がり、ひとりでもキャンプができるようになっていく。花恵にとってのキャンプはあくまでも『推し活』の一部のようだが、ずっとそのままとは限らない。治恩のキャンプイベントに何度も参加するうちにキャンプの魅力に取り憑《つ》かれて、イベントとは無関係にキャンプに出かけるようになるかもしれない。

花恵は焚き火グリルに薪を入れている。昨日より遥《はる》かにスムーズに火をつけ、水が入ったアウトドアクッカーをのせる。グリルの横にティーバッグが見えるから、紅茶を入れるつもりなのだろう。

表情は柔らかいし、なにより目がキラキラ輝いている。治恩のイベントに参加したい一心で出かけてきたにしても、とにかく今、彼女はキャンプを楽しんでいる。

花恵の姿に、かつてジュニアリーダーになりたてのころ指導した子どもたちが重なる。

もううんざり、という顔をする子はゼロではなかったけれど、大半は「すごく楽しかった！ もっとキャンプをしたい！」と目を輝かせた。さらに、「どうもありがとう。また次もお姉さんに教えてもらいたい」とまで言ってくれた。

キャンプ指導を始めたばかりで、技術だって通り一遍しか身についてはいなかった上に、子どもたちとはせいぜい三歳か四歳しか離れていない。そんな千晶にすら、彼らはお礼を言ってくれた。感謝の言葉以上に、子どもたちにキャンプの楽しさを伝えられたことが嬉しかった。花恵は、あのころの千晶の気持ちを思い出させてくれた。

これからも一緒にキャンプをしようと言われたら困ってしまうが、たまになら花恵とのキャンプも楽しめそうだ。なにより彼女にはとびきり料理上手な母親がいる。いずれは母親の味をもとに創作料理を生み出し、千晶に教えてくれるかもしれない。

焚き火さえあればいい、なんて言いながらもやっぱり楽しみの半分は食事だ。調理道具や食材に限りがあるキャンプでは、料理もマンネリに陥りがちだ。たまに自分以外の人の料理を見たり食べたりすることで、マンネリを打破できるだろう。

花恵はいろいろ失敗しがちな子だが、教えられたことはちゃんとこなせる。テントの入り口の方向やペグの種類を間違えたときはどうなることかと思ったけれど、火のつけ方とかゴミや食材の保存といった、治恩が動画の中で紹介したことについてはしっかり身につけていた。おそらく繰り返し動画を見た成果に違いない。

つまり、花恵が失敗するのはもっぱら必要な情報が伝えられていない、伝えられていたとしても理解が及ばない状態で見切り発車してしまったときなのだ。

普段の花恵は、作業予定や進行状況をきちんと報告する。

思いがけない問題が生じ、周りに相談する相手がいなくて失敗に至ることがあるけれど、基本的には途中で起こった問題についても報告する。おそらく花恵の場合、仕事だけではなくプライベートでも、家族や友人に相談しながら、いろいろなことを進めているのだろう。

ほとんど報告魔や相談魔のようになっている花恵を見ると、いちいち言いにこなくていい、それぐらい自分で判断できないのか、と思うこともある。特に手を離せない作業をしているときなどは、それぐらい自分で判断してくれ、と苛立ってしまう。けれど、今回の千晶のように無断でテントを離れて窮地に陥るよりずっといい。

一方の自分は、昨日今日キャンプを始めたばかりでもないのに、野生動物を寄せ付けない処置を怠るなんて論外だ。もっと花恵と話していれば、少なくとも彼女の行動に気を配っていれば、食材やゴミをテントから離して保管する姿を目にすることもできただろう。

――『負うた子に教えられて浅瀬を渡る』ってこういうことかな……。いくら経験を積んでいても基本をおざなりにしていいわけがない。キャンプだけじゃなくて仕事の上でも絶対に疎《おろそ》かにしてはいけないことがあるのよね……

生きていく上で、危険回避は常に重要課題だ。そんなことが起こるわけがない、ではなく、起こりうることを前提に行動する必要がある。

母があれほど千晶のソロキャンプに苦い顔をするのは、今の千晶は出たとこ勝負、なんとかなるさの一点張りで危機管理が不十分と感じているからかもしれない。

——これからはもっともっといろいろなことに配慮しよう。そうすればお母さんも安心して、快くキャンプに送り出してくれるかも……

目の先では、花恵がティーバッグを入れたシェラカップにお湯を注ごうとしている。真剣そのものの眼差《まなざ》しにはお湯をこぼすまい、火傷《やけど》をすまい、という気持ちが溢《あふ》れている。そんな花恵に、千晶は、身を守る上で基本的なルールがいかに大切かを教えられた気がしていた。

2

Solo Camping!

第三話

オートキャンプ

十一月半ばの土曜日の午後、微《かす》かに漂う潮の香りを楽しみつつ、千晶はコーヒーを飲んでいた。

周りは家族や友だち同士といった複数人のグループばかりで、ピクニックテーブルを広げて飲み物やおしゃべりを楽しんでいる。午後のひととき、ここまでの移動の疲れを癒《いや》し、夜の活動に備えるつもりなのだろう。

何事も思い込みで判断してはいけない――それが、花恵とのソログルキャンで千晶が得た教訓だった。

ソロはソロ、ソロなのにグループなんて矛盾でしかないと思っていたけれど、もしもあの懐中電灯が点《つ》かなくなった夜、千晶が本当にひとりでキャンプをしていたらどうなっていたことか。動物の声が響いてくる闇夜の中、テントに戻ることもできず生きた心地がしなかったに違いない。

心の隅にあった、花恵と一緒でなければテントが見えなくなるような場所まで行って焚《た》き火をすることもなかったし、そもそもあのキャンプ場に行くこともなかった、という考えは火消し壺《つぼ》の燃え滓《かす》と一緒にゴミに出した。

スマホのバッテリー残量が少ないとわかっているのにそのままにしていた。動物がいると管理人から聞いていたのに、食材やゴミを適切に保管できていなかった。いずれも花恵の存在を言い訳にできることではない。ＴＰＯを心得て動くというのは、キャンパーとしてだけではなく社会人として当たり前のことだし、花恵がいなかったとしても、ほかの理由でテントを離れる必要が生じるかもしれない。

心のどこかで馬鹿にしていたソログルキャンに手痛いしっぺ返しを受けた。いや、しっぺ返しなんて言い方はよくない。花恵の料理は美味《おい》しかったし、おしゃべりに頭痛が起きそうになったとはいえ、結果として花恵には助けられた。

なにより母が心配する気持ちがよくわかった。キャンプ、とりわけソロキャンプには大きな危険が伴う。親なら我が子がキャンプに行くと知ったら、誰かと一緒に……と言い出すのは当然だった。

今後はとにかく危険が少ない場所に行こう。管理が行き届きすぎているキャンプ場はつまらないという人もいるかもしれない。だが、千晶がキャンプに求めるものは焚き火のみと言っても過言ではない。

橙色《だいだいいろ》の炎が躍る姿さえ見られればいい、ついでにそれで煮炊きして酒の一杯も呑《の》めれば上等という考えで、人間の手が入らない大自然なんてそもそも求めていないのだ。

それなら『焚き火カフェ』で十分ではないか、という考えが頭を過《よぎ》ったが、さすがにすでについている火を眺めるだけの『焚き火カフェ』では物足りなすぎる。どうせなら焚き火のすべてを愛《め》でたい、この手で火を熾《おこ》し、闇を照らす橙色の灯《あか》りを堪能しようと思ったら、やはり泊まりがけのキャンプに行くしかない気がするのだ。

そんな千晶が苦肉の策で思いついたのは、オートキャンプだった。

ソロキャンプに限らず、キャンプの無防備さはテント泊に由来する。テント泊をやめれば少しは危険度が下がるのではないか。オートキャンプ場なら、テントサイトまで車を乗り入れることができる。大型キャンピングカーでやってくる人もいるから、場内もそこに至る道もそれなりに整備されているし、電源が確保されているところも多い。もちろんトイレはピカピカ、シャワーも完備、ちょっとしたホテルのようなキャンプ場もあるらしい。

テントを張らないキャンプなんて邪道でしかないと思っていたけれど、ソログルキャンですら案外悪くないと思えたのだから、オートキャンプだって楽しめるかもしれない。それで母の心配を減らせるなら……と千晶はオートキャンプ場を調べ始めた。

そして自宅からほどよい距離にあるキャンプ場を見つけ、愛車を駆ってやってきたというのが今の状況だった。

車中泊がメインのオートキャンプ場を利用するには、千晶の車は見劣りがする。軽自動車としては大きめとはいえ、これで乗り込んでいいものか……と悩みつつも到着してみると、やはり周りは本格的なキャンピングカーがほとんどで、軽自動車で来ているのは千晶ひとりだった。

――すごい場違い感……でも、この車でよかった。駐車スペースにぎりぎりいっぱいで停《と》めてる大型車ばっかりだから、このサイズでなければ相当苦労したはず……

このキャンプ場は国道沿いにあり、駐車場の縁に沿ってテントサイトが設けられている。陸上競技場におけるフィールドの端に沿って駐車し、車を停めた向こう側のトラック部分がテントサイトとなる形式なので、車が楕円《だえん》状にずらりと並ぶ。

つまり、千晶が最も苦手とする縦列《じゅうれつ》駐車を求められることになるのだが、大きなキャンピングカーの間に駐車するのはかなり難しく、小回りの利く軽自動車でなければ無理だっただろう。

とはいえ、車を停めて外に出たとたん駐車の苦労はすっ飛んでいった。目の前に広がる海と潮の香りが素晴らしかったのだ。しかも、海は国道を挟んだ向こう側にあるのでなんとなく安心感がある。海辺のキャンプ場としてかなり望ましい形式に思えた。

車を停めたあと、早速タープを張った。周囲はみな家族用の大きなタープを張っているが、千晶のタープはひとり用で、車同様おもちゃみたいに見える。それでも雨はもちろん、日光を遮ってくれるタープはアラサーの千晶には必需品だった。

ワンポール式のタープを張り終え、折りたたみ椅子を設置。いよいよ……という感じで焚き火グリルを取り出し、炭を入れた。

今回の目的はとにかく焚き火を見ることにある。今回ってなんだよ、いつもじゃないか、と言われそうだが、いくら焚き火フリークの千晶でも、焚き火以外にまったく魅力を感じないかというと違う。テントの中で過ごす夜は大好きだし、虫やカエルの声を聞くのも風情がある。前回怯《おび》えた動物の鳴き声すら、うんと遠くに聞こえる分には、悪くないと思っているのである。

ただ、今回は季節的にも立地的にも虫やカエルの声は望めないし、そもそもテント泊ですらない。お隣さんとは数メートルの距離しかなく、聞こえてくるのは家族が上げる賑《にぎ》やかな笑い声である。

キャンプ場でも静かに過ごす家族はあるが、本日のお隣さんはかなり賑やかだ。しかも二家族が一緒に来ていて、子どもたちは歓声を上げて走り回っているし、ビールを片手にカードゲームに興じている大人たちも負けず劣らずの大騒ぎである。

ものすごく平和で楽しそうな風景に違いないが、もともと『ソロキャン』志向の千晶としては少々賑やかすぎる……となると、美味しいものでも食べながら静かになる夜を待つしかない。料理をするなら薪《まき》よりも炭がいい、と判断して炭を入れたのだ。

断続的に聞こえてくる笑い声を聞きながら、火が熾るのを待つ。炭火には抜群の安定力があるが、落ち着くまでが長い。時間はたっぷりあるからかまわないが、今の千晶はただウインナーを焼きたいだけだ。三十分待って五分か十分で終了するのはいかがなものか。いっそ途中のコンビニでフランクフルトソーセージでも買ってくればよかった、と苦笑してしまった。

そうこうしているうちに、お隣さんが夕食の支度を始めた。どうやらカードゲームは片方の家族の母親らしき女性が勝利して、夕食準備は彼女以外のメンバーがおこなうことになったようだ。

――あーなるほど……晩ごはんの支度免除をかけてのバトルだったのね。でもキャンプで料理をしなくていいってご褒美というより罰ゲームなんじゃ……

自分以外にもキャンプでの煮炊きを楽しみのひとつと捉える人も多いだろうに、と思いつつ、焚き火グリルにウインナーをのせる。いつもの粗挽《あらび》きではなく、真っ赤なウインナー。子どものころにお弁当に入れてもらったようなやつだ。

実は車中泊のキャンプに行くと決め、なにを食べるか考えたときにふいに串刺しのソーセージが頭に浮かんだ。『フランクフルト』なんて立派なものではなく、縁日やお祭りの屋台で売られているようなオレンジ色で歯応えのないタイプ。おそらく添加物もたっぷりで身体《からだ》にだってよくないだろう。

だが、一度食べたいと思ってしまったらもうだめだった。オレンジ色の皮が頭から離れない。とうとう、一本ぐらい食べたって大丈夫だろうと覚悟を決めて買いに行ったのに、あの串刺しのウインナーはどこにもない。あったのはいかにも正しそうな『フランクフルトソーセージ』ばかり、中には串の代わりに骨を使っているものもあった。骨付きウインナーの美味しさは千晶だってよく知っているが、今ほしいのはそれじゃない。

あっちはどうだ、こっちにはあるか……と何軒も店を梯子《はしご》したがやっぱりどこにもなく、苦肉の策で買ってきたのが赤いウインナーだった。

当然サイズはオレンジ色の串刺しウインナーの半分……いや、三分の一以下だろう。形だけでも似せたいと竹串を刺してみたが、衣をつけ忘れた串揚げみたいで痛々しい。

それでも串があるほうが食べやすいし、わざわざ抜くのも面倒なのでそのままにして、くるりくるりと回しながら焼く。ふと目を上げると、少し離れたところからこちらを見ている男の子がいた。さっきまで元気に駆け回っていたお隣さんの一員である。

小学校一、二年……もしかしたら幼稚園の年長かもしれない。なんだろうと思っていると、男の子は料理を免除されたお母さんのところに走っていき、会話が始まった。

「おかあさん、僕もウインナー食べたい！」

「ウインナーなら持ってきてるわ。お父さんに焼いてもらいなさい」

「はーい！」

男の子はかわいらしい声で返事をし、父親らしき男性のところに行く。

なんだウインナーが食べたかったのか。持ってきてるならよかった……と思ったのもつかの間、不満そのものの声が上がった。

「違うよ！　僕が食べたいのは赤いやつ！」

「うーん……赤いのはないなあ……ウインナーなら持ってきたのを食べなさい。ドイツで修業してきた肉屋さんが作ったやつだから、すごく旨《うま》いぞ」

「やだ！　赤いのがいい！　遠足のお弁当だって、みんなは赤いのを入れてもらってるのに僕だけ茶色なんだよ？」

――いや、みんなってことはないでしょ！

ついつい心の中で突っ込んでしまう。全員のお弁当に赤いウインナーが入っているはずがない。どちらかと言えば少数派なのではないか。おそらく『みんなが持ってる』とか『みんなが言ってる』と同じで、数人しかいないのに自分に都合よく表現しているだけだろう。

父親もわかっているらしく、苦笑いで答える。

「そうかなあ……茶色いウインナーの子もいると思うけど」

「でも僕、一度も赤いウインナーを食べたことがないんだよ？　一回ぐらい食べてみたい！」

「こっちのほうが絶対旨いって」

父親はなんとか男の子を説得しようとしている。ない袖は振れないということだろう。だが男の子はまったく受け入れず、とうとう地団駄を踏み始めてしまった。

「茶色なんていらなーい！」

男の子の声があたりに響き渡り、慌てた母親が駆けつける。

「わかった、わかった。帰ったら買ってあげるから、今日は我慢して？」

「いやだー！　僕は今すぐ食べたいんだー！　あの人みたいな赤いやつがー！」

男の子は大声を張り上げ、お隣さんグループは揃《そろ》ってこちらを見ている。騒いでいる親子のみならず、一緒に来た家族も合わせて総勢九名十八個の目が、千晶の焚き火グリルに向けられていた。

目を合わせちゃだめだ……と山の中で獣に出くわしたときみたいな台詞《せりふ》が頭に浮かんだが、そうもいかない。ここで無視できるほど千晶の心臓の毛は太くない。無毛ではない自覚はあるが、そこまで屈強ではないのだ。

愛想笑いと泣き笑いの中間ぐらいの笑顔で申し出る。

「あの……こんなのでよければお分けしましょうか？」

「いいんですか？　ありがとうございます。すごく助かります」

そこで母親は男の子を呼んで、頭をぐいっと押さえて言う。

「ほら、あなたもお礼を言いなさい」

「おばさん、ありがとう！」

「おばさんじゃなくて、お姉さんでしょ！」

慌てて母親が訂正させようとしたが、子どもから見たら千晶はやはりおばさんなのだろう。

微妙にがっかりしながらも赤ウインナーの串を一本渡す。ところが、嬉《うれ》しそうに串を握った男の子の後ろでほかの子どもが騒ぎ出した。

「いいなー、私もほしいー！」

「僕だってほしいよ！」

「あたしもー」

二家族九名のうち子どもは五人。焚き火グリルの上にあったウインナーは五本。子どもたちの騒ぎの前になすすべもなく、千晶はひとりひとりに赤いウインナーを渡す。様子を見ていた父親が、大慌てで紙皿を持って走ってきた。紙皿にのせられていたのは見るからに歯応えがありそうなウインナーが数本、おそらくこれがドイツで修業した肉屋さんが作ったというウインナーだろう。

「本当に申し訳ありません！　代わりにこちらを！」

「いえ、いいんです……」

「そうはいきません。ぜひ召し上がってください！　あ、ここに置きますね！」

受け取ろうとしない千晶に、父親は折りたたみ椅子の脇に置いていたテーブルに紙皿をのせ、意気揚々と戻っていく。そのあとをぞろぞろついていく子どもたち……しかも食べながら歩いているのか、「あ、こんな味なんだ……」「いつものとだいぶ違うね」なんて声が聞こえる。千晶ほど、赤いウインナーに価値を見いだしていないそうだ。

さらに母親と父親の会話も聞こえてくる。本人はそれなりに声を潜めているつもりなのだろうが、地声が大きいためはっきり聞こえてしまうのが辛《つら》い。

「あのウインナーをあげちゃうなんて」

「いいじゃないか。子どもたちも気が済んだみたいだし」

「そりゃそうだけど……私たちが食べる分がなくなっちゃったわ」

楽しみにしてたのに、と母親は不満そのものの様子。これは叱られかねないと思ったのか、子どもたちは海のほうに逃げていく。千晶の気分は『絶望』そのものだった。

とはいえ、もらったウインナーはものすごく美味しそうだ。食べられなくなった母親が嘆くのも無理はないが、今更返しに行くのもおかしな話だ。

やれやれ……と思いながら紙皿を持ち上げるとほのかな温かさが伝わってきた。焦げ目が全然ついていないから加熱していないのかと思っていたが、どうやら茹《ゆ》でてあるようだ。生ウインナーでない限り加熱しなくても大丈夫だし、茹でてあるなら上等だ。このまま食べてしまおうか、とは思ったけれど、赤ウインナーが姿を消したあとの焚き火グリルがあまりにも寂しくて、紙皿のウインナーを並べる。

しばらくぼんやり、というよりも呆然《ぼうぜん》と眺めているうちにウインナーにほどよい焦げ目がついた。

茹でたあとに炭火で焼いたドイツウインナーが美味しくないはずがない。期待たっぷりに齧《かじ》ってみた千晶がまず感じたのは、圧倒的な熱だった。

嚙《か》みちぎったところから漏れ出た脂と肉汁の混合体が、ストレートに舌を攻撃する。声にならない声を上げた千晶は、慌てて脇に置いていた缶を開ける。そして、ごくごくごく……と三口ほど呑んだあと、生ぬるさにはっとした。

——しまった。これ、途中でスーパーで買ってきたビールだ！　クーラーボックスに入れて冷やそうと思ってたのにそのまま呑んじゃった……

熱々のウインナーに生ぬるいビール。ヨーロッパではエールビールを冷やさないと聞いたことがあるが、そこまで本場に倣《なら》わなくていいし、そもそもこれはエールビールですらない。純日本人の千晶としては、ビールはやはり冷えていてほしかったし、アルコールを口にしてしまったら車の運転はできない。

行ってみて合わないようだったら、食事だけして帰ってくればいいと思っていたが、朝までここにいるしかなくなってしまった。

食べたかった赤いウインナーも食べられず、逃亡手段もなくなった。隣からは依然として賑やかな声が響いてくる。おまけに、これまでセッティングだけしていなくなっていた反対隣の家族が戻ってきて、ウインナーを交換した家族に声をかけた。

「あら！　またお会いしましたね！」

「うわー、奇遇ですね！　今日は弟さんたちはご一緒じゃないんですか？」

「ええ。一緒に来るはずだったんですけど、直前に義妹が体調を崩しちゃって」

「それは残念ですねえ……」

「はい。ちょっと寂しいですけど、これぱっかりは……」

「だったら合流しません？　お食事だけでも」

「いいんですか⁉」

「どうぞどうぞ」

そんなこんなで三家族が合体。ただでさえ賑やかだったのに、さらに大騒ぎとなってしまった。

それでも、頭越しに大声で会話されるよりマシ、と自分を慰め、次のウインナーを慎重に齧る。

さすがは本場ウインナー、こんな気分でもものすごく美味しい。ウインナーは茶色と白の二種類あったが、特に白いほうが美味しい。かなりはっきりしたガーリックの味をハーブの爽やかさが和らげている。同じように白いウインナーでレモンを使ったものもあるが、千晶はこちらのほうが好みだ。

それでもなお、赤いウインナーへの未練が消えない。あのタコにでもカニにでもしてちょうだい、と言わんばかりの赤さと、ただただ柔らかい食感が恋しい。お酒さえ呑んでいなければもう一度買いに行けただろうに、とは思ったが、昨今赤いウインナーを置いている店は減っている。オレンジ色のフランクフルトほどではないにしても、見つけられない可能性のほうが高かった。

賑やかなお隣さん、ぬるいビール、そして食べられなかった赤いウインナー……スリーストライクバッターアウト状態だが、白いウインナーのおかげでなんとか次の打席に立つ気力を取り戻した。

管理人はあちこちのキャンパーに声をかけては楽しそうに談笑している。薪や炭が足りなければ買うことができるし、管理が行き届いたトイレやシャワーもある。管理人は二十四時間常駐だし、誰もが安らぎ、楽しそうにしている。求めるものが得られていないのは、おそらく千晶ひとりだろう。

――お母さん、ここはきれいで楽しくて安全なキャンプ場だよ。ここならひとりでもなんの不安もない。でもね……

千晶は目の前の焚き火グリルを見つめる。

絶え間なく誰かの声が聞こえてくる。しっかり熾った炭火はひたすら静かに燃えている。

買ったばかりで湿気をほとんど吸っていないせいか、爆《は》ぜる音すらしない。けれど、炭を薪に替えたところで、この喧噪《けんそう》の中、爆ぜる音が聞こえるだろうか……

焚き火さえあればいいというのは嘘《うそ》じゃない。だが、その『焚き火』には薪や炭が爆ぜる音が聞こえる静けさが含まれる。大人数でのキャンプファイヤーでもない限り、千晶のキャンプに喧噪は必要なかった。

——釣りでもしよう……

前回は見事に『ボウズ』だった。今回もおそらく釣れはしないだろう。それでも、海辺のほうがここよりは静かなはずだ。少し時間が経てばお隣さんの大騒ぎも落ち着くかもしれない。釣果《ちょうか》なんて関係ない。この喧噪の中で座っているより、海辺で釣り糸を垂らしているほうがマシだ。

そして千晶は釣り竿を片手に国道を渡る。日は落ちかけている。いわゆる『夕マヅメ』、魚の動きが活発になる頃合いだ。ほかにも釣り人はいるだろうけれど、釣り人は接近戦を好まない。獲物を取り合ったり糸が絡んだりするのを防ぐために、適度に距離を取り合うのが常だから、静かな時を過ごせるに違いない。

三時間後、千晶はようやくテントサイトに戻ってきた。

お隣さんは、どうやら子どもたちに食事をさせたあと、大人は酒を片手にまたカードゲームを始めたようだ。千晶がここに着いたときよりも人数が増えたせいか、プレイヤー半分ギャラリー半分といった感じの交代制で、千晶が出ていったときと大差なく楽しそうな時を過ごしている。

当分続きそうだな……とは思ったが、出ていったときほどの絶望感はない。なぜなら千晶の手には釣りたての鯵《あじ》があったからだ。しかもけっこう大きなものが二匹、前のキャンプで釣りスポットを教えてもらいながら一匹も釣れなかったのが嘘のようだった。

――うーん……我ながらなんて良型！　まさかこんなにいいのが釣れるとは！

二匹あるから一匹は刺身、もう一匹は塩焼きにできる。海沿いに釣り竿《ざお》を持っていくからには、と父が魚の捌《さば》き方をレクチャーしてくれたのだが、あのときは釣れない可能性が高いと思っていたから、聞き流してしまった。

それでも目の前で捌いている父の姿を見たことは大きい。なんとなく手順は覚えているからやってやれないことはないだろう。

来る途中で飲み干したお茶のペットボトルを取り出す。鱗《うろこ》取りは包丁やナイフでもいいのだが、父がペットボトルの蓋《ふた》を使うと簡単だといっていたので試してみることにしたのだ。

先にゼイゴと呼ばれるとげのような鱗を切り取り、ペットボトルの蓋でガシガシ擦《こす》る。確かによく取れるが、二匹だけのことだし、ゼイゴを取るのにナイフを使ったのならそのままナイフを使えばいいような気がする。

まあそれもやってみたからこそわかること、次はしゃもじも試してみよう、などと考えつつはらわたを取り、片方はそのまま脇によけ、残った一匹は頭を取って三枚におろした。

ズタボロの断片を見ると悲しくなってしまうが、美醜はともかく一匹の魚を三つに分けたのだから三枚おろしに違いない。問題は大量に骨に残った身だった。

——もったいない。これ、どうにかできないかな。骨せんべいにしたいけど、それだけのために油を大量に使うのはもったいないし……あ、そうだ！

たっぷり身がついた骨をアウトドアクッカーに入れ、水をドボドボ注ぐ。レシピにはアラに熱湯をかけて臭みを抜くという手順が書かれていることが多いが、さっきまで生きていた魚に臭みなんてない。手抜き上等、料理酒も入れ、熾し直した焚き火グリルにのせた。

温度が上がっていくにつれて、水がうっすら濁り始める。貝で味噌汁《みそしる》や吸い物を作るときによく見る濁り具合に、懐かしさを覚える。子どものころ、こんな濁り具合の鍋を覗《のぞ》き込んでは「おかあさーん、口が開かない貝があるよー」などと知らせていた。「あらあら……」と言いながら近づいてきた母が、お玉でその貝を掬《すく》いだそうとしたとたんにパカン！と口が開き、「ギリセーフ！」とふたりで大笑いしたものだ。

冷静に考えたら、件《くだん》の貝は今まさに絶命した瞬間で、いったいどこがセーフなんだとおかしくなるが、あれは食べられるものを捨てずに済んだという意味の『セーフ』だったのかもしれない。

骨に残っていた薄桃色の身が白くなるのを待って味醂《みりん》を少々と醬油《しょうゆ》を注げば、鯵のアラ汁の出来上がりだった。表面に細かい脂がたくさん浮いている。冬にしてはずいぶん脂が乗った鯵だったらしい。

ほかの料理ができてから、とは思ったがどうにも我慢できない。ちょっとだけ……とシェラカップに注いで飲んでみると、口の中いっぱいに鯵の旨みが広がった。

青魚特有の出汁《だし》の旨み、鰹節《かつおぶし》や鯖《さば》節は絶妙な出汁が取れることで知られているが、鯵だって負けていない。『鯵節』にすればさぞや……とここまで考えて笑いだす。

最大サイズまで育ったところで鯵は鯵、鯖節にする鯖ほどにはならない。鯵節にできるだけの大きさのものはそうそう獲《と》れない。なにより、鯵は生でよし、焼いてよし、揚げてよし。干物だって永遠のベストセラーだ。こんなに使い勝手も味も極上の魚を、わざわざ鯵節にする必要なんてない。

いずれにしても、骨だけでこれだけ美味しいのなら身はもっともっと期待できる。さっさと料理して食べるに限る。

三枚におろした身は、細かく刻んで叩《たた》きにした。刺身のほうが断然楽だが、あまりにもボロボロで証拠隠滅とばかりに刻んでしまった。チューブのおろし生姜《しょうが》と千切りにした大葉もまぜたから、さぞや美味しい叩きになったに違いない。

残るは塩焼き、とアウトドアクッカーを焚き火グリルの隅に寄せる。鯵が載り切らないようならいったんアウトドアクッカーを火から下ろすしかないと思ったが、なんとか載せることができた。かなり端っこのほうだから、魚が焼けるまでに煮詰まってしまうこともないだろう。

鱗、ゼイゴ、内臓を失った鯵が焼き網の上でぐったりしている。いくら新鮮でもあれもこれも取り去られたらぐったりするのも当たり前だ、なんて眺めていた千晶は、次の瞬間大慌てで鯵をまな板の上に戻す。塩焼きだというのに、塩を振るのを忘れたのだ。

これだけ新鮮なのだから、もしかしたら素焼きでも美味しいのかもしれないが、やっぱり塩があったほうがいい。捌いたときに塩を振っておけば、いい感じに水分が抜けてさらに旨みが凝縮されただろうに、と思っても後の祭り。完成済みのアラ汁と叩きを前に、水分が抜けるのを待てるほど千晶の腹の虫はおとなしくない。かといって、アラ汁や叩きを食べながら待つというのもいやだ。どうせなら三品揃ってから食べ始めたかった。

もう火に当ててしまったのだからどうしようもない。表面が乾ききる前に気づけてよかった。さもなければ塩を振っても全部はじかれてしまっただろう。かくなる上は、料理に味を付けるという役割をまっとうしてもらうしかなかった。

塩を振ったあと焼き網の上に戻して六分、裏側に焦げ目がついたのを確認し、ひっくり返してさらに三分、ようやく鰺の塩焼きが完成した。

どの辺だっけ?と迷った挙げ句、エイヤとばかりに入れた飾り包丁は、思ったよりいい位置に納まっていて、皿の上の鰺は小料理屋で出てきてもおかしくないぐらいの上品さだ。ここで料亭と言わないところが私の謙虚さよね、と笑いつつ、アラ汁をシェラカップに移し、クーラーボックスにしまっておいた叩きを出す。

小さな折りたたみテーブルの上は、鰺料理でいっぱいになっている。ここはもう呑むしかない!とまたクーラーボックスを開ける。

明日の朝や昼用の食材をどけて取り出したのは、小さなガラス瓶。まさかとは思いながら、もしも魚が釣れた時用に持ってきた日本酒である。

実はこれ、日本酒呑み比べセットを買い込んだ父に、好きなのを一本持っていっていいぞ、と言われて選んだら、父が一番好きな銘柄だったという曰《いわ》く付きの代物だ。

千晶はあまり日本酒には詳しくなく、この日本酒にしても、ただ瓶がきれいだったからという理由で選んだ。どうせ味なんてわからないからほかのでもいい、と返そうとしたら父は渋い顔になった。味がわからないならわかるようになれ、これが旨い日本酒というものだ、と押しつけられて持ち帰らざるを得なくなってしまったのだ。

父が太鼓判を押す日本酒に、釣りたての鯵づくし。こんなに素敵な晩餐《ばんさん》はない。食べられなかった赤いウインナーを忘れ去るに十分な献立だった。

キリリ……とキャップを捻《ひね》り、使い捨てのプラカップに注ぐ。このプラカップも父がくれたものだ。日本酒は色合いを愛でるところから始まる。本来は利き酒用の猪口《ちょこ》か透明なグラスがいいのだが、アウトドアでは難しい。せめてこれを持っていけ、と台所の奥から持ってきてくれた。透明かつウイスキーのショットグラスぐらいの大きさで、日本酒をゆっくり呑むのにぴったりだった。

「お待たせしました、『鯵づくしコース』の始まりでーす」

待たせたのも待ったのも自分だけど、と笑いながらプラカップを持ち上げる。父の教えどおりまず色を見る。思ったより黄色い。なにも言わずに出されたら白ワインと間違えるほどだ。だが、一口含んでみるとまったく違う。フルーティさはあるけれど、ワインほどの酸味はない。呑み込んだあとに残る微かな米の甘みが、もっと呑みたい気持ちをそそる。

矢継ぎ早に呑みたい気持ちをぐっと抑え、鯵の背、一番身が厚そうなところに箸を入れる。日はとっぷりと暮れ、気温が下がったおかげで湯気がはっきり見える。青みがかった茶色の皮を破って出てきた真っ白な身から立ち上《のぼ》る湯気は、それだけでご馳走《ちそう》だ。

目を細めつつ口に運び、酒を追いかけさせる。なんとか間に合った塩と酒の微かな甘み、両方呑み込んで、今度は叩きに箸を伸ばす。生姜と大葉をたっぷり絡めた生の鯵は、歯応えと青魚特有の香りが素晴らしい。アラ汁もあわせて『味がいいから鯵』という語源に全力で頷《うなず》かせる味わいだった。

――ごめんね、お父さん。大好きなお酒を横取りしちゃって。でも、おかげで私にも日本酒の美味しさがわかりそうだよ……

叩きと塩焼きは日本酒とともになくなった。ごはんが食べたい気がしたが、グリルをアラ汁と塩焼きに使っていたからごはんは炊いていない。アラ汁がもう一杯分残っているから、それを平らげて終わりにするか、とアウトドアクッカーに手を伸ばしたとき、素麺《そうめん》を持ってきていたことを思い出した。

台所をごそごそやっていたら、夏に使い残したものが出てきた。封は切ってあるし残っているのはたったの一束、それならキャンプで使ってしまおうと持ってきたものだ。

一部の地域では素麺を味噌汁に入れて食べるそうだ。乾麺をそのまま入れると塩分が過多になったりとろみがついてしまったりするらしく、できれば別茹でしたほうがいいと書かれたレシピを見たことがある。けれど、今から素麺のために湯を沸かし、水を使って締めるなんてことはやりたくない。

一束だけなら塩分もとろみも食べられないほどにはならないはずだ。直入れ上等、とばかりに素麵をふたつに折ってアウトドアクッカーの中に放り込む。さすがは短時間で茹でられることで有名な素麵、ものの二分で煮麵《にゅうめん》が出来上がった。

——うわーっ……すごくシコシコして出汁も染みてる。もともと少し薄めの味付けだったのが、素麵の塩分でちょうどよくなったみたい。なによりすっごく温かーい！

父がもともと味噌汁が好きで、特に酒のあとの味噌汁は堪《こた》えられない、と言っていたが、冬のアウトドアだとさらにありがたみが増す。千晶は素麵を入れた冷や汁も大好物で、その温かいバージョンであるアラ汁の煮麵が嫌いなわけがなかった。

とはいえ、たった一束の素麵などあっという間に食べ終わる。もっと持ってくればよかった、と後悔したものの、一束しか残っていなかったし、わざわざ買ってくるほどでもない。お腹《なか》はちょうどよく満たされたのだからよしとすべきだろう。

ふう……と満足の息を吐《つ》いたとき、大きな笑い声が聞こえた。

お隣さんたちの『パーティ』は依然として続行中。子どもたちも元気にはしゃいでいる。中には眠そうにしている子もいたが、大人は気付いていないようだ。あるいは気付いていても、キャンピングカーで来ているのだから眠くなったら勝手に寝ろということなのかもしれない。

千晶にとってはキャンプすなわちテント泊だが、寝る環境としてはキャンピングカーのほうが快適に違いない。身体が小さくて窮屈さを感じにくい子どもならなおさらだ。ホームパーティをそのまま外に持ち出した――それが巨大キャンピングカーと複数家族による車中泊というものなのだろう。

千晶の価値観とはかなりかけ離れているけれど、本人たちが楽しんでいてキャンプブームならぬキャンプ『文化』を盛り上げてくれるのであれば、それもよし。

絶品鯵づくしと父のお気に入りの日本酒は、狭量になっていた千晶に寛容な心を取り戻させてくれた。

二時間後、千晶は愛車の中に寝転んでいた。

食事のあと、しばらく焚き火を楽しんだ。焚き火グリルを焚き火台に入れ替えて、細く割った薪で小さな火を熾したのだが、やはり薪が歌う声はほとんど聞こえなかった。向こうはよくもあんなに話題が尽きないものだ、と感心するほど会話が弾み、合間に大きな笑い声が上がる。どの顔にも輝かんばかりの笑みが溢《あふ》れている。自ら望んでソロキャンプをしているというのに、いわゆる『ボッチ』状態の自分がなんだか惨めに思えてきて、最初の薪が燃え尽きるのを待って早々に片付けてしまった。退去時刻が迫っているわけでもないのに、こんなに短時間で焚き火を切り上げたのは初めてだった。

ぼんやりと車の天井に目をやる。こうやって寝転んでいるのは悪くない。寒さは気にならないし、外の賑やかさは半減している。それでもちゃんと聞こえるのがすごいけれど、眠れないほどではないだけマシだ。

天井からフロントガラスのほうに目を移すと、真っ直《ます》ぐに伸びた足が見える。助手席と後部座席をそれぞれいっぱいまで後ろに倒して助手席のヘッドレストを取り去ることで、大人が寝転べるだけのスペースを確保できたのだ。

軽自動車をキャンピングカーのように使う人が増えているそうだし、上司の鷹野からも千晶の愛車なら余裕だと言われていたが、正直半信半疑だった。だが、実際にやってみると確かに『余裕』で、たとえ千晶があと十センチ、いや十五センチ背が高かったとしても足を伸ばして寝られるはずだ。

どちらを頭にするかは悩ましかったが、ネット情報によると助手席に足を投げ出すほうがいいらしい。助手席のシートのほうが厚みがあって柔らかそうなのに、と首をかしげつつアパートの駐車場で試してみたところ、問題は柔らかさではなく高さだと知った。助手席より後部座席側のほうがわずかに高くなっていて、助手席のほうを頭にすると寝ている間に頭に血が上ってしまいかねない。なにごとにも理由があるものだ、と思いつつ後部座席のほうを頭にして寝転がっているのである。

ただ、ものすごく快適かと言われると必ずしもそうではない。助手席と後部座席との継ぎ目がゴツゴツしていて不快だし、腰のあたりが微妙に高くなる。もともとテント泊で使っていたマットを敷いて気にならないレベルにはなったが、この段差をしっかり補正するには、相当厚みのあるマットが必要だ。これからも車中泊を続けるなら購入を検討すべきギアだった。

さらに窓の問題がある。車には合計六カ所に窓がついていて、プライバシー保護対策が必要になる。手っ取り早いのはプライバシーシェードを使うことだが、全部の窓となるとやはりそれなりの値段がする。

今回はお得意の百均ショップでフロントは広げて載せるだけ、それ以外には吸盤で貼り付けるタイプを買ってきたが、あちこちに隙間があって心許《こころもと》なさが残る。

今は冬だから閉めきっても室温には問題ないが、夏なら暑くて眠れないかもしれないし、開けたら開けたで虫が入ってくる心配がある。いくらスペース的に大丈夫でも、車中泊というのはなかなか難しいものだ、というのが千晶の感想だ。

しかも、取り戻したはずの寛容な心も日本酒の酔いとともに失われていくらしく、お隣さんが気にかかる。

深夜に近いという意識はあるのか、夕食時のような大騒ぎではなくなっていたが、時折どっと笑い声が上がる。笑ったあとで『だめよ、静かにしなきゃ！』なんて窘《たしな》める声も聞こえてくるが、その声自体がけっこうな音量……勘弁してくれ、だった。

大騒ぎからときどき起こる大笑い、その大笑いがなりを潜めたあとも女性陣の井戸端会議が続いていた。早く眠ればいいのに……と思ったが、キャンプに求めるものは人それぞれだ。滅多にない交流の機会を堪能しているのだろう。

翌朝、千晶が目を覚ましたのは午前七時過ぎだった。

心なしか頭がぼんやりしている。午前一時半までは記憶があるから、睡眠時間は五時間半ほどだ。いつもは七時間前後寝るし、昨夜は眠りが浅かった気がする。ぼんやりするのは睡眠不足のせいかな……と思いながら車から出た。

驚いたことに、新鮮な空気を吸い込んだとたんに明らかに頭がすっきりした。どうやら窓を閉め切って眠っていたため、車内の二酸化炭素濃度が上がってしまったらしい。

車中泊について調べたときに、本来宿泊用に作られていない車で寝泊まりするときは、換気に気をつけなければならないと書かれているサイトがあった。ひとりだから大丈夫だろうと高をくくっていたが、千晶の車は小さい。ギア類を全部詰め込んだら車内はかなりいっぱい、残されたスペースにしかない空気を吸っては吐《は》きしていたら、酸欠気味になるのも無理はない。

今後も車中泊を続けるならば、やはり換気もできるタイプのプライバシーシェードを買う必要がある。車一台分でおよそ三万円という値段と窓を開けることによって高まる騒音問題をどう捉えるか、判断に迷うところだった。

次があるかどうかはさておき、とりあえず朝ごはんの支度、と車に入れていた焚き火グリルとクーラーボックスを取り出す。

ホットサンド用の食パンが目に入ったが、昨夜煮麺で済ませたせいかごはんを食べたかった。まずは炊飯、とメスティンに無洗米を入れた。

お隣さんは父親がひとり火を熾し始めていたが、それ以外の人たちはまだ車の外には出てきていない。母親たちも子どもたちも遅くまで起きていたせいで、まだ眠っているのだろう。

ようやく得られた静けさにほっとしつつ、メスティンに水を入れて火にかける。おかずはどうしようと考えてみたものの、なんだか動く気にならなかった。

炊きたてのごはんはそれだけでご馳走なんだから、塩を振りかけるだけで十分だ。それよりも静かに火と向き合うひとときを大事にしよう。

そんな思いから焚き火グリルの前に座ってぼんやりメスティンを眺めていた。ところが五分、十分と時が過ぎ、メスティンから立ち上《のぼ》るごはんが炊ける匂いを嗅いだとたん、塩でいいや、なんて気持ちはどこかに飛んでいった。

――やっぱりおかずがほしいな。でもごはんはもうすぐ炊き上がっちゃう。炊きたてに間に合うようなおかずは……そうだ！

クーラーボックスをごそごそかき回し、卵ケースを探し出す。卵ケースとはいってもアウトドア用のしっかりしたものではなく、百均で買った『味付けたまごメーカー』である。その名のとおり味付け玉子を作るための器具で、茹で玉子を調味料に浸して冷蔵庫に入れるだけ、かつ調味料も少量で済むということで発売当初から売り切れ続出の大人気製品だった。

実家の母も愛用しているものの、一度に四個作れる仕様ではひとり暮らしの千晶には多すぎる。便利そうなのに残念、と思っていたとき二個用が発売され、大喜びで買いに行った。それ以来、頻繁に味付け玉子を作っている。五袋入りの特売インスタントラーメンでも味付け玉子を入れるだけでワンランクアップするし、酒のつまみにももってこい。なにより、キャンプに行くときに生卵を運ぶのにちょうどいい。ソロキャンプなら卵は二個あれば十分だし、このケースに入っていれば多少乱暴に扱っても割れたりしない。わざわざ卵を運ぶためだけにケースを買うのはなあ……なんてケチなことを思っていた千晶にはなんとも嬉しいものだった。

ほどなくごはんが炊き上がった。メスティンを火から下ろし、かわりに鉄板プレートを置く。温まったのを確かめて鉄板に卵を割り入れる。

『ジュッ！』という音がなんとも頼もしい。透明だった白身がどんどん白濁していく。

これなら、白身はしっかり焼けているのに黄身はほとんど固まっていない、という千晶が理想とする目玉焼きができるはずだ。

もう少しで目玉焼きは完成、というタイミングで鉄板プレートの隙間にベーコンを置く。そんなに無理やり隙間に突っ込まなくても、最初から卵の下に敷いておけばいいではないか、と言うなかれ。それでは卵とベーコンのそれぞれを最高の状態に仕上げられない。千晶が食べたいのは箸を刺すと黄身が溢れ出るような半熟目玉焼きとカリカリのベーコンであって、固まりすぎの目玉焼きでもしなしなのベーコンでもないのだ。

——みんなはベーコンの脂が染みた目玉焼きは美味しいって言うけど、一枚一枚丁寧に焼いたベーコンの美味しさを知らないんじゃない？　しっかり脂を染み出させて、カリッカリにしたベーコンはすごいんだから！　え、残った脂がもったいない？　そこはこれよ！

誰に説明してるんだ、と自分で自分を笑いながら、ざく切りにしたキャベツを放り込む。これは本来、昨日の夕食に使うはずだったものだが、鯵が二匹も釣れたおかげで出番がなくなってしまった。昨日は薬味の生姜と大葉ぐらいしか野菜をとっていないし、朝ごはんで消費するのもいいだろう。

ベーコンの脂をキャベツにまとわりつかせ、しんなりしたところで調理終了。メスティンの蓋を取ってまずベーコン、そして皿に出しておいた目玉焼きをのっける。キャベツは箸休め的に別に食べるか、一緒にするか迷ったものの、面倒だとばかりに投入。そこで、ごはんをまぜていないことに気付いたが、大した問題じゃないと無視してうま味調味料をパラパラ、最後に全体に醤油をかけ回した。

寝坊していたらしきお腹の虫もしっかり目覚め、早く食べさせろ、と大騒ぎを始めている。はいはい、ただいま、とばかりにスプーンを取りだし、合わせた両手の親指と人差し指に挟んだまま『いただきます』をする。

一瞬、目玉焼きの黄身の上に載ったうま味調味料に目を留め、にっこり笑う。うま味調味料については賛否両論だが、千晶は断然肯定派。プロの料理人じゃないのだから、いや、プロだって美味しくなるならなんでも使ってくれてかまいません、という考え方だ。

失礼を承知で言うなら、うま味調味料に頼らずにものすごく美味しい料理を作れる腕があるならまだしも、そうじゃないならどんなお助けグッズを使ってもいいから美味しい料理を提供してほしい。それもひとつの『プロ』のあり方だろう。

うま味調味料は、ある意味人間の英知の固まりだ。かつては『化学調味料』なんて身体に悪そうな名前を付けられていた。それでもなお、何十年も使い続けられてきたのだから、価値があるに決まっている。

――このジャリッとした感じがすごくいいんだよ。特にお醤油を垂らしてうま味調味料を振った浅漬けなんて最高。あんまり理解してくれる人はいないけどね！　でもまあ、今日はちょっと関係ないかな……

目玉焼きをそのまま口に運ぶなら、『ジャリッと』感は味わえるかもしれないが、この目玉焼きは今から大惨事になる。それが、箸ではなくスプーンを使う理由だった。

メスティンの取っ手をしっかり握り、目玉焼きの黄身にスプーンを突き立てる。そのままぐいぐい掻《か》き回し、醬油と黄身をごはん全体に行き渡らせる。ひよこ色に染まったごはんと、炊きたてごはんの熱と出会った醬油の香ばしさ……目からも鼻からも幸せが押し寄せてくる。あとは口に運んで天国を完成させるだけだった。

五分後、千晶はいつもの食後の二倍ぐらい長い息を吐いた。もちろんメスティンは空っぽ、満足の吐息である。

最終的にごちゃまぜの卵ごはんにしてしまうなら、わざわざ分けて料理する必要はないという考え方はあるかもしれない。もっと言えば、目玉焼きにする必要もない。生の卵をごはんにかければいいだけだと……

けれど卵を目玉焼きにし、ベーコンはベーコンで焼いたからこそ千晶にとって完璧な卵ごはんが出来上がった。

白身と黄身をまぜてかけた卵かけごはんでは水分が多すぎて、カリッと焼いたベーコンがしなしなになってしまう。ベーコンのみならずキャベツまで溶き卵に乗っ取られかねない。白身を固め、ごはんに絡めるのは黄身だけという状態があってこそ、カリカリのベーコンとキャベツの甘みが生きる。とりわけキャベツは、甘みを生かしたいが故に、あえて味付けをベーコンの脂の微かな塩気だけに頼ったのだ。

もちろん、生のままであろうと目玉焼きにしようと卵ごはんが美味しいことに変わりはない。ほかになにも入れないのであれば、生のまま使っただろう。ただ、今日はベーコンとキャベツを入れたかった、ただそれだけのことだ。

いずれにしても朝食は大勝利。米と醤油があり、火が通りきっていない卵を安全に食べられる国に生まれた幸せを噛みしめるのみだった。

朝っぱらから一合の米を食べ尽くした自分に半ば呆《あき》れつつ、後片付けを始める。全卵の生卵を使ったときより食器の汚れが少ない。これも目玉焼きのせごはんの利点のひとつだ、と謎の優越感を覚えつつウェットティッシュでメスティンを拭《ぬぐ》う。この施設のチェックアウトは午前十一時となっている。

ゆっくり昼ごはんを食べている暇はないし、出る前に軽く食べるにしても、炊飯や煮込み料理は無理だ。もうメスティンの出番はないから、家に帰ってほかのギアの手入れがてら洗い直せばいい。

食器を片付け終わって立ち上がる。さて次は……と振り返ってもそこにテントはない。当たり前だ。張らなかったテントがあるはずがない。そうか、今日は風に当てたり畳んだりしなくていいんだ……と思うと、喜び半分寂しさ半分の気持ちになる。

やはり千晶にとってのキャンプは、焚き火とテントのコラボがあってこそなのかもしれない。

テントを畳まなくて済んだおかげで少し時間ができた。時刻は午前九時になろうとしている。お隣さんが起き出してきて賑やかになり始めているから、海でも眺めに行こうか。いや、どうせ海辺に出るならただ眺めるより釣りをしたほうがいい。釣りたての魚を持って実家に寄れば、両親も喜んでくれるだろう。

花恵と行ったキャンプで釣果ゼロだったと聞いた父は、千晶以上に残念がった。残念というよりも半ば呆れていた。なにせ千晶の釣り道具は父が以前使っていたのを譲り受けたもので、腕が悪くてもこれなら釣れるはず、と自信たっぷりに渡してくれたのだ。

そのご自慢の道具をもってしても釣れなかった千晶は釣りの才能なし、と父は思っただろうし、今もきっと思っている。またしても釣り道具を持っていくという千晶に苦笑したぐらいなのだ。紛《まご》うかたなき『釣りたて』の魚を目にして、驚く父の顔が見たかった。

昨日は良型の鯵が二匹も釣れた。ほぼ経験ゼロの千晶でも釣れたのだから、ここはきっといい釣り場に違いない。一匹ぐらい引っかかるはず、と期待をかけて糸を垂らすこと一時間、千晶は小魚一匹釣り上げることができなかった。

――もう朝マヅメって時刻じゃないし、昨日で運を使い果たしちゃったのかな……

さらに三十分待っても『あたり』はまったくなかった。やはり昨日はブランクでリセットされたビギナーズラックだったようだ。

それでも、どんなビギナーズラックでもないよりマシ、とにかく二匹は釣れたのだから、と自分に言い聞かせ撤収を決める。

昨日は叩きやアラ汁、塩焼きはもちろん、釣ったばかりの鯵の写真も撮った。お馴染《なじ》みの竿の先にくっついているのだから、疑いようがない。あの写真を父に見せて満足するしかないか……と竿を引き上げようとしたとき、千晶の手に小さな振動が伝わってきた。

ピクン、ピクン、と続けて二回。ただ突っついているだけかもしれない、と少し待っていると、さっきより大きく竿が震えた。糸の先を目で追うと、右に左に動いている。引っかかった魚が逃げようとしているに違いない。しかも、昨日よりずっと手応えがある。あの鯵より大物がかかっているようだ。

『落ち着け千晶！　慎重にいくんだ！』

そんな父の声が聞こえた気がした。

ゆっくりゆっくり、と自分に言い聞かせつつ、少しずつ引き寄せる。ところが途中で魚に大きく引っ張られ、反射的にリールのハンドルをぐるぐる回してしまった。

引っ張る魚と糸を巻こうとする千晶のバトルが続くこと数十秒、千晶はなんとか魚を釣り上げることに成功した。

少し離れたところにいた釣り人が声をかけてくる。父と同じくらいの年齢、ただし父よりかなり恰幅《かっぷく》がよかった。

「お姉ちゃん、いいカマスが釣れたね！」

「ありがとうございます」

昨日は『おばさん』だったけど、今日は『お姉ちゃん』だ。

ぺこりと頭を下げ、二重の喜びとともに糸の先を見つめる。秋刀魚《さんま》のような細い身体だが、秋刀魚よりずっと色白で上品そうに見える。確かに魚売場でときどき見かけるカマスだった。

——そうか、カマスだったんだ……。私、鰺だけじゃなくてカマスまで釣っちゃった！

惚《ほ》れ惚《ぼ》れと眺めていると、また声がする。

「早く絞めたほうがいいよ。ピックは持ってるかい？」

「あ、はい」

父から譲られた釣り道具の中にはピックもトングも入っていた。ピックは釣った魚を絞めるため、トングは魚を素手で触らないために使う。素手で触ると体温で魚が火傷《やけど》するらしい。持って帰るならまだしも、リリースする魚を傷つけるのは忍びないから、素手では触らないように、と父が教えてくれた。同時に、リリースしない魚は極力速やかに絞めろ、とも……

昨日の鯵はすぐに料理するつもりだったからなにもしなかったが、実家まで持って帰るつもりならカマスは絞めたほうがいい。

ごめんねーと唱えながらピックをエラ蓋の端あたりに刺す。どう考えても残酷だが、そもそも釣りという行為自体が残酷なのだから今更言っても始まらない。釣った以上は美味しく食べる、そのためにはきちんと絞めることが大事だと、父も言っていたではないか。

——海の中にいても、もっと大きな魚に食べられちゃうこともある。たまたま今回は相手が人間だったってだけよね！

自分勝手としか思えない理屈をこね回し、絞めたカマスをファスナー付きのビニール袋に入れる。ふと見ると、さっき声をかけてくれた人も反対側の人も、リールを巻きまくっている。まさしく入れ食い状態、どうやらカマスの群れが来ているらしい。

これは大変、と慌ててまた糸を垂らす。途中で何度か逃げられることもあったものの、なんとか四匹のカマスを釣り上げた。もっと続ければまだ釣果を増やすことはできるだろうが、チェックアウト時刻が迫っている。チェックアウトを済ませてから釣りを続けるという手もあるが、その間に群れが去ってしまうかもしれないし、これ以上釣っても食べきれない。

冷凍しようにも、今現在の千晶の冷凍庫はいっぱい、実家だって余裕があるかどうかわからない、ということで千晶は今度こそ帰ることにした。

カマスは、四匹のうち一匹はLサイズの袋にもかかわらず斜めにしか入らなかったから、三十センチ以上あるに違いない。カマスとしては小さめかもしれないが、昨日の鯵よりはずっと大きい。千晶には大満足の釣果だった。

まとめた釣り道具とビニール袋を持ってキャンプ場に戻る。

お隣さんは撤収作業の真っ最中で、急げ急げとまたしても大騒ぎしている。もう少し早起きしておけば、こんな騒ぎにはならなかっただろうに、と思うけれど、それは大きなお世話というものだ。

一方、千晶の荷物はすでに車の中。あとは釣り道具を積み、魚をクーラーボックスに入れれば撤収完了だった。


「お、帰ってきたのか」

実家の駐車場に車を入れるなり、父が近づいてきた。

手にはブラシを持っているから、週末恒例の洗車をしていたのだろう。

「ただいま、お父さん。私もあとで洗車していい？」

国道を挟んでいるとはいえ、ほとんど海縁《うみべり》のキャンプ場だったから車は潮風をたっぷり浴びている。祖母から譲り受けた大事な車でもあるし、手入れをしてから帰りたかった。

「もちろん。なんならついでに洗ってやろうか？」

「ありがとう。でも前も洗ってもらったし、今日は自分でやるよ」

「前？　ああ、おまえの車を借りたときのことか。あれはレンタル料だよ」

「それならなおさらだよ。今日は車を貸したわけじゃないからね。それよりお土産があるんだ。洗車なんて後回し、まずは見て！」

そして千晶はハッチバックドアを開け、一番手前に置いてあったクーラーボックスからビニール袋を取り出した。

見たとたん、父の目がまん丸になる。

「カマスじゃないか！　しかも、めちゃくちゃ新鮮だ。そうか、わざわざ道の駅で買ってきてくれたのか」

キャンプに行くときは、両親に行き先を告げることにしている。今回のキャンプ場の近くには道の駅があった。

海産物も豊富に扱っているから、そこで買ってきたと思ったらしい。釣り道具を持っていったことも知っているのにこの反応か、と膝から力が抜けそうになったが、実績がないのだから無理もない。

だが、次の瞬間、父は意外そうに言った。

「待てよ。買ったにしてはサイズが不揃いすぎる……まさかこれ……」

「そのまさか。釣れないから帰ろうと思ってたらカマスの群れが来てね。あっちもこっちも入れ食い、私まで爆釣《ばくちょう》。釣ろうと思えばもっと釣れたんだけど、食べきれないからやめておいた」

　本当はチェックアウト時刻が迫っていたし、時間をかけたところで釣れたかどうかはわからない。だが、多分に見栄を含んだ千晶の言葉に、父は笑って頷いてくれた。

「そうだな。もっと釣れるとわかっていても、食べきれないほどは釣らない。それが美徳ってもんだ」

「でしょ？　ってことで、これはお土産。なんなら、前に洗ってくれたときの洗車料金」

「それはまた律儀なことで。そうかカマスか……」

　そう言いながら父は惚れ惚れとカマスを見ている。そこにやってきたのは母だった。

「話し声がすると思ったら千晶だったのね。あら！」

「いいカマスだろ？　千晶が釣ったんだってさ」

「よかったじゃない。前は全然釣れなくてがっかりしてたもんね」

　がっかりしていた理由は釣りだけではないが、わざわざ親に告げることでもない。とりあえず今の望みは、カマスを美味しく食べることだった。

「お母さん、これ料理してくれる？」

「もちろん。ちょうどいいわ」

「ちょうどいいって？」

母は上機嫌で家の中に入っていく。数の話なら三人だからむしろ一匹余ってしまうんだけど……と思いながらついていくと、台所には様々な食材が並んでいる。どうやら料理を始めようとしていたようだ。しかも、休日のお昼の定番である麺類ではなく夕食用の料理らしかった。

「なんかご馳走っぽいけど、誰か来るの？」

「来るっていうか、来てるっていうか……」

「お、千晶。ひさしぶりー」

「お兄ちゃん！」

軽い足音で二階から降りてきたのは千晶の従兄《いとこ》、柏木斗真《かしわぎとうま》だった。

斗真の母親の美里《みさと》は千晶の母の妹なのだが、早くに離婚してシングルマザーになったために、榊原家で幼い斗真を預かることが多かった。ひとりで留守番ができる年になったあとも、親戚に年が近い子どもがほかにいなかったこともあって、お盆や正月で顔を合わせるたびに一緒に遊んだ。千晶より年上だったから『お兄ちゃん』と呼んでいたし、大人になった今でもその呼び名は変わらない。学業を終えて都内の会社に就職したが、しばらくして関西に異動になったらしく、親戚の集まりにも来なくなったせいで、ここ三年ほど顔を見ていなかった。その斗真がここにいるのは、かなり珍しいことだった。

「どうしたの?」

「どうしたのってことはないだろ。伯母さんが困ってるって言うから助っ人してたんだよ」

「お母さんが? なにそれ……困りごとなら私に言ってよ」

なんでわざわざ従兄に言うのだ。私はそんなに頼りにならないのか、と情けなく思っていると、慌てたように母が言った。

「ごめんね、千晶。今朝急に、パソコンがおかしくなっちゃってね。どうしようと思ってたら、たまたま斗真が寄ってくれたのよ」

「たまたま?」

「またこっちに異動になったんですって。それで挨拶がてら寄ってくれたの。千晶がキャンプに行ってなければ来てもらったんだけどね……」

「伯母さん、それは無理だよ。千晶はパソコンのことなんて全然知らないもん」

「失礼ね! ちょっとぐらいわかるよ」

「ブルースクリーンからの復帰方法が? 伯父さんがお手上げだったのに?」

「う……」

それは無理だ。手に負えない。千晶よりはるか昔からパソコンを使っていて経験豊富な父ですらわからないことが、千晶にわかるわけがない。なにせ千晶は学生時代はもっぱらスマホ、パソコンはごくたまにレポート作成に使う程度だった。社会人になってようやく本格的にパソコンを使い始めたが、もっぱら会社のパソコンで、トラブルが起こったときは誰かに直してもらうのが常なのだ。たまたま斗真が寄ってくれたことに感謝するしかなかった。

「それで斗真、パソコンはどう？」

「ちょっと手間取ったけど、なんとかなりそうだよ。データも復元できたし」

「よかったー！　それ、明日の朝一で使うデータだったのよ。復元できなかったら大変なことになってたわ」

「だめだよ、伯母さん。自動バックアップ機能はちゃんと動かしておかないと」

「え、動いてなかった？」

「解除されてた。だからちょっとやっかいだったんだ。まあ、俺は優秀なエンジニアだからなんとかできたけどさ」

「本当にありがとう。あ、晩ごはんはうちで食べていってね」

「嬉しいけど、たぶんお袋が用意してくれてると……」

「大丈夫、美里も呼んだから。あの子ともずいぶん会ってないし、久しぶりに一緒に食べましょう。千晶が釣ってきたカマスもあるのよ」

「千晶、釣りなんてするのか⁉」

「そうよ。パソコンは直せなくても釣りはできるの。こんななにが起こるかわからない世の中なんだから、食べ物をゲットできる才能のほうが大事なんだよ」

「パソコンの知識だって生きてく上では大事だぜ？　現に伯母さんはあたふたしてた」

「どっちも大事なんだから喧嘩《けんか》しないの！」

子どものころのようにまとめて叱られ、斗真と千晶は顔を見合わせた。一拍おいて、斗真が笑って頭を下げる。

「ごめんな、千晶。馬鹿にするようなこと言った俺が悪かった」

「こっちこそ。お母さんがお世話になりました」

「はい、ふたりともいい子！　じゃあ千晶、お料理を手伝って……とその前に、シャワー浴びてきなさい」

「あ、うん。でもちょっとだけ待って。ざっと車を洗っちゃうから」

焚き火の匂いが染みついていることはわかっていたが、シャワーを浴びる前に洗車を済ませたほうが効率的だ。父と違って千晶の洗車は水をぶっかけて適当に擦《こす》って終わりだから、さほど時間はかからないはずだ。

ところが、じゃあさっさと済ませていらっしゃい、と母に言われて外に出ようとする千晶より先に、斗真が玄関に向かっていた。

「洗車も引き受けてやる」

「自分でやるよ」

「千晶じゃ屋根の真ん中まで手が届かないだろ」

「う……」

　水をかけてブラシで擦るまでは問題ない。ホースもブラシの柄《え》も十分な長さがあるからだ。だが、拭き上げとなるとそうはいかない。精一杯手を伸ばしても手が届ききらず、拭ききれない部分が中州のように残ってしまうのだ。

「あ、でも脚立《きゃたつ》があるからなんとかなるよ」

「そんなのわざわざ引っ張り出さなくても俺なら届く。どうせ暇だし」

「千晶、車は斗真に任せてさっさとシャワーを浴びてらっしゃい。さっぱりしたら台所を手伝って」

「うーわかった……」

　アウトドア料理ならなんとかなるが、ちゃんとした料理は自信がない。特に自分以外の人の口に入ることがわかっている料理なんて関わりたくないのが本音だ。洗うのは千晶の車だから、どれだけ適当でも自己責任で済ませられるが、料理はそうはいかない。

　それでも斗真は口笛を吹きながら出ていってしまったし、彼に料理の手伝いを頼むというのも違う。

そしておそらく、母は千晶と並んで台所に立ちたがっている。家から通える距離に職場があるにもかかわらず、就職するなり家を出ていってしまった娘に家事のノウハウを伝授したがっている——そんな気がしてならなかった。

「美里は四時ごろ来るって言ってたから急いでね」

「りょうかーい」

四時に来たところで、すぐに夕ごはんを食べ始めるわけではないだろうに、と思ったが、久しぶりに妹と会うのだから、台所仕事は済ませておいてゆっくり話をしたいのだろう。

シャワーに七分、ドライヤーその他諸々《もろもろ》に六分、合計十三分で台所に戻る。いくら千晶の髪が長くないとはいえ、女性にしては異例と言うべき速さかもしれない。

母が呆れたように言う。

「もう終わったの？　ちゃんと洗った？」

「洗ったよ。急げって言ったじゃん」

「それにしたって……千晶はやっぱり属性としては男なのかも」

「なにそれ」

「え、マーケティングをやってるくせに『属性』がわからないの？」

「属性ぐらい知ってるよ。なんで男なの、って意味」

文句を言ったものの、母の言いたいことはよくわかる。

言葉遣いも立ち居振る舞いもお世辞にもたおやかなんて言えないし、仕事じゃなければ平気ですっぴんで外出する。ひとりでキャンプをした挙げ句、釣った魚をお土産に持ってくる。一晩ぐらいシャワーを浴びなくても平気、キャンプ明けのシャワーですらこの短時間……女性としてはかなり少数派だろう。『女らしくない』ではなく『属性としては男』と表現したのは母の気遣いに違いない。

「さっぱりしてていいって褒めてるのよ。それよりこのカマス、どうする？　やっぱり塩焼きかしら？」

「塩焼きかあ……」

微妙に誤魔化し、母はさっさと話題を戻す。新鮮なカマスの塩焼きは美味しいに決まっている。だが、斗真だけならよいが伯母も来るなら四匹では足りない。さっき母は『ちょうどいい』と言っていたけれど、あれは数ではなく料理が一品増えるという意味だったのだろう。

お土産なんだから持ってきた千晶が遠慮すればいいようなものだが、釣りたてのカマスなんて滅多に食べられないのだからやっぱり食べたい。なにかほかの料理はないか、と検索してみた千晶は、打ってつけのレシピを見つけた。

「お母さん、鶏の唐揚げは作るよね？」

「もちろん。作らなかったら斗真が拗《す》ねちゃうわ」

斗真は鶏の唐揚げが大好物で、特に母が作る唐揚げには目がない。伯母に預けられてしょげ返っていたときでも、唐揚げでご機嫌になった。千晶の中では、家に斗真がいる日、すなわち本日の晩ごはんは鶏の唐揚げ、となっていた。三十を過ぎた大人が拗ねることはないにしても、それほどの大好物を母が作らないはずがなかった。

「じゃあ油は出すよね。それならカマスも揚げちゃおう」

「揚げるって天ぷら？　それともフライ？」

「片栗粉をまぶして揚げるだけ」

「それはいいわね。塩で食べたら美味しそう」

「それが、塩じゃなくて寿司酢《すしず》で食べるんだって」

「寿司酢⁉」

母の目がまん丸になった。当然だ。素揚げ、フライ、天ぷら……魚の揚げ物はいろいろあるが、寿司酢をつけて食べるなんて、千晶だって聞いたことがない。けれど、実際にやってみた人からの評判は上々だし、カマスは鯖や鯛《たい》同様に酢で締める料理法もある。揚げたてを寿司酢につけても美味しいに違いない。

そこで母がはっとして言う。

「そっか……マリネみたいなものと思えばいいのね」

「マリネよりずっと簡単だしね」

「ごもっとも。じゃあそうしましょう。千晶、カマスはおろせる？」

「やってやれないことはないけど……」

そのとき千晶の頭に昨日の鯵が浮かんだ。そこそこ大きな鯵だったから、三枚おろしがうまくいかずに骨に身がたっぷり残っても食べるところはあったが、このカマスでは無理そうだ。コンロの上には豚汁が入った鍋があるし、アラ汁にするという手も使えない。母、あるいは父に捌いてもらうほうが無難だろう。

わかりやすく尻込みしている娘に苦笑し、母は包丁を取り出した。

内臓を出し、頭を落とし、骨に沿って包丁を入れる。千晶がやったときみたいにギザギザになっていないし、骨に残る身もわずか……鮮やかな手つきにため息が漏れる。

釣っただけで捌けないのは迷惑でしかない。釣れるか釣れないかは時の運。今回は千晶にしてはよく釣れたがいつもこうとは限らない。腕を上げるためには、普段から魚を買って練習すべきなのだろう。

「お母さん、捌くの上手だよね。けっこう練習したの？」

「かなり」

「そっか……やっぱり買った魚で？」

「わざわざ買ったりしないわよ。お父さんが釣ってきた魚で練習したの」

「え、お父さんは自分で捌いてるじゃない」

「今はね」

そこで母は振り向き、リビングのほうを窺《うかが》った。父が戻ってきていないのを確かめたあと、忍び笑いで言う。

「結婚したばかりのころはひどかったのよ。いつも捌くのは自分が酒の肴《さかな》にする分だけで、あとはほうりっぱなし」

「残りはどれぐらいあったの？」

「鯵の干物を覚えてる？」

「干物……？　あ、味醂干しとか？」

「そうそう。味醂干しもあったわね。千晶はそっちのほうが好きだったっけ」

「もしかしてあれって……」

「お父さんが釣ってきて、その日に食べたあとの分をお母さんが開いて干してました。月に何度も何十匹と釣ってこられたら捌くのもうまくなるわよ」

「なんでお父さんに全部やらせなかったの？」

「新婚だったから」

身も蓋もない母の答えに、千晶は噴き出してしまった。なおも母は続ける。

「お父さんに喜んでほしくて……というか褒めてほしくて一生懸命練習したわ。ストレス解消に釣りに行ってるのはわかってたし、せっかく機嫌良く帰ってきたのに片付けのことをうだうだ言いたくなかったのよ。健気《けなげ》でしょ？」

「健気というか……初期設定の間違いというか……」

「そうとも言うわね」

それでも魚が捌けるようになったのはいいことだ、と母は言う。過程の大変さよりも結果を評価する。いかにもポジティブな母らしいし、見習うべき姿勢かもしれない。

とりあえず自分が釣った魚ぐらいは自分で捌こう。千晶の腕なら処分に困るほどの数は釣れない。誰から見ても爆釣、手早くなければ鮮度が落ちるような量を釣れるようになるまでに、練習時間はたくさんあるだろう。

「これから頑張って練習するけど、今日のところはお願い！」

両手を合わせて母を拝むと、代わりに大きなボウルを渡された。中には醤油ダレに浸かった鶏肉が入っている。続いて大袋の片栗粉……唐揚げの準備をしておけということらしい。

せっかくシャワーを浴びたのに、この量を揚げたらまた匂いが染みついてしまう。それでも、焚き火と唐揚げとでは段違い。周りを不快にすることはないだろう。

醤油ダレが染みた唐揚げと魚ではどっちが油を汚すのか。もしかしたら先に魚を揚げたほうがいいのでは……とは思ったが、唐揚げの量が圧倒的に多いし、母は『二度揚げ至上主義者』だからその分時間がかかる。揚げたてのカマスを堪能したければ、魚は後回しにすべき、と判断したに違いない。

　実家とはいえ、この台所を仕切るのは母。仰せのとおりに、と千晶は揚げ物用にしているフライパンに油を注いだ。

　午後五時、食卓で乾杯がおこなわれた。テーブルの上は料理で、テーブルの周りは人でいっぱいになっている。普段は多くても三人でしか使わない食卓に五人もいるのだから圧迫感はすごいし、母と叔母のおしゃべりが止まらない。叔母はちゃんと四時に来たというのに、おしゃべりで手が止まってばかりだったせいで、食事開始がこの時間になってしまった。夕食としては五時でも早いぐらいだから問題はなかったけれど……

「マシンガントークの見本みたいだな」

　呆れ顔で言う斗真を、父が宥《なだ》める。

「マシンガントークができるのは元気な証拠。それに、会ったのはずいぶん久しぶりだから無理もないさ」

「SNSのメッセージは毎日だし、ちょくちょく電話もしてるのに？」

「直接会って話すのとは違うよ。楽しいならいいじゃないか。母さんたちが話に夢中になってる間に、俺たちは食べよう」

まずはこれからだな、と父が箸を伸ばす。それに気付いたのか、母が急に話をやめた。

「美里、ストップ！　まずは食べよう。揚げたてのほうが絶対に美味しいし、のんびりしてたら私たちの分がなくなっちゃう！」

「こんなにいっぱいあるのに？」

叔母は食卓を見て怪訝《けげん》な顔をする。真ん中に据えられている唐揚げは、大食い芸人でも簡単には食べきれないほどの量がある。そんなに簡単になくなるわけがない、と叔母は言うが、問題は魚のほうだった。

「唐揚げは山盛りだけど、魚はちょっとだけしかないのよ」

「魚？」

「カマス。揚げたてを寿司酢で食べるんですって」

「寿司酢⁉　それは食べてみなくちゃ！」

そこでみんながカマスを皿に取った。みんなが食卓に着く直前に揚げたから、まだ揚げたてで箸で持ち上げても垂れ下がったりしない。

小皿の寿司酢につけて食べてみると、爽やかな味わいが口の中に広がった。

思わず声が出る。

「すご……カリッとしてるし、揚げ物のしつこさが全然ない……」

「しかも寿司酢だから甘さもちょうどいいわ」

「姉さん、これって市販の寿司酢？」

「そうよ。寿司酢はお皿に入れただけ、カマスは片栗粉をまぶして揚げただけ」

「カマスそのものもすごく美味しいね。臭みとか一切ないし」

「そりゃあ釣ってきたばかりだもの」

「あ、お義兄《にい》さんが釣ってきたのね」

「じゃなくて、千晶よ。昨日からキャンプに行ってて、お土産に持ってきてくれたの。今朝釣ったばかりだそうよ」

「え……」

　叔母がまじまじと千晶を見た。

　驚いたのはキャンプに行っていたことか、それとも釣りをしてきたことか……と思っていると、出てきたのはあまりにも訊《き》かれ慣れた質問だった。

「千晶ちゃん、またひとりでキャンプに行ったの？　おまけに釣りまで？」

「でも、オートキャンプ場だから寝るのはばっちりロックができる車の中だったし、管理人も二十四時間常駐。テントサイトにも釣り場にも人はいっぱいいたよ」

　寝るときまで話し声が聞こえるほど隣との距離がなかった、釣りだって釣ったとたんに声をかけられるほど近くに人がいた、と言い張る千晶に、叔母は安心したように言った。

「ならいいけど、あんまり無茶はしないでね。姉さん、けっこう心配してるんだから」

「はーい……」

そんなことはわかってる。だからこそオートキャンプを試してみたのだ。考えなしに遊び歩いているわけではないのに、いきなり説教じみたことを言われて、千晶は鼻白んでしまった。

それでも相手は叔母、言い返すのもなあ……と黙ったままカマスを食べる。簡単でものすごく美味しいが、なんだか少しだけ味が落ちたような気がした。

母はちらっとこちらを見たが、なにも言わずに食事を続けている。叔母とのマシンガントークも再開し、父と斗真も楽しそうに話している。早くに父と離れた斗真は、千晶の父を実の父親のように慕っている。叔母同様、再会を喜んでいるに違いない。

みんなが楽しそうにしている中、黙々と食事を続けていると、父が声をかけてきた。おそらくつまらなそうにしている娘を気にしてくれたのだろう。

「それはそうと、オートキャンプそのものはどうだった？」

「まあまあかな……」

「次はありそうか？　千晶が安全に眠れて、こんなにいいお土産まで持ってきてくれるんだから、お父さんたちにしてみれば願ったり叶《かな》ったりなんだけどな」

「そうだね」

テントを張らないキャンプはイマイチだったが、釣りができたし夜も朝もちゃんと釣れた。こういう合わせ技はアウトドアの醍醐味《だいごみ》かもしれない。

とはいえ、またオートキャンプをするかどうかはわからない。正直、次もあんなに賑やかなお隣さんだったら嫌だなと思う。

ただ、普段はかなり静かに暮らしている榊原家でさえ、客がふたり来ただけでこの賑やかさだ。客など来なくても、環境が変わるだけで高揚する人は多い。これまで千晶が使っていたようなソロキャンプエリアでもない限り、賑やかさは避けきれない気もする。

安全と静けさは引き換えなのだろうか。成人した大人とはいっても、親に心配をかけてまで自分の楽しみを追求していいものか……

父と斗真、母と叔母、時には四人揃っての会話が続く。絶え間なく上がる笑い声の中、千晶は今後のキャンプ計画に微かな不安を覚えていた。

シェラカップ
炊き込みごはん
インスタントスープ
メスティン
2
Solo Camping!
コーヒーゼリ
アースオーブン
新クーラーボックス
ローストチキン

第四話

再会

あと一週間でゴールデンウィークが始まるという土曜日、千晶は上機嫌で愛車に乗り込んだ。後部座席にはお馴染《なじ》みのキャンプ用のギアと真新しいクーラーボックスが積まれている。

このクーラーボックスはつい先日、千晶が購入したもので、実家のものより一回り小さいけれどソロキャンプには十分な容量を持っている。夏に向けてキャンプの頻度が上がるのを見越して購入したが、保冷時間と価格を天秤《てんびん》にかけて悩みまくった結果、少々予算オーバーになってしまった。それでも、両親が使う予定を考慮しなくて済むし、いちいち借りに行かずに済むのはありがたい。必要経費だと割り切ることができた。

――これがあればいつでも出かけられる。ただ、その分お母さんたちの顔を見に行くことが減らないように気をつけないとなあ……

今まではクーラーボックスを借りるために、実家に頻繁に出入りしていた。キャンプを再開した当初はもともと自分が持っていた小さなクーラーバッグを使っていたが、いったん実家のクーラーボックスを使うとやはり小さなクーラーバッグでは満足できなくなり、キャンプのたびに借りに行くようになった。借りたものは返さなければならないから、キャンプのあとにも実家に行く。

実家に出入りできるのは嬉《うれ》しいし、両親も喜んでくれていたのだが、頻繁にソロキャンプに出かける娘への心配が日に日に大きくなっているのを感じていた。

とりわけ母は、たまにクーラーボックスとは関係なく立ち寄ったりすると「今日はキャンプじゃないのね」なんて満面の笑みになる。キャンプに行くこと自体が心配の種になっているなら、いっそ知らせないほうがいいとも思うようになってきた。クーラーボックスさえ借りなければ、キャンプに行くことはわからないはず——千晶が自分のクーラーボックスを買ったのはそんな気持ちからでもあった。

ただクーラーボックスを借りずに済むようになったといっても千晶の不安がすべてなくなるわけではない。両親に会いながらキャンプの話をせずに済むだろうか。千晶がキャンプに心酔していることがわかっている以上、会えばその話になるに決まっている。嘘《うそ》はつきたくないし、前回試みた車中泊には大きな違和感が残った。やはり、千晶にとってのキャンプはテント泊が前提だと思い知らされたのだ。

両親が自分を心配する気持ちはわかるし、ありがたくもある。考えあぐねた千晶は、素直に両親に相談することにした。

自分はキャンプを続けたいし、ソロキャンプの自由さも捨てられない。どんなキャンプ場なら安心してくれるのか、と訊《たず》ねてみたのだ。

両親も最初は、そんなことを訊《き》かれても……と戸惑っていたが、あまりにも真剣な娘の眼差《まなざ》しに胸を打たれたのか、キャンプ場を調べる気になったようだ。そして一週間ほどたったある日、母から連絡があった。

「ここならまあ……」

完全には納得していない様子ではあったけれど、ここはほかよりはずっとしっかりしているみたい、という言葉を添えて伝えられたキャンプ場の名前を見て、千晶は足から力が抜けそうになった。なぜならそこは千晶も一度行ったことがある、あの直火《じかび》が許されるキャンプ場だったからだ。

母はSNSのメッセージで知らせてきたのだが、同じ日に父からも連絡があった。しかも父がすすめてきたのも同じキャンプ場。どうやらふたりは別々に調べたにもかかわらず、同じ結論には、辿《たど》り着いたらしい。

ただ父の結論には、母とは違う根拠があった。なんとあのキャンプ場の管理人は父の友人の息子なのだそうだ。驚いて父に電話をしてみたところ、予想外の話を聞かされた。

「本当にその人なの？　勘違いしてない？」

「その友人はあのあたりの山の持ち主だし、ホームページにあった管理人の名前は鳩山宏。実はその息子さんが生まれたとき、命名でずいぶん悩んだらしくて俺に相談してきたんだ。で、俺が『宏』がいいんじゃないの？って言ったらそのまま決まっちゃってさ」

「え、じゃあお父さんが名付け親なの⁉」

「そこまで大層な話でもない。いくつかあった候補の中から選ばれただけだ」

「そっか……それにしても意外な縁だね」

「まったく。でもまあ、あの人の息子なら間違いない。息子本人には会ったこともないけれど、親父《おやじ》さんのほうはとても信頼できる人物だからな。奥さんも教育熱心なしっかりした人だよ。確か上に娘もいたはず」

「そういえばキャンプ場に管理人さんの姪《めい》っ子ちゃんがいたよ。あの子のお母さんが上の娘さんなんだね」

「そうなるな。ま、どっちにしてもあそこなら安心だ。お母さんが選んだのも同じなら問題ないだろ」

「わかった。ずっと同じところに行くかどうかはわからないけど、とりあえず次のキャンプはあそこにするよ」

「ああ。気をつけてな」

かくして親子の通話は終了、直ちに予約をしたのだった。

四月最終土曜日の午前十一時、千晶はキャンプ場に到着した。チェックイン開始時刻は正午なので、まだチェックインできないのはわかっていたが、駐車場に車を置くことぐらいはできるはずだ。車の中で待っていてもいいし、散歩をしてもいい。新緑の中を散策していれば一時間ぐらいあっという間に過ぎてしまうだろう。エンジンを止め、やれやれ……とシートにもたれかかった千晶は、すぐに身を起こした。休憩なしで二時間運転したせいか、身体《からだ》を伸ばしたくなったのだ。

車から降りて思いっきり背伸びをする。

本日の関東地方の天気予報は軒並み晴れマーク、雲ひとつない青空と言いたいところだが春のせいかなんとなく霞《かす》んでいる。まあこれはこれで春らしくていいか、と思っていると、車のエンジン音が聞こえてきた。

自分以外にもチェックイン待ちの利用者がいるのかなと思ったが、現れたのは見覚えのある人物だった。

「あ、榊原さん。もういらしてたんですね！　でも……」

管理人——鳩山宏は困ったように腕時計を見ている。慌てて千晶は口を開いた。

「大丈夫です！　まだチェックインできないのはわかってますから。あ、でも、車は停《と》めさせてもらっていいですか？」

「もちろん。チェックインさせてあげたいところなんですけど、決まりは決まりです。前回美来《みく》があんなにお世話になったのに本当に心苦しいんですけど……」

「お気になさらず」

　顔見知りだからと特別扱いするような管理人は困る。正直に言えば、花恵と行ったキャンプ場のように管理人さえいればいつでもチェックインOKというのはありがたくもあるけれど、それではルールが意味を成さなくなる。これぐらいきっぱり言ってくれるほうが利用者としては安心だ。以前利用したときの対応からも誠実な人柄はわかっていたし、父の『あの人の息子なら間違いない』という言葉に嘘はなかった。

「じゃあ、ここで待たせてもらいますね」

「散歩に行かれては？」

「それもいいですね」

「じゃあ、お気を付け……」

　そこまで言ったとき、着信音がけたたましく鳴り響いた。千晶のではなく管理人のスマホだ。彼は慌ててポケットからスマホを出し、千晶から少し離れた場所に行く。ただし、あまり離れた意味はない。地声が大きいので会話はほぼ筒抜けだった。

「ああ、姉さん。久しぶり……え？　ああ……そうか。うん、わかった。いつ？」

　そして一瞬の間、おそらく相手の返事を待っていたのだろう。すぐにまた、声が聞こえ始める。

「今日⁉　まったく……せめてもうちょっと早く教えてくれよ。いや、こっちは問題ないよ。ただそれなりの用意がいるだろ。布団とかさ」

そしてまた沈黙。しばらく相手の話を聞いたあと、「了解、待ってるよ」という言葉で通話が終わった。

どうやら予定外の訪問者が現れるらしい。

聞こえてきた通話と『姉さん』という言葉から、もしかして……と思っていると、管理人がこちらに戻ってきた。

「美来が来るみたいです。榊原さんさえよければ会ってやってもらえますか？」

「私はかまいませんけど、美来さんはどうなんでしょう？」

「会いたがるに決まってます。前回榊原さんが帰られてからずっと、『また来てくれないかなー』って言ってました。ネットの予約情報までチェックしてたぐらいです」

「わー、なんか嬉しいですね。あ、でも美来さん……」

管理人は『来る』と言った。つまり今、美来はここにいないということになる。前に会ったときに、学校に通えなくなって叔父のキャンプ場を手伝っていると言っていたが、状況が変わったのだろうか。だとしたらそれは改善なのか改悪なのか……

訊《き》きたい気持ちはあるが、立ち入りすぎるのはよくないかもしれない。言葉を続けていいかどうか迷っていると、管理人が察したように話し始めた。

「美来は十一月の終わりに親元に戻りました。ここで新年を迎えたかったみたいですけど、ちょっと寒さがひどくて」

例年なら問題なく冬を越せるのだが、この冬は十年に一度と言われる大寒波に襲われている。キャンプ場は山の中だし、大雪に降られたら身動きが取れなくなる。自分ひとりならまだしも、美来になにかあったら大変だ、ということで親元に返すことにしたそうだ。

「そうだったんですか。確かに十二月とか一月は寒かったし、大雪に見舞われたところも多かったみたいですね。ただ、このあたりはそれほどでもなかったような……」

日本海側では連日、大雪への注意を促す予報ばかり、普段は雪など降らない九州の南部でも積雪が見られたらしい。ただ、太平洋側はそれほどではなかったし、二月以降は急激に気温が上がり、入学式どころか卒業式前に桜が満開になってしまった地域もあったそうだ。寒さを心配して親元に戻ったとしたら、肩透かしだったかもしれない。

管理人も苦笑いして言う。

「そうなんですよ。あいつが帰ったあと数日は本当に寒かったし、水道管の凍結もかなり心配しました。でもそのあとは平年より少し低いぐらいの気温がずっと続いちゃって、ちょっと気まずかったです」

「しょうがないですよ。たまたま暖かくなっただけで、もしかしたら大雪になってたかもしれませんし、最悪の事態に備えて行動するのは当然です」

千晶の言葉に、管理人はほっとしたように頷《うなず》いた。

「ですよね。まあ美来も納得して戻ったし、しばらくは案外普通に暮らしてたようです。春には学校にも行き始めたって聞いたし……」

「すごいじゃないですか！　たぶん、ここでのんびり過ごしたのがよかったんですね」

「だといいんですけどね」

「なにか心配なことでも？」

「いや……急に来るって言うから」

「週末だし、お天気もいいし、遊びに来たくなったんじゃないですか？」

さっきの電話から察するに、美来は母親、もしくは両親とともにこちらに向かっているようだ。学校にも行き始めたことだし、世話になった叔父にお礼と現状報告がてら会いに来て、山での時間を楽しむ。休日の家族の過ごし方としては理想的だろう。

だが、管理人は眉間に皺《しわ》を寄せて言う。

「そういう感じじゃなかったんですよ。どっちかっていうと前と同じような気がします」

「前と同じって、美来さんを預かることになったときってことですか？」

「はい。連日家に引きこもって、生活が昼夜逆転して、姉夫婦もお手上げ。家族みんなが疲れ果てて機能不全に陥ってた。あのときと同じ匂いがします」

「匂い……」

ほかの人間が言ったなら気のせいだろうと思うかもしれないが、この管理人なら納得できる。本人は『匂い』と表現したが、彼は人間の機微をよく理解していそうだった。

「普通に遊びに来てくれるんだといいですね」

「本当に。いずれにしても、今日榊原さんが来てくれててよかった。あいつ、きっと喜びます」

「私も楽しみです。そういえば、あのあと美来さんはソロキャンプのリベンジしたんですよね？」

前回千晶がこのキャンプ場を利用したとき、美来は初めてのソロキャンプに挑む予定だった。ただ、運悪く足をくじいてしまったため、千晶の補助を受けてのキャンプとなってしまった。楽しくなかったとは思いたくないが、彼女が思い描いていたソロキャンプではなかったはずだから、リベンジするのが当然だろう。

ところが、そんな千晶の問いに管理人は首を左右に振った。

「実はあの後、予約が急増しちゃいましてね。特にソロエリアは連日いっぱいで、あいつの分が取れないまま冬になっちゃいました」

「それは残念。じゃあ、今シーズンに期待ですね」

「本人にその気があれば……」

そしてまた管理人は憂い顔になる。キャンプをする気力があればいいんだけど……という呟《つぶや》きが聞こえてきた。親元に戻ってからの美来の暮らしには、彼が口にした以上の不安要素があったのかもしれない。

「とにかく、そのうち来ると思いますので、来たら榊原さんに連絡させてもらっていいですか？」

「どうぞ、どうぞ……っていうか、美来さんは私の電話番号をご存じですから、直接連絡してくださってもいいですよ」

「連絡先交換したんですか？」

「ええ。ここは一区画がかなり広いし、いちいち大声で呼ぶのも大変ってことで交換しました。まあ、実際には一度も使いませんでしたけど」

「そうだったんですね。じゃあ、美来にはそう伝えます。申し訳ありませんが、俺はこれで」

話しているうちに十分ぐらい経っていた。

チェックインタイムが刻々と迫っている。利用者を迎え入れる前に済ませておかなければならない仕事がたくさんあるのだろう。

一方、千晶はただ待つだけだ。車の中に戻って座っていてもいいが、昼が近いというのに山の空気は少しひんやりして清々（すがすが）しさに満ちている。河原に下りたらもっと気持ちがいいに違いない、と思った千晶は散歩に行くことにした。


午後十二時十五分、千晶はようやくキャンプ場に戻ってきた。

ちょっと河原を見るだけのつもりで出かけたのだが、さらさら流れる川や水面《みなも》に反射する太陽の光に惹《ひ》きつけられてじっと見ていたら小魚まで発見……ほかにもいるかなーなんて探しているうちにどんどん時間が経ち、気付いたときには十二時を過ぎてしまっていた。チェックインタイムになるなり大混雑ということもないだろうから急ぐ必要はない、と高をくくっていたのは確かだ。

ところが、のんびり歩いて戻ってみると、駐車場にずらりと車が並び、受付前に長い列ができていた。

――うわあ、前に来たときはガラガラだったのに……もしかして、あのときは平日だったから空《す》いてただけ？

そういえば管理人も、美来の分が確保できないほど予約がいっぱいになっていると言っていた。ネット、テレビ、雑誌……あらゆるメディアでキャンプ特集を目にすることも増えたし、今年は去年よりもさらにキャンプ熱が高まっているのかもしれない。

一番に到着していたのにこの列に並ぶことになるのか……とげんなりしたが、間に合うように戻らなかったのが悪い。自業自得と諦めて、列の最後につく。あと二組、となったところでまた一台、駐車場に車が入ってきた。

千客万来だなあ、と思って見ていると、助手席から女性、続いて後部座席から女の子が下りてきた。肩より長い髪は下ろしっぱなし、ロングスカートにフリルの多いブラウスというキャンプ場には似合わない姿……もしやと思って目を凝《こ》らすと、やはり美来だった。

美来は車のトランクから出したキャリーバッグを引っ張りつつ受付に向かって歩いてくる。服装以上にキャンプ場に似合わない鞄《かばん》が『不具合あり』と主張しているようだった。

——家族で週末を楽しみに来たって感じには見えない。これはちょっと心配かも……

美来はとぼとぼと、彼女の両親と思われる男女もレジャーへの期待とは無縁の表情で美来を挟んで歩いてくる。数秒後、受付までもう少しとなったところで三人は足を止めた。受付の列に目をやった美来の表情が変わる。

「榊原さん⁉」

顔の横で小さく手を振って応えると、美来が駆け寄ってきた。引っ張っているキャリーバッグの車輪が小石を跳ね飛ばす勢いだった。

「いらしてたんですね！　叔父さんってば、知らせてくれればいいのに！」

どうやらまだ情報は届いていなかったらしい。無理もない。美来が来ることを管理人が知ったのは二時間ほど前のことだし、利用者の受け入れ準備で忙しくて知らせる暇などなかったのだろう。

だが美来は、不満そのものの顔で続ける。

「榊原さんが予約してることを知ってたくせに、教えてくれなかったなんて！」

「そりゃ無理だよ。管理人さんは美来さんが来るなんて思ってなかったんだもの。私が予約してても、ここにいない美来さんに知らせる必要はないでしょ」

「そりゃそうかもしれませんけど……あ、もしかしてあのあと何度かいらっしゃいましたか？」

「来てないよ。今日が二回目」

「ならよかった！」

なにがよかったんだろう、と思ったが、ちょうどそこで受付の順番が回ってきて千晶は管理棟に入った。当たり前のように美来もついてくる。

「お待たせしました。すみませんね、一番にいらしてたのに遅くなっちゃって」

「いえ、ここで待っていなかったほうが悪いんです」

「え、榊原さんそんなに早く着いてたの？　だったら先に受付してあげればよかったのに！」

非難がましい声の主をじっと見た管理人が、唖然《あぜん》として言う。

「え、美来? しばらく見ない間にずいぶん感じが変わったな」

「髪は伸びちゃっただけ。服は、お母さんが買ってくれたから……ってそんなのはいいから、さっさと受付してあげてよ」

「わかってるって!」

「美来、口が過ぎるぞ」

咎《とが》める声とともに入ってきたのは、美来の父親らしき男性。千晶の後ろに受付を待つ人はいなかったからそのまま入ってきたものの、ふたりのやり取りに驚いたのだろう。

だが管理人のほうは全然気にしていないらしく、笑いながら言う。

「義兄《にい》さん、お気遣いなく。俺と美来は前からこんな感じだし、変に敬語とか使われると背中が痒《かゆ》くなる」

「そうか? ならいいんだけど……」

「いいんですよ。それより今日はどうしてこちらに?」

「それは……」

そこで彼はちらりと千晶を見た。おそらく他人の前ではできない話なのだろう。

大急ぎで利用者名簿に記入を済ませ、管理人に訊ねる。

「私、どこを使えばいいですか?」

「前と同じ場所です。あそこは電波が一番よく入るし」

「あ、助かります」

「せめてこれぐらいは」

このキャンプ場は山中にあるにしては電波が安定している。それでも場所によっては途切れがちなところもあるのだが、前に使ったテントサイトでは問題なく使えた。あえて言及するところを見ると、繋《つな》がらなくて文句を言われることもあるのだろう。電波状態のいいサイトを割り振ってくれたのは、前に美来の手伝いをしたことへのお礼に違いない。

これで手続きは終わりだ。邪魔者は退散いたします、とばかりに千晶は管理棟を出た。ところがまたしても美来がついてくる。

「荷物を運ぶんでしょう？　私もお手伝いします」

「大丈夫だって。それに荷物運びなんてしたらかわいい服が汚れちゃうよ」

「そっか……じゃ、着替えてきますから、ちょっとだけ待っててください！」

美来は返事も聞かずに管理棟に戻っていく。

なんだこの熱烈歓迎は、と面食らったもののいやな気持ちはしない。年の離れた妹……というよりもやんちゃな子犬にまとわりつかれているような感じだった。

美来は置きっぱなしにしていたキャリーバッグをひっつかんで二階に上がっていく。

着替えを持っているのは、またしばらくここで過ごすつもりだからか、それともどこかほかの場所に泊まりに行く途中なのか……

なんとなく前者のような気がしてならない。だとすると、美来の親元での暮らしは思うように運んでいないことになる。

他人事《ひとごと》とはいえ、なんだかなあ……と思いながら待っていると、五分もしないうちに美来が戻ってきた。前に会ったときと同じダンガリーシャツとデニムパンツ、靴もスニーカーに履き替えている。

この時点で、またしばらくここで過ごすつもりだろう、という予測が確信に変わった。

「お待たせしました。さ、行きましょう！」

美来は元気いっぱいに千晶の車のほうに歩いていく。前回帰るときに見送ってくれたから車を知っているのはいいにしても、あのつまらなそうな顔はどこにしまった？と訊きたくなるほどだった。

ひとり分の荷物なんて高がしれている。手伝ってもらう必要などないが、とにかく美来は千晶と一緒にいたいらしいし、両親にしても本人がいないところで話したいこともあるのかもしれない。

軽く目を見張っている美来の母親の眼差しが気になったが、こちらとしてはどうしようもない。なんだかなあ……と思いながら、千晶は美来と一緒にテントサイトに向かった。

　ちゃっかり美来が持ってきてくれた運搬用のカートのおかげで、荷物は一度で運び終えた。いつもなら最低でも二往復しなければならないのでとても助かったが、やはり気になるのは両親のところに戻ろうとしない美来だ。

　ただ、本人もいつまでも利用者、特にソロキャンプをしに来た人間の周りをうろうろしているわけにはいかないとは思っているらしく、何度も荷物の配置を確かめたあと、一礼して言う。

「じゃあ、ゆっくりお楽しみください……」

　いかにも引き留めてほしいと言わんばかりの様子に、千晶は苦笑しつつ訊ねた。

「このあとどこかに行くの？」

「いいえ……両親が叔父に頼んでくれてると思うんですけど、できればここに……」

　週末だけのつもりか、ずっとなのかはわからないが、あの管理人は去年も自ら声をかけてここに来させたぐらいだから、ここにしばらくいたいという姪の望みを断ったりしないはずだ。

　じゃあ大丈夫か、と思った千晶は一カ所にまとめられたギアの中から、ガスバーナーとアウトドアクッカー、そして折りたたみ式のテーブルと椅子を取り出した。

「時間があるならお茶でも飲んでいかない？」

「いいよ。私もテントを張る前にひと休みしたいし。えーっと、ミルクティーでいいかな？」

「いいんですか⁉」

「もちろん！　私、ミルクティーは大好き！」

アウトドアクッカーにペットボトルの水を注ぐ。

ガスバーナーはコンパクトなわりに火力が強く、カップ二杯分の水ならあっという間に沸かしてくれる。千晶は根っからの焚《た》き火愛好家なので滅多に使うことはないが、お守り的な意味で携行している。雨や風が強いときや耐えがたい寒さのとき、テント内でも使えるガスバーナーはとても便利なのだ。

――テントを張る前にひと休みしたいなんて思ったことないし、今だってさっさとセッティングを済ませたいけど、さすがに放り出せない……

『嘘も方便』と自分に言い聞かせながら湯が沸くのを待つ。

「椅子、使っていいよ」

「とんでもない。私はこれで」

そう言うと美来は運搬用のカートを引き寄せて腰掛けた。

「ああ、それ椅子にもなるタイプなんだね」

「はい。大きくてしっかりした作りで、荷物も一度にたくさん運べて便利ですよ」

「それだけ大きいと普通の車に積むのは無理そうだけど、キャンプ場で借りられたら助かるね」

「でしょ？　最近、ひとりでキャンプに来る人が増えてるからこういうのを置いておいて、必要な人に貸してあげれば？って私が言ったんです」

　自分の荷物を自分で運ぶのは当たり前だが、気のいい管理人は利用者が難儀して荷物を運ぶのを見ていられず、手さえ空いていれば手伝っていたらしい。けれど、それを申し訳ないと断る人もいれば、そもそもいやがる人もいる。だったら下手に手伝わず、自分で楽に運べるようにカートを置いておけばいい、という美来の提案を、管理人はそのまま採用したそうだ。

「それはいい考えだね。けっこう好評なんじゃない？」

「これが原因かどうかはわかりませんけど、去年から利用者が急増してるみたいですよ」

「たぶん『一事が万事』なんだろうね」

　利用者の荷物の心配までしてくれるキャンプ場なら、随所に気配りが行き届いているに決まっている。一度来れば快適さがわかるし、口コミもどんどん広がる。利用者の急増にはそういった背景があったに違いない。

「お客さんがたくさん来てくれるのはありがたいです。じゃないと叔父が困っちゃいますから。でも……」

「美来さんが使うサイトがなくなっちゃう？」

「はい……。我《わ》が儘《まま》だってわかってるんですけど、やっぱりちゃんとしたソロキャンプをやってみたくて……あ、ごめんなさい！　前のがちゃんとしてないってわけじゃ……」

美来がいきなりうろたえ始めた。前にソロキャンプを試みたものの、怪我《けが》をして千晶のフォローを受けることになったのを思い出したのだろう。

あれだってかなりソロキャンプだったし、とか、捻挫《ねんざ》をしたのは私が悪いんだし、とかあたふたしている美来に、千晶は噴き出してしまった。

「わかってるって。それにキャンプがしたいのにできない辛《つら》さはよくわかるよ」

「榊原さんでもそうなんですか？　だって……」

千晶は運転免許も自分の車も持っている。ひとりで問題なくテントを張れるし、わざわざ直火が許されるキャンプ場にやってきてアースオーブン料理を作るぐらいだからアウトドア料理にだって長《た》けている。なにより自分と違って未成年ではないのだから、行きたければどこへでも行ける、キャンプだってし放題でしょうに、と美来は羨ましそうに言う。

けれど、千晶に言わせれば、今の自分は未成年と同じようなものだった。

「どこにでも行けるのに、実際は行けない。それが問題なのよ」

「どういう意味ですか？」

「心配性の親がいると、案外思いどおりにはできないってこと」

「あーそういう……」

美来の顔に『さもありなん』と『私も私も』が同時に浮かぶ。本当にわかりやすい子だ、と思いながら千晶はまた話し始める。

話すべきは自分ではない。彼女の話を聞こうと思って引き留めたのに、と思いはしたが、相手に名前を聞くときはまず自己紹介をすべきという考え方もある。ただ訊かれても困惑する。先にこちらの話をすれば、美来だって話しやすくなるかもしれない。

「私がひとりでキャンプに行くことを、母がよく思ってないのよ。出かけようとするたびに、誰かと一緒に行けばいいのに、って……」

「言われちゃうんですか？」

「言われることもあるし、顔に書いてあることもある。どっちにしても若い女の子がひとりでキャンプするなんてー!!って感じだから、それほど好き放題できてるわけじゃないのよ。今回も一苦労だったし」

そこで千晶は、すったもんだの末、このキャンプ場を再び訪れるに至った経緯を語った。

千晶の父と管理人の父――つまり美来の祖父との関わりを聞いた美来は、口をぽかんと開いてしまった。

「すごい偶然……」

「ご都合主義の小説みたいだよね。でも、ここなら安心って思ってくれるキャンプ場がひとつでもあってよかった」

「ひとつでいいんですか？　まあ、叔父さんにはありがたいでしょうけど」

「ひとつでいいの。いくら心配性でも、本当にここに来てるかどうかまで確かめたりしないから」

「え？」

発言の意図がわからなかったらしく、美来は首を傾《かし》げている。ここまで言っていいのかどうか、と迷いつつも、千晶は話を続けた。

「私は紛れもなく成人。しかも三十歳の大人なんだよ。本来、どこでなにをしようが私の自由なんだけど、親が心配するから配慮してる。『またひとりでキャンプに行ったみたいだけど、あそこなら大丈夫』って安心させるのが大事。本当にそこにいるかは……」

「えー⁉　ご両親に嘘を吐《つ》くってことですか⁉」

「最悪を想定したら、って話よ。私はこのキャンプ場がすごく好きだし、直火が使えるところなんてそうそうないけど、予約が取れなくて、でもどうしてもキャンプに行きたいってときはよそを考えざるを得ないでしょ」

「うう……運搬用カートなんて入れなきゃよかった……」

「なに言ってるの。それだけが人気の原因じゃないよ。ここは静かだし、近くに川もある。使用料だって安い。なにより、叔父さんみたいにキャンパーを楽しませようと一生懸命な人が管理人なら、人気が出るのは当然」

「そりゃそうですけど、榊原さんが来てくれないのは寂しいです」

「私が来ても美来さんがいるとは限らないでしょうに」

「それはないかな……叔父さん次第ですけど」

そこで美来は千晶から目をそらし、ガスバーナーの火を見つめた。

質問すべきか、自ら話すのを待つべきか。そもそも彼女が話したがっていない可能性もある。迷っている間にお湯が沸いたので、とりあえず飲み物を……とシェラカップをテーブルに並べたとき、美来が話し始めた。

「去年、秋の終わりに家に帰ったんです」

「そっか……それは自分の意思で？」

「半々……。そろそろ帰ったほうがいいかな、と思ってたときに叔父さんに寒くなりそうだって言われて」

美来が家に戻った顛末《てんまつ》はすでに聞いていたが、どこまで彼女の意思が反映されていたのかわからなかった。だが、『帰ろう』ではなく『帰ったほうがいい』と表したところに、やむを得ず帰ったという状況が感じ取れた。

なるほどな、と思いつつ、さらに訊ねる。

「家に帰ってどうだった？」

「けっこう楽しかったかな……。いつでも好きなときに買い物に行けるし、テレビも動画も見放題だし、友だちから連絡が来て遊んだりもしたし……」

「友だちと遊んだんだー、それはよかったね」

「はい。中学時代の友だちで高校は別なんですけど、前からたまに……年に二回ぐらい会って遊んでたんです。それで、十二月の初めごろ、そろそろ冬休みだけどいつなら会える？ってメッセージが来ました」

その友だちは、美来が叔父のところに行っていたことも、学校に行っていないことも知らない。だからこそ気楽に会えたし、すごく楽しかった、と美来は嬉しそうに語った。

「なによりだよ。で、そのままお正月？」

「はい。お正月はお祖父《じい》ちゃんのうちに行きました。毎年お正月は親戚が集まるので」

「大勢？」

「そんなでもありません。うちの家族と叔父さんと、あとは大叔父さん夫婦」

「大叔父さん……？」

「お祖父ちゃんの弟です。子どもがふたりいるんですけど、ひとりは海外、もうひとりは九州に住んでてなかなか戻ってこないみたいです。だからここ数年、お正月やお盆はお祖父ちゃんのうちに来てます」

「それは賑《にぎ》やかでいいね」

「うーん……まあそうなんですけどね……」

そこでまた沈黙。おそらく美来はこの大叔父が苦手なのだろう。もしかしたら、美来の現状を否定するような発言があったのかもしれない。

子どもになにかしらの説教をするのが楽しみ、あるいは務めだと思い込んでいるお年寄りは多い。正月といえば美来は高校二年生、春には三年生という前提で、進路について問われた挙げ句、聞きたくもない説教をされた可能性は高い。

「年季の入った大人はいろいろなことを言うけど、自分を含めて誰かの命に関わることじゃない限り、違うと思ったら聞き流せばいいんだからね」

沸いたお湯をシェラカップに注ぎながら言ってみる。わかっていてもできないところが辛いのだと百も承知で……

ところが、ため息しか返ってこないかも……という千晶の予測を裏切って、美来はケラケラと笑った。

「年季の入った大人って……。しかも誰かの命に関わることじゃない限りってぶった切り方がすごいです」

「え、そこ？」

「そこです。だって、聞き流せばいいっていうのは今までさんざん言われてますから」

「ご両親に？」

「はい。父は小さいころからずいぶんお説教されたそうですし、母も結婚してすぐのころからかなり。舅《しゅうと》や姑《しゅうとめ》ならまだしも、叔父になんでそこまで言われなきゃならないの？って憤慨してました」

「今もそうなの？」

「大叔父は『勢い未《いま》だ衰えず』って感じです。でも大叔母は、あの人の奥さんだなんて信じられないぐらいいい人」

　口数が少ない人で余計なことは一切言わない。ただ、大叔父の言葉があまりに理不尽と思ったときは、こっそり謝りに来てくれる。表立って否定するとさらに頑《かたく》なになる性格を知り尽くしているからだろう。あの大叔母がいなければ、大叔父はとっくに親族からつまはじきにされていたはずだ、と美来は笑った。

「そうなんだ……じゃあまあ、聞き流し戦略でＯＫだね」

「基本的には。でも、今年のお正月はかなりひどかったんです」

「どんなふうに？」

千晶が他人の家の事情をここまで根掘り葉掘り訊くのは珍しい。だが、最初はためらいがちだった美来の口調が、今ではかなりの勢いになっている。今の美来は誰かに語りたい、語り尽くしたいと思っているのが明白だった。

語りたがっているなら存分に語らせてやろう。質問は『話を聞かせて』という思いを伝える最も簡単なメッセージだと千晶は思っていた。

「私が学校に行ってないことを知られちゃって、お父さんが散々責められました。親が甘いからそんなことになるんだって」

「最低……」

「ですよね。あのときの大叔父は鬼の首を取ったみたいに父を責めました。いくら頭がよくても、子育てを失敗するようじゃ意味がないって……。昔から父は優秀で、大叔父の息子では太刀打ちできなかったのが面白くなかったみたいです。それで私、いたたまれなくなっちゃって……」

「もしかして、それで学校に？」

確か管理人は、美来は春から学校に行き始めたと言っていた。大叔父の言動に起因した行動だったとしたら、うまくいくはずがない。

「そうなんです。私が学校に行きさえすれば、お父さんがこんなことを言われることもないって思って……。友だちとも普通に会って遊べたし、ちょっと頑張れば行けるんじゃないのだ。無理やり頑張って行動した挙げ句、もっと悪い状態に陥ることなどいくらでもある。無理は禁物、というのは美来のためにある言葉だった。

「本当ですよね。クラスも替わるし、きっとなんとかなる。なんとかしなきゃ……って意気込んで登校したんです。でも、二週間が限度。息も絶え絶えになって、そこからあとは……あ、大変！」

そこで美来はポケットに手を入れた。スマホを取り出して驚いたように言う。

「もうこんな時間……私、そろそろ戻らないと」

時刻は午後二時、ここに座ってから三十分近くが過ぎ、ミルクティーもほとんど飲み干してしまった。

「そっか。ご両親と一緒だったね。これからの予定もあるだろうし……」

「そうじゃなくて、叔父さんからメッセージが来ちゃいました」

「なんて？」

「『そろそろ戻っておいで』って。榊原さんはソロキャンプがしたくて来たのに、前回は思いっきり邪魔しちゃいました。今度こそ楽しんでいただかないと……」

「叔父さん、本当にちゃんとした管理人さんなんだねえ……」

彼は、美来がどれほど千晶に会いたがっていたかわかっているはずだ。悩みを抱えているに違いない姪に少しでも楽しい時間を過ごしてほしい、という気持ちと、利用者の迷惑になってはならないという気持ちがせめぎ合ったに違いない。それでも千晶のことを考え、適当なところでメッセージを送ってくるのはさすがだった。

「叔父さんは責任感が強いんです。私のこともすごく考えてくれます」

「だからって甘やかしもしないし、優先順位も間違えない。ここはキャンプ場だからキャンパー優先、ってことだね」

「そうなんでしょうね。だからこそ、両親は私がここにいることを許してくれるんだと思います。でも、あんまりお客さんを困らせると叔父さんに追い返されちゃう」

そうなったら大変、と笑いながら美来が立ち上がったとき、車のエンジン音が聞こえてきた。どうやらしびれを切らした管理人が迎えに来たようだ。

テントサイトの前に車を停め、窓から首を出して言う。

「榊原さん、申し訳ありません。前もさんざんお邪魔したのに……。ほら、美来、戻るぞ……ってカートを持ってきてたのか」

そりゃそうか、と言いながら車を降りた管理人は、ハッチバックドアを開けてカートを積み込んだ。しっかりした作りで、空っぽでもそれなりの重さがあるのに軽々と持ち上げる筋力が羨ましいほどだった。

「榊原さん、ありがとうございました。じゃあ私はこれで……」

ぺこりと頭を下げ、美来は助手席に乗り込む。迎えに来られてしまってはどうしようもないと思ったのだろうが、あまりにもしょんぼりしているのが気の毒で、千晶はつい声をかけてしまった。

「美来さん、もしかして今日はここに泊まるの？」

「そのつもりですけど……」

答えながら美来は管理人を見た。滞在を両親から管理人に頼んでもらったはずだが、答えを聞いていないからわからない、といったところだろう。

運転席に戻った管理人が代わりに答えた。

「もう冬は終わった。おまえがそのつもりならここにいればいい。俺もアシスタントができて助かるし」

「やったー!!」

聞くなり美来が歓声を上げた。さっきとは打って変わった明るい声に、管理人ばかりか千晶まで微笑《ほほえ》んでしまった。

「じゃあ、またあとでおいでよ」

「いいんですか？」

「だめだ、美来」

叔父と姪がほぼ同時に声を上げる。

だが、今、というよりも美来が現れた時点で、千晶は覚悟を決めていた。四六時中そばにいることはないにしても、ある程度は彼女と過ごすことになるだろうと……

そして、そのことを残念ではなく楽しみにしている。美来にかかわる大人のひとりとして、できるだけ彼女に楽しんでほしいし、今後のこともやっぱり気になる。役に立つアドバイスができるとは限らないが、せめて心の中にある澱《おり》のようなものを吐《は》き出させてやりたかった。

叔父に止められ、美来は肩を落としている。管理人と美来、どちらと話すべきか一瞬悩んだあと、千晶は運転席側に回り込んだ。

「時間はたっぷりあります。今日は着いたのが早かったから、もう散歩も済ませちゃったし、テントを張ったあと夕方まで暇なんです」

「暇を楽しめるのもキャンプの魅力のひとつでしょう？」

「あーそれはそうです。でも、私、美来さんぐらいの子と話す機会なんてほとんどないし、若い子の生気を吸わせてもらおうかと……」

「生気⁉」

管理人がぶほっと噴き出した。向こう側で美来も笑い転げている。

「最高！　だから私、榊原さんが大好きなんです」

「え、おかしい？」

「普通は元気をもらうとか言いません？　生気を吸うなんて妖怪みたい」

「あ、そっか……元気をもらうか……」

あはは……と笑う千晶を見て、管理人が呆《あき》れたように呟いた。

「なんか、個性的な人だな。だから美来と気が合うのか……」

「叔父さん、それって私のことも個性的だって言ってるんだよね？　その個性的って褒め言葉？」

「も、もちろん。月並みより個性的のほうがいいに決まってる」

「ならいいけど。で、私、あとでまたお邪魔してもいい？」

「……榊原さんさえよければ」

「どうぞどうぞ。なんなら晩ごはん、一緒に食べようか？」

「嬉しい！　私もお手伝いしますね！」

「いいよ。そんなに大したもの作らないから」

「じゃあ、叔父さんの冷蔵庫から秘蔵のおつまみをこっそり……」

本人が隣で聞いているのにこっそりもなにもあったものではない。大喜びの美来を前に、管理人はお手上げ状態。それでも、ニコニコ顔の姪にどこかほっとした表情で去っていく。やはり美来の両親からかなり気がかりな話を聞かされたのだろう。

ここは数少ない直火が許されるキャンプ場である。維持管理だけでも大変だろうに、悩みを抱えた姪にも頼られている。自分がここに居合わせたことが、少しでも彼の助けになればいいな、と思わずにいられなかった。


ふたりが去ったあと、テント設営と荷物の整理を済ませた千晶は、夕食の準備に取りかかった。

時刻はまだ午後二時半を過ぎたばかりだが、アースオーブン——地中に食材を埋めてその上で火を焚くことで熱する料理法はとにかく時間がかかる。早めに始めるに越したことはなかった。

持ってきたスコップの柄《え》をぐいっと伸ばす。このスコップはスコップとしてはもちろん、ノコギリやツルハシとしても使える。灰の処理にも役立つし、折りたたみ式でケースまでついているから持ち運びもしやすい。通販サイトのバーゲンセールのおかげで半額で買えたことまで含めて、理想的なスコップだった。

力任せにスコップを土に刺す。前回同様、土は固くしまっている。テントを張る場所を決めるにあたって、どこかにアースオーブンのあとはないかと探してみたが見当たらなかった。

千晶が前に使ったのは半年以上前だから痕跡が残っていないのは当然だが、焚き火のあとすら見つけられなかったのは驚きだ。千晶のあとは誰ひとりアースオーブンどころか、地面の上で火を熾《おこ》すことすらしなかったようだ。管理人が都度、完璧に埋め戻している可能性もあるが、それならそれでもう少し地面が柔らかそうな場所があるはずだから、やはり誰も直火での焚き火をしなかったのだろう。

せっかく直火可なのにもったいないことだ、と思いつつ、ぐいぐい掘っていく。普段から肉体労働どころか運動さえほとんどしていないからすぐに腕が痛くなったが、美味《おい》しいごはんのためなら頑張れる。

美来に手伝わせることがあるとしたら、このアースオーブン作りだった、と軽く後悔したころ、ようやく必要な深さまで掘り終えた。

あとは底と周りを石で固めるだけだが、こちらは簡単だった。テントサイトの端っこに、石がまとめて置いてあったからだ。キャンパーはテントを張る前によけた石を適当な場所に放り出さずに一カ所にまとめる。しかも隅っこなら邪魔にもならない。

ただ、前回はこんな石の集積場はなかった。その前のキャンプが自転車での強行軍だった上に土砂降りに見舞われて散々だったせいか、石集めすら楽しかった記憶があるから間違いない。そういえば、あのとき使った石をまとめて置いた気がする。ちょうど今、石の集積場になっているあたりだ。

――もしかして、私が帰ったあと、みんながテントを張るときに退《ど》けた石をここに置くようになったってこと？

いかにも『右へ倣《なら》え』が大得意の日本人らしい現象だ、と苦笑しつつ石を運んで並べていく。

午後三時半、埋め戻した土の上に薪《まき》を組み上げて火をつけた。予定よりずっと早く作業が終わったおかげで、のんびりと火を眺められる。過去の自分を褒め称《たた》えたい気分だった。

しばらく焚き火を堪能したあと、千晶は米とバゲットを取り出した。

主食が二種類あるの？と驚かれるかもしれないが、実はこのバゲットは緊急参戦だ。もともとはごはんを炊くつもりで米も用意していたのに、途中で食材を買い足すために寄ったスーパーの焼きたてのパンの香りがあまりにも素晴らしくてつい買ってしまった。おかず用の食材は十分あるし、ごはんもパンもある。これならふたりでも大丈夫と判断して美来を誘ったのだ。

メスティンに米と水を入れる。このまま置いておけば、アースオーブンに入っている鶏肉が焼き上がるころには米がちょうどよく水を含むはずだ。鶏肉と調味料を入れて火にかければ炊き込みごはんが出来上がる。

アースオーブンなんて面倒なことをしておいて、まだなにかしなければならないのか、そのまま食べられないのか、と思われそうだが、ほどよく焦げた肉を使った炊き込みごはんは釜飯のようで堪《こた》えられない。それに、鶏肉全部を炊き込みごはんにしてしまうわけではない。ごはんに使うのは半分だけ、残りはそのままで食べるつもりだった。

ごはんの支度をしたあと、バゲットを食べやすい大きさに切ってファスナー付きのビニール袋に入れる。先に切っておけば美来が来てから慌てずに済むし、密閉できるから乾燥も防げるはずだ。

——えーっとあとは……あ、野菜をなんとかしなきゃね。お味噌汁《みそしる》を作るつもりだったけどパンも食べるなら合わないかも……

味噌汁はやめて前みたいにスープにしようか、それとも汁物はパスして和《あ》え物……と悩んだが、野菜スープと炊き込みごはんも合わない気がするし、茹《ゆ》でたり水に晒《さら》したりしなければならない和え物は面倒すぎる。それにやっぱり汁物だってほしい。それなら汁物はインスタントにして、サラダを作ることにしよう。醤油《しょうゆ》ベースのドレッシングにすればごはんにもパンにも合うだろう。

和えるのは直前にするとして、まずはドレッシングを作る。空のペットボトルに塩、胡椒《こしょう》、醤油、酢、オリーブオイル、チューブのおろしニンニクを入れる。ペットボトルはさっきまで水が入っていたので少しだけ水分が残っているが気にしない。

家でドレッシングを作るときは乾いた容器でまぜるけれど、洗った野菜には水分が残っている。どれだけ水切り器でぐるぐる回したところで全部は取り切れないのだから、考えるだけ無駄というものだ。

いい加減上等、と開き直りつつ料理をすすめる。インスタントを使うならお湯が必要だから、あらかじめ沸かして水筒に入れておくことにしよう。

この水筒の保温時間は八時間、うち六時間は入れたときとほとんど変わらない温度を保ってくれる。寝る前に沸かしたお湯を入れておけば朝まで冷めないので、夜中に温かい飲み物がほしくなった、あるいは朝起きてみたら雨で火が熾せない、といった場合でも大丈夫。テント内で使えるガスバーナーで沸かせばいいようなものだが、なんやかやで五分や十分はかかる。やはり夜中にすぐに使えるお湯があるのは安心、ということで千晶はキャンプの際は寝る前に水筒にお湯を入れるようにしていた。

一時間後、千晶はアースオーブンの前で身震いした。

薪を足すのをやめた焚き火はすでに消え、余熱調理が続いている。土の中は温かいのだろうが、前に座っている千晶までは温めてくれない。

火をつけてからおよそ一時間半が過ぎているから、そろそろ焼けたはずだ。ごはんを炊かなければならないし、肉を掘り出してもう一度、火を熾そう。

上に並べてあった石をスコップで退ける。小さい石は耐火ミトンをはめて拾えばいいが、大きなものはスコップのほうがいい。ただし、スコップの先はかなり尖《とが》っているので、うっかりすると被《かぶ》せてあるアルミホイルを突き破らないとも限らない。そんなことになったらすべてが台無し、と慎重に作業を進める。その甲斐《かい》あって、アルミホイルの包みを無傷で取り出すことができた。

あとは中身を切り分けて……と思っていると、管理棟のほうから自転車に乗った美来がやってきた。テントサイトの隅に自転車を停め、前籠《まえかご》に入っていたショッピングバッグを持って近づいてくる。

「自転車で来たんだ」

「はい。歩いてくるとまた叔父に迷惑をかけちゃうので」

美来曰《いわ》く、管理棟を出ようとしたら叔父に、帰るときに連絡するように言われたとのこと。行きはともかく、帰るころには日が暮れている。暗い中をひとりで戻ってくるのは危ないというのが理由だが、わざわざ車で迎えに来てもらうのが申し訳なくて自転車を借りてきたそうだ。

「キャンプ場の中なのに、そんなに危ないわけないですよね」

美来は、叔父の心配性にも困ったものだ、と言わんばかりだが、あの管理人に輪をかけた心配性の母を持つ身としては大いに納得できる。

そこにいる人がすべて善人とは限らないし、危険要素は人間だけではない。野生動物が出てくることもあれば、虫に驚かされることもある。用心するに越したことはなかった。

「山の中なんだから心配するのは当然よ」

「とかなんとか言っちゃって、叔父さんは自分も来たかっただけなんですよ」

「え、そうなの？」

「そうなんです。前のとき、榊原さんが焚き火の前で呑《の》んでたお酒がものすごく美味しそうだった、って羨ましがってました。だから迎えに来るついでに雰囲気だけでも味わいたい、とか考えてそうです。叔父さんも若いころ、キャンプに行っては『焚き火呑み』してたそうですから」

「雰囲気だけって……焚き火呑みぐらい毎日でもできるでしょ。叔父さん、お酒に弱いの？」

「いいえ。母曰く、底なしなんですって」

「だったら問題ないんじゃない？」

　管理棟の脇にはちょっとした広場がある。あそこなら火を熾して『焚き火呑み』を楽しむこともできる。管理棟の脇にいるなら万が一利用者が困りごとや質問を持ち込んできても十分対応できるはずだ。

　だが、千晶は軽くため息を吐きながら答えた。

「それがだめなんですよ。叔父さんは、お客さんがいるときはお酒は呑みません。問題が起きたときに冷静な判断ができないかもしれないし、病院に連れていかなきゃならなくなったときに運転できないと大変だからって……」

「真面目すぎ……」

「でしょ？　町まで車で一時間ぐらいかかるような山の中にあるキャンプ場でも、お客さんと一緒にお酒を楽しむ管理人だっているのに」

「まあでも、利用者としてはありがたいことだわ。それならなおさら、ごはんだけでもお誘いすればよかったかな」

「それも無理。叔父さん、冬眠前のクマみたいに食べますから」

「冬眠前のクマ！」

そこでふたりは顔を見合わせて笑いだした。

ソロキャンプに来る人間が、山ほど食料を持ってきているはずがない。今回はバゲットを衝動買いしてしまったし、アースオーブンの特性でおかずも多めに作る予定だった。だからこそ、女ふたりならなんとかなると思ったのだが、さすがに冬眠前のクマまでは賄《まかな》いきれなかった。

「無理そうだね」

「絶対無理、ってことで私は自転車で来ました。叔父さんには気の毒だけど、いっそ見ないほうがいいでしょう」

あの管理人が美来の気遣いをありがたいと思うかどうかは謎だが、彼が忙しいことは間違いない。帰りのことまで考えずに声をかけてしまった身としては、美来が自力で戻れる方法を見つけてくれてよかったと思うべきだろう。

「さてと、じゃあごはんにしようか。あ、椅子が……」

「大丈夫、持ってきました」

そう言いながら美来がショッピングバッグから出したのは折りたたみの椅子となにか食べ物らしきものが入ったプラスティック容器だった。

ずいぶん大きなバッグだと思っていたら、椅子まで入っていたのか。椅子と食べ物を一緒に入れてしまうのはなかなか大胆だが、それぞれビニール袋に入れてあるから問題なさそうだ。

美来はプラスティック容器を千晶に渡し、ちょっと自慢そうに言う。

「これ、デザートにどうぞ。私が作ったんですよ」

「なんだろ……あ、コーヒーゼリーだ！　もしかして家で作って持ってきたの？」

叔父へのお土産を横取りしたのではないか、と不安になる。だが、美来はそうではないと言ってくれた。

「榊原さんに誘っていただいてから作りました。叔父の分もありますから大丈夫です」

「よかった。でも三時間ぐらいしかなかったのによく作れたね。ゼラチンを固めるだけでもずいぶんかかりそうなのに」

「これ、コーヒーゼリーじゃなくてコーヒー寒天なんです。寒天と水をお鍋で煮立ててインスタントコーヒーとお砂糖を入れただけ。寒天は一時間もあれば固まります。叔父さんが甘いのが苦手なのでお砂糖は控えめなんですけど……」

「甘いのが苦手なクマ？　蜂蜜も嫌いなのかな……」

なかなか大変そう、と呟く千晶に美来は大笑いだった。

「ほんとですよね。でもケーキやお饅頭《まんじゅう》は好きだから、コーヒーゼリー限定なのかも」

「なるほど。私もコーヒーゼリーはほろ苦いほうが好きだわ」

「よかったー。榊原さんの好みがわからなかったから、甘すぎるよりはいいかと思ってお砂糖を減らしたんです」

「ありがとう。じゃあ、あとでいただくことにして、とりあえずクーラーボックスに入れておくね」

「お願いします。私、どこに座ればいいですか？」

「お好きなところにどうぞ。あんまり竈《かまど》のそばに近づきすぎないでね」

「了解です」

美来が折りたたみ椅子を開いているのを横目に、千晶は掘り出したアルミホイルの包みをテーブルに載せる。話している間に粗熱が取れ、手で触れるようになっていた。

包みの大きさを見て美来がぎょっとしたように訊ねる。

「なんかそれ、大きすぎませんか？」

「そう？　鶏ってこんなもんでしょ」

「鶏……まさか丸ごととか……」

「正解。一度やってみたかったんだよね」

前回のローストビーフは大成功だった。これなら丸ごとの鶏でも大丈夫だろうと踏んだ千晶は、母に頼んで丸鶏を買っておいてもらった。

本当は自分で買いに行きたかったけれど、クリスマスシーズンではない今は、丸ごとの鶏を扱っているスーパーは少ない。キャンプ場を予約したあと、近所のスーパーを探してみたが鶏はなく、あったのはまさかの七面鳥。さすがに手に負えないと諦めて母に頼んだ。千晶が寝袋を買ったあの会員制総合スーパーならいつでも冷凍の丸鶏をおいているると知っていたが、会員である母と一緒に買い物に行く時間がなかったからだ。

そんなこんなで無事ゲットした丸鶏はいたって標準的なサイズ、もしかしたら若干小さめかもしれない。大きすぎるというのは七面鳥にこそ相応《ふさわ》しい言葉だった。

目を丸くしている美来を気にも留めず、ぐいぐいとアルミホイルを開けていく。出てきたのは小麦色とチョコレート色の中間、見るからに香ばしそうな焼き目をまとった

『ローストチキン』だった。

「やったー大成功！」

すぐさまペティナイフを取り出し、焦げ目のあたりをそぎ落とす。二枚切り落とし、片方にフォークを刺して美来に渡した。

「はい、焼きたて熱々をどうぞ」

「い、いただきます」

受け取りはしたものの、美来は口に運ぼうとしない。一瞬、もしかして嫌いだった？ と思ったが、彼女の目はキラキラしている。これは千晶が食べるのを待っているのだな、と判断し、自分の分を口に突っ込んだ。

まず感じたのはスパイスの刺激。ラベルに堂々と『アウトドアスパイス』と書かれたミックススパイスで、ガーリック、黒胡椒、コリアンダー……その他、ありとあらゆるスパイスがまぜ合わされている。これさえあればすべての肉を美味しく焼き上げることができるという魔法のような調味料なのだ。

その魔法のスパイスを千晶は一昨日の夜、解凍が終わった丸鶏にこれでもかとすり込んだ。しっかり味がついているのは当たり前だった。

スパイスの刺激のあと皮目の香ばしさ、続いて肉そのものの——予想の二倍ジューシーな肉の味が口中《こうちゅう》に広がった。

千晶を待って食べてみた美来も感嘆の声を上げる。

「すごく柔らかくてジューシーですね！」

「ここ、胸肉のはずなのにね。さすがアースオーブン。蒸し焼き最高！って感動してる場合じゃない。ごはんを炊かなくちゃ」

丸鶏の真ん中に包丁を入れ、力任せにふたつに分ける。もちろん、このサイズではメスティンには入らない。さらに細かく、骨も取り除きながら四分の一ほどをばらし、水を吸った米の上に置けるだけ置いた。

「炊き込みごはん⁉ なんか、もったいなくないですか⁉」

『なくない』という言葉がいかにも『今の子』らしい。間違いなく女子高生だな、と思いつつメスティンに醬油と酒を垂らす。ただし、肉にしっかり味がついているからかなり控えめにして、軽くまぜる。あとは蓋《ふた》をして火にかければ、ほうっておいても出来上がるはずだ。

「これでＯＫ。めちゃくちゃ美味しい炊き込みごはんができるよ」

「うー……鶏さん……」

美来は半分にされた鶏を痛ましそうに見ている。それでも『美味しい炊き込みごはん』は食べたいようで、ふうっと息を吐いて椅子に座った。

「こういうのって残ったときのアレンジレシピだと思ってました。焼きたてでごはんを炊いちゃう人なんて初めて見ました」

「絶対に残るってわかってるんだから、先に使ったたっていいじゃない。さて、ごはんを炊いてる間にチキンを食べよう。サラダとバゲットもあるし。あ、スープは飲む？　今回はインスタントだけど」

前みたいな気合いの入ったミネストローネじゃなくてごめんねーと笑いながら訊ねると、美来はスープもほしいと答えた。

「ＯＫ。じゃあ私もなにか飲もう。スープじゃなくてお味噌汁もあるよ。赤味噌、白味噌、合わせ味噌、なんでもごされ」

「わーよりどりみどり。ビュッフェみたいですね」

「好きなときに好きな味を飲めるって楽しいよね。ただし、一種類につき一袋ずつしか持ってきてないから、好みが重なったら争奪戦。じゃんけん、くじ引き、はたまた腕《うで》相撲《ずもう》……」

「私はどれでもいいです。榊原さんが先に選んでください」

「うん、私もどれでもいい。これは家から持ってきたんだけど、全部好きだから買ったんだし」

「榊原さん……」

美来が呆《あき》れた声を出す。じゃんけんはともかく腕相撲まで提案しておきながら、実はどれでもいいなんて……とでも思ったに違いない。

ただ、千晶にしてみればこのくだらないやり取りもコミュニケーション促進の一助、呆れさせたり笑わせたりすることで、相手の肩の力を抜く目的がある。もっとも美来の場合は最初から笑いこけていたのでそんな必要はないのかもしれない。それでも念には念を入れて、という感じだった。

結局、美来はカボチャのポタージュ、千晶がコンソメスープを選んだ。それぞれのシェラカップに入れてお湯を注いでまずは一口……そこでまた美来が笑った。

「こんなにすごいローストチキンをいきなりバラバラにしちゃうし、主食はパンとごはんと両方だし、一番に飲んじゃうのはインスタントスープ。これって、かなりカオスですよね」

「なんでもいいじゃない、美味しければ」

「その割り切り方、すごく素敵です。みんなが榊原さんみたいだったらいいのに……」

美来の呟きにもの悲しさが滲《にじ》む。それまでの楽しそうな様子と打って変わった表情に、彼女がここに来た経緯が改めて気になり始めた。

「みんながみんな私みたいだったら困るよ。それはそうと……」

そこで千晶は、一拍置いて美来の様子を確かめる。目も合わせないようなら訊ねずにおこうと思ったけれど、彼女は真っ直《ます》ぐに千晶を見ている。おそらく話したいし、聞いてほしいのだろう。

「またしばらくここにいるの?」

「……はい。私やっぱり、人と関わるのがうまくないみたい……」

「誰かになにか言われた?」

「なにも。ただ自滅しただけです」

「もしかして自分を周りの子と比べまくっちゃったとか」

「なんでわかるんですか?」

「自滅って言ったらそれしかないでしょ」

友だちと遊んだのはいいが、相手は美来の事情などまったく知らない。しばらく会っていなかった中学時代の友だちを誘うぐらいだから、相手の子は屈託のない性格に違いない。共通の友人の噂話《うわさばなし》もしただろうし、高校二年生の年末なら進路の話も出ただろう。その友だちはもしかしたら、自分の進路についていろいろ話したのかもしれない。話すだけならまだしも、熱弁とかされたら目も当てられない。

元気で明るい友だちは、美来のような子にはちょっとやっかいだ。一時的に元気をもらえるかもしれないが、その手の元気は長続きしないことが多い。勢い込んで外に出てみたものの、世界の目映《まばゆ》さに目がくらむ。学校に行ったら行ったで、教室の中は耳を塞《ふさ》ぎたくなるほど賑やか、しかもことあるごとに受験の話が出てくる。クラスの大半は志望校を決めて対策に忙しい。『ちゃんと』した人たちの中、自分だけがなにもできていないように思えて項垂《うなだ》れる——おそらくそんな感じだったのではないだろうか……

「お父さんもお母さんも、人は人だ、比べることなんてない、って言ってくれるんですけど……」

「それこそ難題。言うほど簡単なことじゃないよね。美来さんは頑張り屋だし」

「え、頑張り屋って関係あります？」

「頑張るって、今の自分より上に行こうって努力じゃない。対象が他人じゃなくて自分ってだけで、比べてることに違いはない。現状肯定主義、ありのまま上等って言う人もいるけど、それはそれで難しいし」

「難しいんですか、ありのままって」

「毎日生きてて昨日のままなんてあり得ない。どこかしら変わっていくもんじゃない？」

同窓会でかつての同級生と会ったとき『全然変わってない』と言い合うのはよくあることだ。だが、千晶に言わせればそれは過去を過去のまま『想い出の小箱』に詰めておきたいだけ、もしくは『変わった』なんて言って気分を害されても困ると思っているだけの話だ。見た目は明らかに変わっているし、中身が学生のころのままだとしたらあまりにお気楽すぎる。今までなにをしていたんだ、と詰め寄りたくなってしまう。

千晶の説明に、美来は困り果てて言う。

「どうしろって言うんですか……」

「生まれてからずっとなんやかんやで比べられてきたんだから、比べるのをやめろっていうほうが無理。でも、いいんだよ。ゴールはずっと先なんだから」

「ゴール？」

「そ、ゴール。どこをゴールにするかは難しいけど、とにかくずっと先。間違っても過ぎてはいない。巻き返しなんていくらでもできるし、あとから行く人間は、前に走っている人が躓《つまず》いた石をよけることもできてお得」

「ちょっとずるくないですか？」

「ずるくない。勉強もスポーツもたいていそういうものだもん。誰かが見つけた公式で問題を解き、誰かが思いついた技《わざ》や開発した道具で勝つ。純粋に自分の成果だけで戦えって言われたら人類の進歩はないよ。いちいち振り出しに戻るなんて馬鹿馬鹿しい」

「比べてもいいってことですか？」

「ぜんぜんＯＫ。自分の立ち位置を確かめるのは大事なことだからね。ただし、焦っちゃだめ、自分のペースで着実に進むべし」

「でも、ものすごく先にいる人を見たらやっぱり焦ります」

「大丈夫。そういう人はどこかで絶対転ぶし」

「ほんとですかあ？」

「ほんとほんと。すごい勢いで転ぶ。全治五年。間違いない！」

「全治五年……」

美来はほぼ絶句状態、千晶はさらに続ける。

「それに、ショートカットできる可能性だってある」

「ショートカット？」

「いわゆる近道。道は真っ直ぐとは限らない。めちゃくちゃ追いつきたい相手がいるのにどうにもならないって諦めて壁に手をついたら近道に繋がる入り口が開いて、最短距離で一気に追いつく、とかさ」

「それってゲームだけの話ですよ」

リアルにはあり得ない、と美来は乾いた声で笑う。だが、千晶は実際にショートカットした人間を知っている。本当の意味でのショートカットかどうかは怪しいけれど、時間をかけることでしか解決できないと思われた遅れを、鮮やかに取り戻した例があるのだ。

「と、思うでしょ？　でも私、留年しそうになった子を知っててね」

「大学で？」

「高校。それも三年のとき」

「それってやっぱり出席日数ですか？」

「まあね。でも学校が苦手とかじゃないの。普通に通えるんだけど、もっと行きたいところがあっただけ」

「どこに行ってたんですか？」

「整備工場。車がめちゃくちゃ好きだったんだよね。校則で免許は取れなかったんだけど、とにかく車をいじりたくて知り合いの工場に通い詰めてたらしい。途中からバイトとして雇ってもらってた」

「え、親は気付かなかったんですか？」

「お母さんしかいない子でね。お母さんは朝早くに家を出るし、バイト代を家に入れるようになって、むしろありがたがられてた。お母さんも、まさか学校に行ってないなんて思ってもみなかったんじゃない？」

「本人は⁉ 出席日数が足りないことぐらいわかりそうなものなのに」

「わかっててやった。自分から退学を言い出す勇気もなくて、卒業できなくなるのを待ってたみたい。たぶん、そのまま卒業したふりして整備工場で働くつもりだったんだろうね」

「……確信犯？」

「そう。よくないとは知ってたけど、勉強より車のほうがずっと好きなんだから仕方ない。むしろ、好きな道を突き進むほうが正しいに決まってるって思ってた」

「お母さんはなんて？」

「呆れ果ててたけどどうしようもないって……もう一年分学費を払うのも大変だったのかも」

「お金か……難しい問題ですよね。じゃあその人はそのまま整備工場に？」

「ところがどっこい」

そこで千晶はにやりと笑った。ここからがショートカットの本番だった。

出席日数不足で卒業できなくなりそうとわかった時点で、母親と相談し、退学することを決めた。そのあと親子揃《そろ》って整備工場に出向き、事情を説明して、このまま働かせてくれないかと頼みに行った。

その整備工場は彼が出入りするようになる前から人手不足で、だからこそ彼をアルバイトとして雇ってくれた。門前の小僧だった彼に整備の基礎もしっかり教えてくれたし、行く行くは正社員として働いてほしいとまで言われていた。だからこそ、母親と一緒に挨拶に行ったのだが、結果は思いがけないものだった。

「どうなったんですか？」

美来が身を乗り出すように訊ねてくる。理由は異なるとはいえ、学校に行かなかった事実に変わりはない。彼のその後が気になるのは当然だった。

「整備会社の社長が『うちは中卒は採らない』って突っぱねた。おまけに出入り禁止にした」

「ひどい……アルバイトでさんざん便利に使っておいてそんなことを言うなんて……」

「私もそう思った。でも、よく聞いたらそうじゃなかったのよ。むしろその子のことを一番よく考えてくれてた」

「というと？」

「社長さんが言ったそうよ。アルバイトと正社員では仕事の中身も厳しさも違う。正社員になっても辞めたくなるかもしれない。辞めてよそで働こうとしたとき、中卒では選択肢が少なくなる。とにかく高校は卒業したほうがいい。その分の学費は俺が出すからって。お母さんは、そんなことをしてもらうわけにいかない、って断ったんだけど、社長さんは学校をサボってるのを知ってて黙認してたうちも悪いからって」

「かっこいい……でも、本人には地獄かも」

親は納得してくれた。これで晴れて好きな仕事に就けると思っていたのに、一年間も車に触れられず、学校に通わなければならない。おまけに一学年下の生徒たちと机を並べることになる。たった一年、長い人生においてほんの少しの時間でしかない、と親や社長に言われても納得できる話ではないだろう。

「まさに地獄。で、散々考えて編み出したのがショートカット。学校に通わずに済む方法を見つけたの」

「通信制とか？」

「じゃなくて『高認』」

「こうにん？　あ、高卒認定試験ですね。でもあれってけっこう大変じゃないですか」

『こうにん』という響きからすぐに『高認』、すなわち『高卒認定』に変換できたところをみると、美来も高卒認定試験を視野に入れているのかもしれない。前に会ったとき、進路に悩む彼女にアドバイスすべきかどうか迷ったけれど、いらぬ心配だったようだ。ところが、すぐに千晶は自分の認識違いだったことを知らされた。なぜなら、美来が続けて口にした内容がちょっと中途半端だったからだ。

「最低八科目とか受けなきゃならなくて、合格率だってかなり低いんです。一度に全部合格するのは無理でしょうし、試験は年に二回しかないからどうかしたら二、三年かかるかもしれません」

「それが、そこまで大変じゃなかったんだよ。今話していた男の子は、高校三年には進級できてたから」

「なにが違うんですか？」

「これは学校によるんだけど、彼の場合、二年生まででけっこう単位が取れてて実際に受けたのは二科目」

「そっか、免除科目……」

「それそれ。だから、社長さんに『今のままでは雇えない』って言われていったんは絶望したらしいんだけど、彼を弟みたいにかわいがってくれてた整備士さんが、こっそり耳打ちしてくれたんだって。高認を取ればいい。なんなら専門学校にも行って二級整備士を目指してはどうかって……」

「もしかしてその人も？」

「正解。中学時代からかなりやんちゃで、いやいや高校に入りはしたんだけど、何度も補導されて退学になったんだって。で、ぶらぶらしてるときに社長さんに出会って、その整備工場に出入りしているうちにバイトを始めて……」

「その子と同じパターンか……。そりゃあ、かわいがってくれるはずですよね」

「そうなの。で、整備士資格がほしくて三級から始めたそうよ」

「大変だったんでしょうね」

「めちゃくちゃ大変だった、だからこそ二級から始められるなら絶対そのほうがいい。どっちも実務を積まなきゃならないけど、二級と三級じゃ給料も全然違う。学費が心配なら奨学金を使えばいいんじゃないかって」

「ごもっとも……」

「で、その男の子の場合は受験するのは二科目だけ。頑張れば一度で合格できるってわかったの。しかも、ぎりぎりその年の二回目の高卒認定試験の願書締め切りに間に合う時期だった」

「で、合格しちゃったと……」

「そういうこと。結果として同級生より先に高卒資格を取っちゃった」

「ショートカット……ですね」

「でしょ？」

「その男の子、今はどうしてらっしゃるんですか？」

「今？」

「はい。進学はしたんですか？　今もその整備工場で働いてますか？」

美来の質問は、千晶を呻《うな》らせるものだった。

かなり長い話になっているし、美来にとっては全然知らない人でもある。普通なら、ああそうか、で終わりにするだろう。ただ、イレギュラーな道を辿る場合、ハードルをひとつクリアしたから終わりというわけではない。次から次へと問題が出てきて厳しい人生になることだってある。おとぎ話みたいに『めでたしめでたし』で終わっていない可能性に気付くあたり、やはり美来は賢いし、自分の将来をしっかり見据えているのだろう。

千晶としては、本当はここで話を終わらせたかった。なぜなら彼のその後は、ショートカットではなく『急がば回れ』、しかもはっきりいって出来すぎ状態だったからだ。

それでも正面切って訊かれた以上仕方がない。やむなく千晶は続きを話し始めた。

「結局その子は、四月、五月、六月……正確にはその後四年間アルバイトをして五年目にようやく社員になった」

「四年……やっぱり進学したんですね」

「そう、専門学校に」

「専門学校って四年も行くんですか？　一年とか二年だとばかり……」

「ちょっと特殊だったんだよね。彼が進んだのは自動車大学校の四年課程で、そこを卒業すれば一級整備士の受験資格が得られるんだって」

三級があるんだから一級もある。一級自動車整備士はかなり難しい資格なので持っている人はまだまだ少ないが、それだけに保有者への評価も高い。それ以上に『一級整備士がいる工場』ということで整備工場そのもの評価が上がる。三級、二級と言っていないで、どうせなら一級を目指してやろう、と彼は考えたそうだ。

高校の教師をはじめ、親も整備工場の人たちも、口では頑張れと言ったもののまず無理だと考えていた。ところが、勉強そのものはさほど嫌いではなく進学校に三年の途中まで通っていた彼にしてみれば、自動車大学校の入学試験はそう難しい問題ではなかったとみえてあっさり合格、学費の工面ができない母親が途方に暮れるという結果になった。

「まあ、入学金は整備工場の社長が出してくれたし、学費は奨学金でなんとかなったんだけどね」

「太っ腹な社長さんですけど、奨学金だって返すの大変でしょうに」

「社長さんはもともと高校留年分の学費は出すつもりだったし、自分が蒔《ま》いた種だって笑ってたそうだよ。それに給付型の奨学金があったんだって」

今や大学進学者のふたりにひとりは借りているという奨学金は、返済に苦しむ者が多くて社会問題になっている。だが、彼が行くことになった学校には返済しなくていいタイプの奨学金があり、彼はそれを利用して卒業することができた。ただし、常に成績優秀でなくてはならず、勉強はかなり大変だったらしい。

「よかったですね。どれだけ大変でも、多額の借金を背負うよりマシです」

「そういうこと。で、彼は今もその整備工場で働いてるし、会社そのものもどんどん大きくなって大阪に工場を作ることになったときは責任者を任されてた。でもやっぱり東京にいてもらわなきゃ困るって、もとの工場に呼び戻されたんだけど、未だに大阪からも熱いラブコール」

「漫画みたい……榊原さん、それって作り話じゃないですよね？」

「実話だよ。だってこれ、私の従兄《いとこ》の話だもん」

一級自動車整備士資格はもちろん、今時の車はコンピューターの固まりだということで情報工学についてもしっかり学んだ。働きながらの独学は大変で、最初はわからないことだらけだったけれど、今では榊原家のパソコンに不具合が起きたときの心強い助っ人になっていた。

　美来はしきりに感心し、心なしか明るい表情になっている。見るからに困難であまり人が選ばないような道でも、信念と覚悟があれば歩いていける。目的地に着いたあとでももっと先に進んで、さらに自分を成長させることができるとわかって安心したのかもしれない。

「なんか……すごいですね。さすが榊原さんの従兄さんです」

「私の従兄かどうかは関係ないよ。彼がすごいだけ。でも身近にそういう例があったおかげで、私も考え方が変わったことは確か」

「どんなふうに？」

「道は一本とは限らない。すごく細くて全然違うほうに向かってそうでも、巡り巡って目的地に着く道もある。たとえ道半ばで疲れ果てて動けなくなったとしても、その道でしか見られない景色を見られることもある。休めばまた歩き出せることだってある。どんな道を選ぶかはその人の自由だし、人には失敗する権利だってある……まあ、そんな感じかな」

「失敗する権利……」

「うん。でもまあ、失敗だったかどうかなんて人生が終わるときじゃないとわからない。終わるときだってわからないかもしれない。だから実質やりたい放題」

まわりはとにかく失敗させたくなくてあれこれ言うかもしれないけれど、それが失敗かどうかを決めるのも自分だ。だから、やりたいことはやればいいし、どうしてもやりたくないことはやらずに済む方法を探せばいい——そんな考え方ができるようになったのは少なからず従兄のおかげだった。

「今だって、美来さんは自転車で来たでしょ？　叔父さんに心配や面倒をかけずに済むように」

「叔父に迎えに来られるのがいやだっただけです。榊原さんにご迷惑になるのがわかってるのに、ちょっとでも長くいたくて」

「迷惑かどうかを決めるのも私。で、迷惑だと思ったら声をかけたりしない。ＯＫ？」

「はい……」

「じゃ、炊き込みごはんを食べようか」

話している間にバゲットは食べきってしまった。スープもサラダも空っぽ、ローストチキンはまだ残っているがもう一度パンを切るよりも炊き込みごはんが食べたい。なにより、長話だったせいでとっくに炊き上がって蒸らしも十分。少し冷めかけている気配すらある。炊き込みごはんは冷めても美味しいけれど、どうせなら冷え切る前に食べたほうがいいだろう。

ウェットティッシュを美来に渡し、シェラカップを拭《ふ》くように言う。ウェットティッシュは手軽に汚れが拭き取れるし、除菌もできる。スープを飲んだだけのシェラカップならこれで十分だろう。

きれいになったシェラカップにごはんをよそい、スプーンを添える。すでにフォークを使っているのにあえてスプーンを渡したのは、美来に選択肢を与えるためだった。

「私はお茶漬けにしちゃうけど、美来さんはどうする？」

「いきなりお茶漬けですか⁉」

できたてのローストチキンを炊き込みごはんに入れるだけに留《とど》まらず、その炊き込みごはんをいきなりお茶漬けにしようとする。美来にしてみれば、なんてもったいない、あるいはハチャメチャすぎるとしか思えないのだろう。

だが、食べたくなったものは仕方がない。水筒に残っていたお湯を一番小さいサイズのアウトドアクッカーにあけ、小分けにして持ってきた白だしを入れる。これをごはんにかければ出汁《だし》茶漬けの出来上がりだ。

さっさと自分のごはんにかけたあと、唖然としている美来に訊ねる。

「出汁、使う？」

「うー美味しそう……でも、ちょっとだけ待ってください！」

片手を上げて『ストップ』の仕草をしたあと、美来は大急ぎでスプーンで掬《すく》ったごはんを口に入れる。一口食べて目を見張り、また一口。さらにもう一口食べようとしたところではっとして手を止めた。

「危なーい……全部食べちゃうところだった……」

「全部食べていいんだよ?」

まだ少し残ってるし、と千晶はメスティンの蓋を開けて見せた。だが、美来は首をぶんぶん左右に振った。

「お腹《なか》がいっぱいなんです。でも、この炊き込みごはんはすごく美味しいし、お茶漬けにしたらどんな味になるんだろうって気になって」

「あらそう。じゃ、お試しください」

そして美来のシェラカップに出汁を注ぐ。失われつつあった炊き込みごはんの熱が、出汁のおかげで蘇《よみがえ》る。一口食べた美来の目がまん丸になった。

「チキンの香ばしさと脂の加減が最高!」

炊き込みごはんには意図的に脚のあたり、つまり腿《もも》肉を使った。ほかの部位よりもずっと豊富な脂が炊き込みごはんの味をまろやかにする一方、かけた出汁に微《かす》かな甘みを与える。胸肉のほうが出汁を取るには向いているとよく言われるが、千晶はこの脂の甘みがほしくて腿肉を使うことが多かった。

最初からこうしていればスープはいらなかったかな、と思わないでもなかったが、パンにこの味は合わない。たとえインスタントでも洋風スープが正解だろう。

「あー美味しかった！　お腹がパンパンです」

さほど膨らんでいるようにも見えないお腹をぽんと叩《たた》き、美来は満足そのものの顔をしている。だが、千晶がクーラーボックスを開けるのを見て、またうーっと呻った。

「デザートを持ってきたんだった……」

「コーヒーゼリーぐらい食べられるでしょ？　せっかく作ってきてくれたんだから一緒に食べようよ」

「頑張ります。頑張るとこはそこじゃない気がしますけど」

美来はくすくすと笑いながら再びシェラカップを拭く。『パラベン』不使用ウェットティッシュ、大活躍の巻だった。

「どこだっていいよ。頑張りたいと思ったら頑張る、無理ならやらない」

「じゃあ私は、今頑張ってコーヒーゼリーを食べます」

そしてふたりはコーヒーゼリーを食べた。さっきの美来同様、まずそのまま一口、ほろ苦さをしっかり味わったあと、甘みを足すために練乳をかける。

「練乳なんて持ってきてたんですね」

「生キャラメルが簡単にできるって聞いたから、やってみようかと思って。でも素敵なデザートがあるから今日はパス」

「そうだったんですね。あ、美味しい。私、ガムシロップやミルクポーションよりこっちのほうが好きかも」

「私も」

そのあとふたりは、黙ってコーヒーゼリーを食べた。最後の一匙《ひとさじ》を口に入れてゆっくり堪能したあと、美来が立ち上がってぴょこんとお辞儀をした。

「本当。榊原さん、いろいろありがとうございました。ローストチキンの炊き込みごはん、すごく美味しかったです！」

どうやらこれで帰るつもりらしい。スマホの表示は午後八時、確かに戻ったほうがいい時刻だった。

美来がスマホを操作し始めた。どうしたのかと思ったら、叔父にメッセージを送ると言う。

「テントサイトを出るときに連絡しなさいって言われてるんです。じゃないと、ずっと心配してなきゃならないから、って」

このキャンプ場は車で移動するほど広いけれど、今使っているテントサイトから管理棟までは自転車なら三分ぐらいだ。連絡が来てから三分以上経っても戻ってこなければ、なにかがあったと判断して駆けつけるつもりだろう。

「行き届いた叔父さんだねえ……これならご両親も安心だ」

「はい。母曰く、すごく優秀な身元引受人だそうです。じゃ、私はこれで」

美来はくすくす笑いながら自転車に跨《また》がり、勢いよく走り去った。かなりのスピードだったから、三分どころか一分半ぐらいで帰り着くに違いない。

またしても『ソロキャンプ』とは？と首を傾《かし》げる状況になってしまったけれど、少しでも美来の気持ちが楽になったのならそれでいい。

美来は秋の終わりに家に戻った。静かな山の中で過ごしたことで、なんとかエネルギーを貯《た》められたと感じていたかもしれない。だが、友だちにも会い、学校にも通い始めたにもかかわらず、長くは続かなかった。やはり学校は、美来には合わない場所だったようだ。貯めたはずのエネルギーを瞬時に奪われ、美来はどれほど辛かっただろう。他の子が当たり前にこなす登校すらできず、自分を責め、途方に暮れたに違いない。

彼女は、またしばらくここで過ごす。再びゼロに近づいてしまったエネルギーゲージを少しでも上げるために……

人生は長い。時間なんていくらでもあるし、抜け道が見つかることもある。大事なのは、無理に動こうとしないこと。立ち止まること、休むことにも意味があると知り、今の自分を受け入れる。あえて前向きになる必要なんてない。どちらが前で、どちらが後ろ、なんて誰が決めるのだ。こっちが前だと思ったら後ろだったなんて、よくあることではないか。人がどっちに行こうが関係ない、自分が向いているほうが前だ、くらいの気持ちでいればいい。

——この話も、美来さんにしてあげればよかったかな。でもまあ、人に言われても意味がないし、エネルギー不足状態ではそんな達観もできないよね。大丈夫、あの子は賢いし、理解のあるご両親も叔父さんもいる。本人さえ焦らなければなんとでもなる！

自転車は瞬《また》く間に遠ざかり、道とタイヤが擦《こす》れる音も消えた。両隣のテントサイトを使っていたキャンパーたちも、明かりをテントの中に移している。そろそろ寝支度を始めるのだろう。

竈の様子を確かめる。薪の大半は燃え尽きていたが、あと少しぐらいは持ちそうだ。

クーラーボックスから冷えた水とウイスキーを取り出す。これだけお腹がいっぱいなら空酒でも問題ない。

千晶は寝る前のひととき、美来のこれからを祈りつつ酒と山の夜の静けさを堪能することにした。

第五話

思わぬ成り行き

五月下旬、野山は新緑に溢《あふ》れ、より一層アウトドアライフを楽しめる季節が訪れた。ゴールデンウィークの間、カップルや親子連れで賑《にぎ》わっていたキャンプ場も一段落、週末の予約もなんとか取れるようになってきた。とはいえ、それは近づきつつある梅雨《つゆ》を見越してのことで、梅雨が明ければまた予約に苦労することになるのだろう。

思い付きで出かけていって適当なところにテントを張るといったキャンプライフを送っている人が羨ましくないと言ったら嘘《うそ》になる。それでも、親の心配を無視して出かけるのはためらわれる。千晶にとってキャンプはあくまでも趣味だし、もっと言えば焚《た》き火さえできればいいというスタンスだから、月に一度ぐらいテントを張ればいいと割り切っていた。

そんなある日、開発中のデザートの試食会を終えてオフィスに戻った千晶はしきりに首を傾《かし》げていた。

首を傾げるというよりも半ば呆然《ぼうぜん》、なぜならあまりにもすんなり企画が通ってしまったからだ。

嬉《うれ》しいに決まっているし、あんなに頑張って立てた企画なんだから通って当然という気持ちはある。ただ、それでも通らないのが企画会議というものだ。各々が同じ思いで磨き上げた企画を持ち寄るのだから、落とされるものは必ず出てくる。

千晶の企画が採用される率はかなり高いほうだが、自分では納得いっていない。その主たる要因が商品本部次長比嘉則子《ひきのりこ》の存在で、彼女が関わるプロジェクトでは千晶の企画はこれまでほぼ通らなかった。なんとか試食会まで漕ぎ着けても、ほとんどいちゃもんに近い文句で否定されて商品化に至らないことばかり。今では、試食会メンバーに彼女が入っていると知るやいなや、諦めて次の企画を立て始めるぐらいなのだ。

その千晶の天敵みたいな比嘉次長が近頃やけにおとなしい。千晶の企画だとわかっていてもケチを付けたりしないし、そもそも試食会への出席が激減している。ほかに大きなプロジェクトでも手がけているのかと思ったが、そんな話も聞かない。

先ほど終わった試食会には比嘉次長も出席していた。徹底的にやり込められると思っていたのに、彼女はほとんど意見を口にしなかった。それどころか、神妙に試食をしていたと思ったら軽く頷《うなず》き、「悪くないんじゃない？」とまで言ったのだ。

しかもそれは今日が初めてのことではない。前回も、その前の回も彼女は異論を挟まず、千晶の企画はすんなり通った。さすがに三度目はないと思っていたらこの成り行き……いったい彼女はどうしてしまったのだ、と不安になるほどだった。

「おかえり、榊原さん。試食会はどうだった？」

ニコニコしながら鷹野課長が訊《たず》ねてくる。試食会は本社でおこなわれたから、戻ってくるのに三十分近くかかっている。結果はもう知っているからこその笑みだろうな……と思ったものの、上司への報告は当たり前。鞄《かばん》を席に置くなり彼の席まで行った。

「今、戻りました。おかげさまでなんとか商品化できそうです」

「三連勝か、絶好調だな！」

「私が絶好調というよりも、あちらが絶不調なのかも……」

鷹野が片眉だけ上げて千晶を見た。その表情から、彼自身も千晶と同じ感想を抱いていることがわかった。

「天敵がいなくなってよかった……とは思えない？」

「いなくなったのならまだしも、次長はちゃんといるし、試食会にも出席してます。なにも変わってないのに急に日和《ひよ》られても……」

「日和ってるわけじゃないだろ。ようやく榊原さんの企画を公平な目で見られるようになっただけ」

「だとしても、なんで急にそんなことに？　きっかけがあったとも思えないのに」

「あったんだろうよ。俺たちが知らないとこで。いずれにしても、企画が通るのはいいことだ」

「それはそうなんですけど……」

自分の顔に『解《げ》せん』と書いてある気がした。

それでも自分が企画した商品が店頭に並ぶことは嬉しい。比嘉にどんな心境の変化があったかはわからないが、素直に喜ぶべきだろう。

「ま、榊原さんの企画だってだけで潰されまくってた今までがおかしかったんだ。これがあるべき形ってことだよ。おめでとう！」

鷹野の言葉で周りから拍手が湧いた。

同僚の企画通過をやっかむメンバーなんてひとりもいない。もともと気のいい人ばかりなのか、鷹野の教育のたまものか。とにかく働きやすい職場であることは間違いない。

ありがたいことだ、と思いながら戻ろうとしたとき、鷹野がまた口を開いた。

「そういえば、今村《いまむら》チーフが榊原さんに知恵を貸してほしいって言ってきてるんだけど」

「今村チーフ？」

千晶が所属する商品開発部はもとより、商品部にも『今村』という名前の人はいない。いったいどこのチーフだと首を傾げる千晶に、鷹野は窘《たしな》めるように言った。

「たぶん、今までほとんど関わりがなかったとは思うけど、榊原さんと同じタイミングで異動になったんだから、名前ぐらい見たことがあるだろうに」

「同じタイミング……あ、食品部の今村チーフか！」

そう言えば、社内報で見た覚えがある。普段は社内報などあまり熟読しないけれど、さすがに自分が載っているときぐらいは、と異動欄を確認した。その際、千晶のすぐ上に今村という名前があった。確か、埼玉県にある『ＩＴＳＵＫＩ』の店舗から当時の千晶が所属していた千葉の店舗への異動だったはずだ。

「正解。榊原さんの家から一番近い店舗、しかも食品部なんだから、案外顔も見たことあるんじゃないか？　中肉中背を絵に描いたような感じで、衛生管理に気を遣う食品取扱者らしい五分刈り」

「五分刈り……そういえばいたような……。ただ、デリカならまだしも生鮮グループの人の名札まで確認しませんし」

「そりゃそうか。まあいい。とにかくその今村チーフだよ」

「なんで……？」

千晶が現在手がけているのは、グラタンやデザート、サラダといったデリカグループの商品ばかりである。

『ＩＴＳＵＫＩ』は大手スーパーなのでプライベートブランドを持っていて、食品や日用品から衣料品まで幅広く展開している。だが、そちらの商品開発は千晶とは別のグループが手がけているし、そもそも生鮮グループに商品開発が必要とは思えない。基本的に野菜や肉、魚などといった生鮮食料品は、すでにあるものを商品部が買い付けに行くだけで、探す苦労はあるにしても販売店が開発するという話ではない。商品開発部が関与する余地はないと千晶は思っていた。

ところが鷹野曰《いわ》く、貸してほしいのは商品開発部員としての千晶の知恵ではないとのことだった。

「商品開発部員としてじゃない……もしかして消費者としてですか？　アラサー女子の食事情を考慮した商品展開とか？」

晩婚化が著しいと言われる現代において、長期間ひとり暮らしを続ける若者が増えている。三十歳前後の独身者が使っていそうな食材を並べたいのかもしれない。

だが、鷹野はそれも違うと言う。

「三十代独身者なら同じ店にいくらでもいる。今村チーフはアウトドア食材コーナーを作りたいらしい。アウトドアで使いそうな食材をまとめて置く。全部の売場を回ってバーベキューやキャンプで使う食材を買い揃《そろ》えるのは大変だろうって……」

「野菜も肉も魚も一カ所に置くってことですか？」

「それなら短時間で買い物を済ませられる。休み前の仕事帰りとか、出かける当日の朝にさっと寄って買っていってくれるんじゃないか、ってのが今村チーフの考え」

キャンプだけではなく、日帰りのバーベキューもレジャーとして人気が高い。広い屋外でのびのびと楽しめるところがいいのだろう。

ただ、一回だけのバーベキューにしても準備は意外に大変だ。なにからなにまで貸してくれて食材も売っている、身ひとつで行けるバーベキュー場もあるにはあるがやはり割高になる。何度も行きたいなら食材や燃料ぐらいは持っていくほうがいいが、食材だけでも買うのにけっこう時間がかかる。肉も野菜も魚も売場は別だし、締めに焼きそばや焼きうどんを作りたいなら麺《めん》だって買わなければならない。もちろん、調味料だって必要だろうから、買い物だけで一仕事だ。

一カ所に揃えてあれば、途中で寄ってぱぱーっと買ってからバーベキューなりキャンプなりに向かうことができる、と今村は考えているそうだ。

「確かに便利そう……」

「だろ？　で、今、流行のアウトドア料理にどんなものがあって、どんな食材が必要か教えてほしいんだとさ」

「グッドアイデアかもしれませんけど、なんで今村チーフが私のこと知ってるんですか？」

今村とは個人的にはもちろん、仕事ですら言葉を交わした覚えがない。キャンプは去年再開したばかりだし、会社で鷹野や花恵以外とその話をしたこともなかったはずだ。

今村がなぜ知っているのか、というのは当然の疑問だった。

鷹野が少々気まずそうな顔で言う。

「すまない。それ、俺のせいだ。俺は今村チーフと同期入社でさ、アウトドアに詳しい人間を知らないかって訊《き》かれて、榊原さんの名前を出した」

「どうしてですか⁉　それなら鷹野主任のほうがずっといいはずです。同じ店にいるんだし……」

「うちの嫁さんはアウトドアについては休業状態だけど榊原さんは現役。ブランクがあったとはいってもキャリアは長いし、このところは毎月のようにキャンプに行ってるじゃないか」

「そりゃそうですけど、ギアの扱いならまだしも料理は……」

これまでキャンプで作った料理を思い浮かべても、適当なものばかりだ。なにせ千晶は『焚き火さえ見られればいい人』なので料理に重きを置いていない。あのやぶれかぶれで自転車で行ったときなど、家にあった食材をリュックに詰め込んでいったため現地に着いてから呆然とした。それでもなんとかなったのは焚き火が持っているポテンシャルの高さゆえで、それはすべてのキャンプ料理に通じると考えている。

確かに、アースオーブンでローストビーフやローストチキンに挑んだこともある。非常に満足のいく出来だったしお裾分けした人にはすごく褒められたが、あれは料理というよりも工作に近い感覚だった。そもそも一般的なキャンパーは、あえて直火《じかび》が使えるキャンプ場を探したりしない。準備や後片付けを考えたら、焚き火台や焚き火グリルを使うほうがずっと簡単だからだ。

もっといえば、再開してから行ったキャンプのほとんどはソロだった。自分以外のキャンパーがどんな料理を作っているかなんて知らないし、気にしたこともない。千晶にアウトドア料理の流行《はや》り廃《すた》りとか食材云々《うんぬん》を訊ねようなんて、見当違いもいいところだった。

「私では一般的な購買行動の参考にはなりません。なんせ、原始人みたいな料理ばっかりなんですから」

「原始人！」

鷹野の笑いが炸裂《さくれつ》した。

しばらく笑い続けたあと、やっとの様子で言う。

「上等だよ。そもそもキャンプは野営、大元は原始人なんだ。テントの代わりに洞穴を使ってただけだ」

「原始人の洞穴暮らしと今のキャンプは全然違いますって！」

「とにかく一度今村チーフと話してやってくれ。ギアの特性をよく知ってるんだから、それを使ってどんな料理が作れるかは見当がつくだろう。それに、一般的じゃないほうが喜ばれる可能性もある」

「どうしてですか？」

「レシピを提案できるから。食べたことがない料理を『ITSUKI』で知って作ってみる。旨《うま》ければ、また別のレシピが知りたくなってうちに来てくれる。リピーターを増やせるじゃないか」

鷹野の意見は至極もっともで頷かざるを得ない。押し切られるように時間を取ることを約束し、千晶は仕事に戻った。


鷹野と話した三日後の金曜日、千晶は、自宅から一番近い店舗にある小会議室で今村を待っていた。そこは千晶が一番最初に配属された大型店舗かつ現在今村が勤務している店舗だった。

当初は今村が商品開発部まで出向いてくれるという話だったのだが、実際の売場を見ながら検討したほうがいいのではないか、という千晶の提案を受けて変更された。もちろん狙いは、売場云々より打ち合わせ後の直帰だった。

時刻は午後四時、ミーティングのあとはそのまま帰宅していいという許しを得て、上機嫌で向かった先で待っていたのは鷹野の妻——鷹野里咲だった。

いや、待っていたのではない。むしろ待っていたのは千晶のほうで、約束の時間を過ぎても現れない今村の代わりに里咲が入ってきたのだ。

「お待たせ、榊原さん」

「鷹野主任！　お久しぶりです！　でもどうして……今村チーフは？」

「ちょっと売場でごたごたがあって遅れてるの」

「ごたごた？」

「社員とパートさんがもめたのよ。直属上長では抑えきれなくて、今村チーフが仲裁に行ったってわけ」

　年齢が高く社歴も長いパートさんでかなり押しが強い性格でもある。明らかにパートさんが間違っているのだが、若い上長では説得しきれず、やむなく今村が呼ばれたらしい。パートなんて使い捨てという考え方ではなく、社員と同等もしくはそれ以上に大事にしている『五木ホールディングス』ではよくあることだった。

「なるほど……やっぱり売場は大変ですね」

「うちのパートさんは年長者が多いし、売場に立つ社員は総じて若い。そこに私や今村チーフみたいな年寄りの存在意義があるのよ」

「年寄りなんて言わないでくださいよー。鷹野主任はもちろん、今村チーフだって鷹野課長と同期ならまだまだ……」

「ありがと。でも大丈夫。私も今村チーフも本当には年寄りなんて思ってないから。あえて『年寄り風』を吹かすことでうまくいくならそれでいいじゃない、って考えてるだけ」

「ならいいですけど……」

「で、たまたま生鮮売場を通りかかったら今村チーフがばたついてたから、私が遅れることを伝えておくって名乗りを上げたの」

「お疲れ様です。事情はわかりましたから、鷹野主任は……」

「やだ、そんなにすぐに追い払わないでよ」

ちょっとはサボらしてちょうだい、と里咲は笑ってパイプ椅子に腰をおろした。

伝言だけなら誰だってかまわない。なんならスマホにメッセージを入れるだけで済む話だ。にもかかわらずこうして来てくれたのは、千晶に会いたいと思ってくれたからだろうし、しばらく売場を空けても大丈夫な状態にあるからだ。

里咲は、やるべき仕事を放り出してまで伝言係を務めるような人ではなかった。あなたもおかけなさい、と言われて里咲の隣に座ると、目の前に缶コーヒーが置かれた。小会議室に来る前に買ってきてくれたのだろう。

「遠いところをお疲れ様。一息入れてね」

「ありがとうございます」

労《ねぎら》われるほどの距離ではないが、確かに喉が渇いていたし小腹も空《す》いている。里咲が買ってきてくれた缶コーヒーは甘さ控えめとは対極にある銘柄で、カロリー補給にもってこいとありがたくいただくことにした。

プルタブを開けてごくごくと飲む。ほんのり温かくて甘いコーヒーは、体中に染みこんで疲れを溶かしてくれた。

ふうっと息を吐《つ》いて缶を置くと、里咲が微笑《ほほえ》んでいた。

「いい飲みっぷりね」

「すみません。喉が渇いていて……」

「気にしないで。それぐらい豪快に飲んでくれたほうがご馳走《ちそう》しがいがあるわ」

「ならいいんですけど……」

「で、今日はアウトドア料理をレクチャーしに来てくれたんですって？」

おそらく里咲は、鷹野から今日千晶がミーティングに来ることも、内容についても聞いていたのだろう。もしかしたら、今村がトラブル対応に呼ばれたことを知って、フォローが必要か確かめるために売場に行ってくれたのかもしれない。さもなければ、現在四階の贈答品売場を担当している彼女が、勤務時間内に地下にある食品売場を『通りかかる』はずがなかった。

「レクチャーなんて大げさなものじゃありませんし、私では力不足だって課長にも言ったんですけど……」

「比較の問題でしょ。たとえそうじゃなくても、焚き火料理について榊原さんが素人とは思えないし、ほかに適当な人も思い浮かばないわ」

キャンプ料理でもアウトドア料理でもなく、焚き火料理というところが里咲の秀逸さだ。職場を変わってずいぶん経つのに、こんなに深く千晶を理解してくれている。鷹野課長の理解が足りないというわけではないが、これこそ『比較の問題』だった。

「たぶん榊原さんは、適当な食材を思い付きで煮たり焼いたりしてるだけって言うんでしょうけど、その思い付きって経験が支えてる部分が大きいと思うのよ。この量ならこれぐらい火にかけておけば大丈夫、とかね」

「全部適当なんですけどね……」

家でまったく料理をしない人が、アウトドアでいきなり凝《こ》った料理を作り出すとは思えない。ある程度料理をしたことがあれば、加熱時間ぐらい見当がつくはずだ。

だが、里咲はクックッと笑って答える。

「そりゃわかるかもしれないわ。でも、それってガスとかＩＨを使った場合でしょ？フライパンなりお鍋なりをじっと見ていられればの話。でも焚き火料理はそんなに単純じゃないのよ」

「どこが違うんですか？」

「ガスやＩＨは火のご機嫌を取らなくて済むじゃない。強弱だってスイッチひとつで調整できる。でも焚き火だと、火力を調整し損ねて周りは黒焦げなのに中は生とか」

「いやいや、それは家で料理してても十分発生しうる事態ですって」

「だから、比較の問題だってば。榊原さんなら、単に食材の量とか手順だけじゃなくて、使ったギアとか炭や薪《まき》の使用量まで添えたレシピを作れるんじゃない？　ただのアウトドア料理なら料理本から抜き出すだけで済むんだし」

そこにキャンプ経験者を探した理由があるのでは、という里咲の推測は大いに納得がいくものだった。それでも、自分がお眼鏡に適《かな》うかどうかは極めて怪しかったけれど……

「そういうことならまあ……」

ちょっと頑張ってみます、と言いかけたとき、小会議室のドアが勢いよく開いて今村が入ってきた。

「遅くなってすまない！」

「大丈夫です。おかげで鷹野主任とお話できました」

「そうか。鷹野主任、ありがとう」

「どういたしまして。売場は落ち着きましたか？」

「なんとか。人間は本当に面倒くさいよな。野菜とか肉、魚のほうがずっと扱いやすい」

「それは考えようです。時間とともに着実に傷んでいく生鮮食品のほうが大変って人もいるでしょう」

「そうかな……ま、とにかくありがとう」

もう売場に戻ってくれていいよ、と今村に言われ、里咲はあっさり立ち上がった。

「じゃ、私はこれで失礼します。榊原さん、今度またキャンプの話をしましょうね。今年こそは家族揃って行きたいと思ってるの」

「あ、鷹野主任もキャンプに復帰されるんですね」

「まあ娘次第だけどね」

「ファミリーキャンプですかあ……。鷹野課長、喜ばれるでしょうね！」

「ソロキャンプも嫌いじゃないけど、やっぱり家族で行きたいんですって」

案外寂しがりなのよ、と里咲は笑う。寂しがりというよりも単に妻、あるいは家族が大好きなだけではないかとは思うが、あえて言うことでもない。代わりに口を開いたのは今村だった。

「え、鷹野主任もキャンプをするの？」

きょとんとしているところを見ると、今村は里咲が熟練キャンパーだと知らなかったらしい。確かに、もし知っていたらわざわざ詳しい人がいないかと訊ね回ったりしなかったはずだ。

「鷹野主任は私より熟練です。料理の腕前だってきっと……」

里咲が結婚してから何年になるかは知らないが、高校生の娘がいると聞いたことがあるから主婦歴はかなり長いはずだ。鷹野夫婦が家事を分担しているにしても、里咲の料理の腕は千晶よりも上に決まっている。なにせこちらは就職するまで実家暮らしで、あらゆる家事を母に頼りまくっていた。今ですら、休日には母の料理目当てに実家に押しかけたりしているぐらいなのだ。

今村の顔にはなんとなく見覚えがあったものの、話したことはないし、里咲がいてくれたほうが気楽だ。同じことが今村にも言えるだろう。キャンプ料理についての知識とコミュニケーション、両方の意味で里咲が加わってくれたほうが心強いに違いない。

だが、里咲はあっさり首を左右に振った。

「復帰を狙っているとはいっても、私もブランクが長いんです。それに今日はこのあと商品部との打ち合わせが入ってますし」

打ち合わせは午後四時半から、しかも向かいの中会議室でおこなわれることになっている。だからこそ、今村が来るまで千晶の相手を引き受けたのだと里咲は説明した。

「それは残念。でもまあ、会議がなかったとしても鷹野主任がいなかったら売場が困り果てる」

「私は現役の販売員ですからね。さすがに困り果てはしないでしょうけど、店頭には最低限の人数しか配置されてませんし、ひとりでも減ったら支障はあるでしょうね」

「今は大丈夫なのか？」

「今日は会議を見越してシフトを組みましたから」

会議は午後四時半から午後六時ぐらいまでの予定になっているから、夕方のアルバイトをひとり増やしてあるそうだ。

「ならよかった。でも、そろそろ四時半だから……」

「はい。じゃあ今度こそこれで」

そう言うと、里咲は中会議室に移動していった。

ありがとう、と見送った今村は、千晶に目を戻して言った。

「じゃ、始めようか。あ、その前にひとつ」

「なんですか？」

「鷹野主任は売場になくてはならない人だけど、榊原さんがそうじゃないなんて思ってないからね。ただ、えーっと……なんていうか、売場と後方スタッフでは時間の融通のつけやすさとか、行動のしやすさが違うというか……うーん……」

今村は一生懸命言葉を探している。思わず千晶は微笑んでしまった。

――この人、めっちゃいい人だ！　別に私はそんなこと考えてもいないのに、こんなに気を遣ってくれるなんて……

さすがは売場の人間トラブルに引っ張り出されるだけのことはある。こういう人なら、頑固者同士の諍《いさか》いをうまく収められるに違いない。

「大丈夫です。それに私も、鷹野主任が売場にいないと困るっていうのはよくわかってます。主任がいてくださるだけで、なんか安心できるんですよね」

「そう言えば同じフロアにいたんだったね。俺とは入れ替わりだったけど……」

「はい。だから大丈夫です。でも、お気遣いありがとうございます」

「ならよかった。じゃ、始めようか」

そして今村は、ファイルケースから何枚かの紙を取り出し説明を始めた。

手書きの売場展開案に添えられた文字は小さくて丸くてなんともかわいらしい。女子高生みたいな字だけど、この人には似合ってるかも……などと思いながら聞く。

どうやら今村は、地下食品売場に続くエスカレーターを降りてすぐのあたりに、アウトドア用の食材を展開したいらしい。エスカレーターは建物の正面入り口から真っ直《ます》ぐ歩いたところにある。入り口に近ければ近いほど買い物に時間がかからないし、買った物を駐車場に運びやすいから、というのが理由らしい。

そうなれば便利に違いないが、販売戦略としてそれで大丈夫なのか、という疑問が湧く。なぜなら、店にとっては客の滞在時間は長ければ長いほど、たくさんの売場を回れば回るほどいいとされている。いわゆる直行直帰、アウトドア用の食材だけをぱぱっと買って帰らせるのは客にとっては便利だが、店にとってはあまりいいことではない。そんな売場構成にして本当に大丈夫か、と心配になってしまったのだ。

ところが今村は、千晶の懸念を一蹴した。

「うちみたいな大型スーパーにとって買い回り奨励は正しい戦術には違いないよ。でも、広すぎる店は短時間で必要なものだけを買いたい客から敬遠されがちって側面もあるんだ。今まで来てくれなかった客を呼ぶという意味で、このやり方はいいんじゃないかと俺は考えてるんだけどな」

今日、あるいは明日キャンプに行く。その準備にすぎない買い物に時間を取られるのは困る。一般的なスーパーが午前十時、早くても九時に営業を開始する中、この店は午前八時に店を開ける。購入にかかる時間をより短くすることで、小型スーパーに行きがちな客を呼び寄せる作戦なのだ、と今村はちょっと得意げに語った。

「なるほど……翌日以降のキャンプ用の食材を買っておきたい人にとっても、仕事帰りで疲れているのに広い売場を歩き回らなくて済むのは助かりますもんね」

「だろ？　前は、休日になると家族や友人同士、カップルなんかで大型ショッピングセンターに出かけて何時間も過ごす人たちも多かったけど、今や少人数かつ短時間で買い物を済ませたいと思う人が増えた。ゆっくり買い回りができる体制を整えるのも大事だけど、短時間で済ませたい人に対応していく必要もあるんじゃないかな」

レジャーからショッピングを外し、買い物は通販がほとんど、よほどのことがない限り店頭に出向かないという人もいる。ウインドーショッピングは死語になりつつあるのかもしれない。『ITSUKI』にしてもネットスーパー事業に力を入れ始めているし、日々変わっていく社会情勢に対応する売場作りは必須に違いない。

そこまで考えると、今村の企画意図は十分納得できるものだった。

千晶が納得した様子を見て取ったのか、今村が頷いて言った。

「じゃ、具体的な検討に移ろうか。まずは食材のパック商品を用意するとして、何人用にするかってことなんだけど、俺は二人用と三人用を考えてるんだ」

その二種類を作っておけばどんな人数にも対応できるはずだ、と今村は言う。

正論には違いないが、千晶としては前提から疑問があった。

「食材パックって、もしかしたら大きなトレイに野菜とかお肉とかを一盛りにしてあるもののことですか？」

「そうそう。鍋用のはもうあるだろ？　ああいうやつのアウトドア料理バージョンを作りたい。でも俺はキャンプに詳しくないから、カレーやバーベキューぐらいは思いつくけど、それ以外はさっぱりでね」

今村がアウトドアに詳しくないのは当然だ。さもなければわざわざ詳しい人を探したりしない。だが千晶は、今村が食の選択肢を減らすという、食品部生鮮グループの担当者として、あってはならない方針を取っている気がした。

「カレーやバーベキューはもちろん、ほかの料理にしても食材をまとめてパックにするのはどうかと思いますけど……」

「どうして？　野菜、肉、魚なんかを組み合わせて小分けした調味料も添える。それだけ持っていけばすぐに料理が始められる。すごく便利じゃないか」

「もちろん便利です。でもその『組み合わせ』が難しくないですか？」

「難しくないよ。すでに野菜売場ではカレー用にニンジンとタマネギとジャガイモの詰め合わせを置いてて、別々に買うより安上がりだって人気になってる。カレーだけじゃなくてシチューにも使えるし」

「カレーの野菜だけならありですけど……もしかして今村チーフは、パッケージ商品だけを並べるおつもりなんですか？」

「もちろん。量もレシピどおりにしてね。だからこそ、二人用と三人用を作ればどんな人数にも対応できるって話をしてるんだ」

「肉や調味料の種類とか量はどうやって決めるんですか？」

一口にカレーと言ってもチキン、ポーク、ビーフと様々な種類がある。シーフードもあれば挽肉《ひきにく》を使うレシピもある。それに、肉やシーフードをたっぷり入れたい人もいれば野菜をメインにしたい人もいるだろう。

「理想の配分じゃなくても、まとまってるほうが便利だし無駄がない。手っ取り早くこれで済ませよう、とはならないかな？」

「そう考える人がまったくいないとは思いません。でも、アウトドア好きって案外凝り性の人が多い気がします。どうかしたらカレールーなんて邪道だ、スパイスを揃えるところから始めるぞ、なんて人も……」

「それって大人ばっかりのキャンプだろ。子ども連れならやっぱり手っ取り早いほうがよくないか？　料理は簡単に済ませて自然の中で子どもとしっかり遊びたいとか」

「子どもと向き合う手段のひとつとして一緒に料理をするんです。今村チーフは無駄がないっておっしゃいましたけど、好き嫌いやアレルギーの問題もあります。だったらビュッフェ方式のほうがいいんじゃないかと……」

鷹野から、今村がアウトドア用の食材をまとめて展開したがっているという話を聞かされたとき、千晶は端《はな》からビュッフェ方式だと思い込んでいた。各売場を回るのが大変だから一カ所にまとめ、レシピも紹介してそれに合わせた食材を買っていってもらうだけで、パッケージ商品だけを並べるつもりだなんて思いもしなかったのだ。

ところが今村は、そういう客にはそれぞれの売場を回ってもらうしかないと言う。あくまでも、パッケージ商品を置くことで短時間、小労力での買い物を実現させるのが目的だと言うのだ。

「カレーならカレー、バーベキューならバーベキューの人数分のパッケージをレジに運ぶだけ。『ITSUKI』に行けば全部揃った食材パックが買える、ってことにしたいんだよ」

「今村チーフ……お言葉ですが、私ならそんなパッケージはいりません。食べたい食材を食べたい量だけ買います」

「だからそういう人は通常の売場に……」

「量が多いんですよ」

「え？」

今村がきょとんとした。思いがけない返事だったようだが、千晶にとって量は一番の問題だった。

「たとえばネギを半本、椎茸《しいたけ》を二個、ピーマンを一個だけとかほしくても通常の売場では無理です。ニンジンやタマネギ、ジャガイモぐらいはバラ売りもありますけど、基本的にはまとめ売りだから余ってしまうんです」

「だったら別の料理に使うとかすればいいじゃない」

「できる限りそうしてますけど、一泊二日とかでピーマンや椎茸を一袋使い切るのは大変です。そればっかり食べてると飽きるし……」

「持って帰るとかは？」

「もちろんありです。でも、使い切れない量を持っていって、残りをまた持って帰るってなんか無駄だし、荷物にもなります。私はそれがいやで、前日までに買い物を済ませて使う分だけ持っていくようにしてるんです」

「それでいいじゃないか」

「自炊する人ならいいですけど、ひとり暮らしで家ではぜんぜん料理をしないって人もいますよ？」

「少数派だよ。ファミリーキャンプならまずそれはない。うちの客層はファミリーが主体だから……」

思わず呆《あき》れてしまった。

すごくいい人だと思ったけれど、この人の頭の中はかなり凝り固まっている。少子化問題が言われ出して長いが、昨今は子どもを持つどころか結婚しない若者が急増している。この店舗は『ＩＴＳＵＫＩ』の中でも一、二を争う大型店で、食品売場に出入りするのはまとめ買い狙いの主婦もしくは主夫が多い。それは紛れもない事実だが、家族の人数がどんどん減っている今、先を見据えた売場展開が必要だ。

ましてや今、キャンパー全体に占めるソロキャンパーの比率はかなり高くなっている。アウトドア用の食材売場を作るなら、ソロキャンパーを無視するのはもったいないのではないか、と千晶は主張した。

「大は小を兼ねるとか、余ったら残せばいいって考え方もありますけど、昨今はフードロスが大きな問題になっています。私はデリカ部門で少量商品の開発を手がけましたが、大好評でした。これなら食べきれる、美味《おい》しいものを少しだけ買えるのがありがたいってお客様の声が多いんです」

「でも、会社としては大きく売ったほうが……」

少量になれば価格も下がる。売上金額が少なくなるのではないか、と今村は渋い顔をした。すぐさま千晶は反論した。

「まとめ売りは売上げが増えてありがたいですけど、だからといって少ししか買わない人を置き去りにするのはどうでしょう？　私が作ったプチサイズのグラタンはリピーターが増えてるようで、売上げは従来のグラタンを凌《しの》いでます」

「廉価多売ってやつ？」

「実のところ、廉価って言うほど安くはないんですけど、食べ残しが出ない商品には違いありません。私はひとり暮らしですから余計にそう思うのかもしれませんが、デリカだけじゃなくて食品全般にそういう商品があったらいいな、と思ってます」

「食品全般？　生鮮だけじゃなく？」

「日持ちしない日配《にっぱい》とか調味料でも開封したら冷蔵保存、しかもなるべく早く使い切ってください、って注意書きがあるものが多いですよね？　あれを見ると買えないなあーと思います。実家で使っていて美味しいのはわかってる商品だと、けっこう辛《つら》いです」

最近は冷凍庫の容量が大きい冷蔵庫が増えて、なんでも冷凍できるようになってきてはいるが、冷蔵庫だってただでは動かないし、冷凍で味が落ちることも多い。光熱費やあらゆる食材が値上がりしている今、使い切れないとわかっている食材は買えない。食べたいけどひとりでは無理、と伸ばしかけた手を引っ込めることは日常茶飯事だった。

「そういうこともあるのか……俺はけっこう大所帯だから気付かなかった」

「大家族なんですか？」

「俺たち夫婦に子どもがふたり。嫁さんの両親とお祖母《ばあ》さんの七人」

「七人⁉」

昔ならいざ知らず、今の東京で四世代同居は珍しい。七人が一緒に暮らせるなんてどんなに大きな家なんだろう、と千晶は驚いてしまった。

「嫁さんのうちが資産家でね。結婚してすぐのころはふたりで暮らしてたんだけど、子どもが生まれるときに嫁さんの実家に引っ越したんだ。嫁さんはサポートをほしがってたのに、俺はその当時めちゃくちゃ忙しくて役に立たなくてさ」

家賃もかからなくなったし、三代がかりの子育てにいろいろな意味で助けられている、と今村は語る。妻の実家に同居するのはいろいろ難しいこともあるだろうに、こんなふうにあっけらかんと助かっていると言えるのはすごい。彼の妻の一族か今村自身、あるいはその両方が相当できた人間でなければ無理だろう。

だが、その『できた人間』は目下、反省することしきりだった。

「俺の家が大所帯ってのはわかってる。でも、たとえ核家族だったとしても三人か四人はいると思い込んでた。結婚しないとか別れたとか、先立たれたとかでひとりで暮らしてる人が急増してるってことをもっとちゃんと頭に入れておかないといけなかったな」

現在『ＩＴＳＵＫＩ』の客層から離れている人たちを取り込めるような売場作りをしなければ、売上げの拡大は望めない、と今村は頭《こうべ》を垂れる。あまりにもがっかりする姿に、さすがにフォローせずにいられなかった。

「仕方ないですよ。食品、特に生鮮や日配を扱う売場の人たちって品出しや発注が毎日ありますよね。ものによっては店に入ってきてから小分けしなきゃならないし、魚なんておろすところからでしょ？　衛生管理だってめちゃくちゃ大変じゃないですか。とてもじゃないけど、売場構成まで考える時間はないですよね」

「でもチーフって、そういう売場を回すので手一杯な人たちが考えられないことを考えるためにいるんだよ」

「いやいや、そういうのは商品部の仕事ですって」

「任せきりにはできないよ。現場の声と商品部の意向がかけ離れていて、いい売場が作れるはずがない。お客さんの声を一番聞けるのは現場だ。商品部は現場から吸い上げた声に従ってお客さんがほしがってる、もしくはほしくなりそうな商品を探してくる。全部が全部じゃないにしても、そういう連携が必要なんだよ。商品部が突っ込んできたものをただ並べるだけじゃだめだ」

――この人は、いい人とかできた人間というだけじゃなくて、すごく真面目で仕事熱心だ……

『ITSUKI』にとっては欠かせない人材で、だからこそ鷹野課長も管轄を超えた協力を申し出たに違いない。

千晶は、今村のためにも客のためにもこの企画を成功させたい気持ちでいっぱいになった。

「要するに商品部の言いなりではだめってことですよね?」

「そのとおり」

「了解、私もそう思います。だったら精一杯『攻めた』売場を作ってみませんか?」

「攻めた?」

首を傾げる今村に、千晶は自分のアイデアを語り始めた。

午後七時、千晶はようやくアパートに帰り着いた。

さっさとミーティングを終えて午後五時半には退勤するつもりだったのに、結果として残業することになってしまった。だが、後悔はまったくない。

二人とか三人用のパッケージ商品しか念頭になかった今村に、まず昨今のキャンプ事情を伝え『時代はソロだ！』という意識をすり込んだ。その上で食材別の少量パック商品を均一価格で並べたビュッフェ方式を提案したのだ。

「均一価格って……全部一袋百円にするとか？」

「まあそんな感じです。でも、野菜で百円だと多すぎることもあるし、肉や魚じゃほんのちょっとになっちゃいますから、価格帯はもうちょっと幅を持たせたほうがいいかもしれません。五十円、百円、二百円ぐらいですかね」

「百円分のモヤシとかモヤシ料理一色になりそうだな。五十円でも一袋以上ある」

「モヤシは今まで同様の売り方になっちゃいますかねえ……」

「アウトドアでモヤシだけを使う料理って多いの？　焼きそばでも野菜炒《いた》めでもキャベツやニンジンも入ってる気がするけど」

「あんまりないかも……」

「だったらカット野菜の袋詰めでいいだろ。価格としてはだいたい百円だし、モヤシもキャベツもニンジンも、シメジやピーマンが入ってるバージョンもあるぞ」

「確かに……でもあれ一袋だとやっぱりソロには多すぎるんですよ」

「もっと小分けしようか？」

「手がかかりすぎませんか？」

「料理レシピに合わせた食材パッケージを作るなら似たようなもんだろ。それに百も二

「本当ですか？　あのカット野菜の半量パックなら、私は普段でも買いに来ますよ！」

カット野菜の詰め合わせパックは、いろいろな種類の野菜が入っている上にそのまま使えて便利だが、量が多すぎて使い切れない。半分残して冷蔵庫に突っ込んで忘れ果て、気付いたら茶色く変色していたり液状化していたりと悲惨な末路を辿《たど》りがちだ。

最初から半量だったらそんな悲劇は発生しない。アウトドアに限らず、普段の食生活も大いに豊かにしてくれるだろう。

「そうか……ひとりだとあのカット野菜でも多すぎるのか」

「サラダとかも多いです。カット野菜って開けなければそこそこ日持ちしますけど開封したら駆け足で傷みますしね」

「だろうな……じゃあ試験的に半量パックを並べてみて、動きがいいようなら商品部のほうに半量規格品を作ってくれって提案してみるか」

「できるといいなあ……」

そんなこんなで打ち合わせをすすめ、ひとり用とふたり用の量を基準とした食材ビュッフェとレシピに合わせた食材の詰め合わせによるアウトドア食材売場計画を練り上げた。

店長の判断を仰ぐ必要はあるにしても、小規模コーナーでの試験的実施なので止められることはないだろうというのが、今村の判断だった。

近来まれにみる『いい仕事』ができたし、ミーティングを終えたあと寄ってみた食品売場は『半額シール』貼付タイムの真っ最中で、お惣菜《そうざい》や刺身のパックをゲットした千晶は大満足だった。

――商品開発部の仕事かと言われるとたぶん違う。でも課長指示で出かけたんだし、『ITSUKI』の役に立てたならそれでいいよね！　それにこのお刺身の美味しそうなこと！　これはもう祝杯しかない！

そして千晶は、酒売場で買ってきたカップ酒をレンジに突っ込む。そのままお燗《かん》できてひとりでも呑《の》みきれる量が嬉しい。おそらく、こういったおひとり様用の商品の需要は今後ますます高まっていく。アウトドア食材売場の方向性は間違っていないと確信し、千晶は人肌の酒と刺身を楽しんだ。

七月の第三土曜日、千晶はキャンプ場に向かう途中で『ITSUKI』の食品売場に寄ってみることにした。

ミーティングの二日後には、今村チーフから関係者の同意が得られたから早速売場作りに反映するという連絡が来ていたが、できてすぐの売場を見に行っても仕方がないし、キャンプに行く予定もなかった。それなら自分がキャンプに行くタイミングに合わせて、『ITSUKI』のアウトドア食材コーナーを利用してみたほうがいい。ついでに、もしもアウトドア食材コーナーがなかったらどういう動線で買い回りをして、いくらぐらいお金がかかるのかも調べてみようと考えたのだ。

一回のキャンプに必要な食材をすべて揃えたらどれぐらいの金額になるのか、というのはとても気になるが、正確な数字を出すのは難しい。

家から食材をまったく持ち出さずにキャンプに出かける人はいないだろうし、生鮮食料品は日によって価格変動が大きい。それでも、おおよそでいいから数字を把握したいというのは、流通業に携わる者の性《さが》かもしれない。

——ただアウトドア食材コーナーの相談を受けただけの私が、そこまで追究することはないのかもしれないけど、なんか『乗りかかった舟』って感じなんだよね……

利用してみた人間の感想は貴重なはずだ。もしかしたら、売場でこれからキャンプに行こうとしている人に出くわす可能性だってある。彼らの反応を伝えれば、千晶のように関係者ではない、それだけに忌憚《きたん》なき意見を、今村はきっと喜んでくれるはずだ。

午前十一時、千晶は『ＩＴＳＵＫＩ』の駐車場に車を停《と》めた。

キャンプの食材を当日の朝になって買いにいくのは、前日までに買い物を済ませられないほど多忙か、よほどののんびり屋に違いない。どうせキャンプ場は昼にならないとチェックインできないし、少しだけ朝寝坊してから出かけようと思う人もいそうだ。

かく言う千晶も、本当は昨日の夜の状況を見たい、ついでに買い物も済ませたいと思っていたのだが、残業が長引いて買い物なんてする気力はなかった。同じような人が、千晶以外にもいるかもしれない。

どうかいてくれ……と思いつつ正面入り口に向かう。そして、あと十数メートルで駐車場を出る、というところで千晶はにやりと笑った。なぜならそこに、これからキャンプに出かけます、と言わんばかりの家族連れがいたからだ。

車はファミリー層がよく使っていて、広いラゲッジスペースが人気の車種だ。後部座席に乗っていた子どもがふたり下りてくる際に、ラゲッジスペースに荷物が積み上がっているのが見えた。テントと折りたたみ椅子、マット、寝袋、むき出しの焚き火台や大きなクーラーボックスもある。子どもも大人も長袖長ズボンに帽子というスタイルだから、十中八九キャンプに向かう途中だろう。

千晶を追い抜いてかけていく子どもたちに、母親らしき女性が呼びかける。

「走っちゃだめだってば！　お母さんの言うことが聞けないならキャンプは中止よ！」

――はい、確定。あとはアウトドア食材コーナーに行ってくれるのを祈るばかり……

大々的に宣伝したわけではない。折り込みチラシには、『キャンプ用の食材、揃えました！』という文字と食材を並べた売場写真が載っていたが、あれでビュッフェ方式の良さが伝わるのだろうか。せめて『必要な分だけ買える』とか『売場を探し回る必要はありません』とか書けばいいのに……と思ったぐらいだ。

いずれにしても、この家族は気になる。自分自身の行動よりも彼らの動きを見たほうが、今後の売場作りの役に立ちそうだ。お行儀が悪いのは百も承知だが、ここはひとつ参考にさせてもらおう。

中止という言葉に恐れをなしたのか、子どもたちは急停止し、両親が追いつくのを待っている。父親らしき男性が母親にブツブツ言っている。

「買い物は俺がしてくるから、子どもたちと車で待っててくれたらいいのに」

「あなたに任せたら大変なことになっちゃうわ。なんでもかんでも買いすぎて使い切れないし、お財布は空っぽ」

「食べ盛りの坊主がふたりもいるんだぞ。足りないよりずっといいだろ。それに余ったところで持って帰ればいいだけ」

「うちのクーラーボックスは保《も》ってせいぜい七時間。お肉なんて家に帰るころには生温かくなっちゃってるわ」

「だからもっといいクーラーボックスを買おうって……」

「そんなお金がどこにあるのよ」

「……ないな」

夫婦は千晶のすぐ前を賑やかに歩いていく。喧嘩《けんか》ではなく、単に言葉を投げ合っているだけ。おそらくこれは夫婦のコミュニケーションの一環に違いない。それにギア類はどれも使い込まれた様子で、頻繁にキャンプに行っていることがわかる。にもかかわらず、子どもたちは中止という言葉に怯《おび》えるぐらいキャンプを楽しみにしている。両親がことある毎《ごと》に喧嘩を始めるようでは、楽しいキャンプになるはずがない。口調はちょっと荒っぽいけれど、仲良し一家ということで間違いないだろう。

――ソロキャンプは気楽でいいけど、ファミリーキャンプだって悪くない。特に、駐車場で走り出した子どもたちを即座に叱れるぐらいしっかりしたお母さんがいるなら、ほかの利用者に迷惑をかけることもないだろうし……。結局はマナー次第なんだねえ……

そんなことを思いながら食品売場に向かう。家族連れも行儀よく一列に並んでエスカレーターに乗っている。アウトドア食材コーナーは食品売場の入り口近くに設けたはずだ。どうか気付いて……と思っていると、男の子たちが歓声を上げた。

「お父さん、アウトドア食材コーナーだって！　前はこんなのなかったよね！」

「ほんとだ。それに小分けまでしてある。これなら使い残しもなくなるな」

「そうねえ……」

残り物の心配をしていたのに、なぜか母親は考え込んでいる。かと思ったら、食品売場の奥のほうにスタスタと歩いていく。どこまで行ったのだろうと思っていると、しばらくして戻ってきてほっとしたように言った。

「小分けだと割高になるんじゃないかと思ったけど、お肉売場にあるのと百グラムあたりの単価は変わってなかったわ。お魚も一切れあたりは同じ値段。これなら安心ね」

「さすがお母さん、抜け目がないな」

「当たり前でしょ。ほっといたら山ほど買い込んじゃう人がいるんだから、財布の紐《ひも》はしっかり締めなきゃ」

「ごめんって。じゃ、さっさと買っちまおう。まずは肉！　四人だから四つ、いや六つ」

「ちょっとお父さん、お肉はそんなにいらないって！　あと、モヤシとピーマンはもう一袋ずつ……あ、それよりこっちのカット野菜のほうがいいわね。この量なら焼きそばにちょうどいい。そうそう、タレも買わなくちゃ」

忘れるところだった、と母親は焼き肉のタレに手を伸ばす。さらに父親が、その横にあったレモン果汁の黄色い容器もカゴに入れた。この父親は、焼き肉は塩とレモン派なのかもしれない。

生鮮食材を並べたショーケースの一番手前にカゴが引っかけてあり、各種調味料が並べてある。それぞれ数本しか入っていないが、売れ筋は網羅されている。これならよほどレアな調味料を求めていない限り、ほかの売場を回る必要はなくなる。

買い回り推奨戦略に真っ向から対立する売場作り、かつ補充も大変そうではあるが、買い忘れ防止、ついで買いを狙うことで売上げを増やせるだろう。

アウトドア活動には体力がいる。子どもを連れていればなおさらだ。出かける前の買い物に体力を取られずに済むのは助かるに違いない。

ほどなく買い物を終えた一家がレジに向かった。ついていって支払金額を確かめたくなったが、さすがにそれはやり過ぎだ。買い物カゴに入れただいたいの数は見ていたから、あとで計算することは可能だろう。

家族は楽しそうに去っていく。

「まだこんな時間。これなら焼きたてメロンパンが買えるかも」

「え、間に合う？　お父さんが起きなかったから売り切れちゃうかと思ってた！」

「うーすまん……もっと早く起きるつもりだったんだが……」

「そんなこと言わないの。お父さん、昨日は遅くまでお仕事だったんだから」

「そうだよ。それにお兄ちゃんだって、出かけようとしたら帽子が見つからなくて大騒ぎだったじゃないか。あれだって少しは時間がかかったよ」

「そうだった……ごめんね、お父さん」

謝る息子の頭をお父さんの無骨な手が撫《な》でる。おそらく家族で楽しむ時間と経済的なゆとりを作るために、日頃から一生懸命働いているのだろう。それをきちんと子どもに伝える母親も含めて、なんとも素敵な一家だった。

楽しそうな一家を見送ったあと、千晶は我に返った。あの家族は短時間で買い物を済ませられて喜んでいたが、千晶はただ見ていただけだ。さっさと買い物を済ませてキャンプ場に向かわなければ……と思ったとき、小柄な女性客に声をかけられた。

「お嬢さん、申し訳ないけどちょっとラベルを見てくれる？　これは合挽《あいびき》のミンチかしら？」

「あ、はい……」

ラベルに印刷されている文字は小さい。女性客は老眼が気になっていそうな年代だから、読み取ることができなかったのだろう。

お安いご用と、女性の手元を覗《のぞ》き込むと、紛れもなく『合挽肉』という文字があった。

「大丈夫、合挽肉ですよ」

「よかった。うっかり眼鏡を忘れてきちゃったのよ。ほかのものは大抵ラベルを見なくてもわかるんだけど、ミンチはちょっと……」

「見た目だけじゃわかりづらいですよね」

「そうなの。鶏だけは色が全然違うからなんとかなるんだけど、豚と牛と合挽はねえ」

ラベルって大事よね、と女性客は笑っている。

買い物のお手伝いができたのはよかったが、なんだか不思議な気がする。なぜならその女性は千晶の祖母と同年代に思えるし、ブラウスにスカート、サンダル履きという姿で、これからキャンプやバーベキューに行くとは思えない。いったん帰って着替えてから出かけるのかもしれないが、買っている量は明らかにひとり用だし、この年齢でひとりでアウトドア活動するのは……と心配になってくる。余計なお世話だとわかっていても、つい訊かずにいられなかった。

「あの……もしかしてこれからキャンプに行かれるんですか？」

「キャンプ？　ああ、ここは『アウトドア食材コーナー』だったわね。でも違うの。ここにあるものはひとり暮らしの年寄りにちょうどいい量なのよ。おまけにグラム数のキリがいいし」

「キリがいい、ですか？」

「そう。たまにはいつもと違うお料理が食べたいと思ってお料理の本を調べると、お肉でもお野菜でもわりとキリのいい数字で書かれてるでしょ？『豚バラ肉百グラム』とか『合挽二百グラム』とか……。でもお肉売場にはちょうど百グラムとか二百グラムのパックなんてないのよ」

その点、ここにはきっちり百グラムのパックがある。おまけに魚も野菜も通常の売場よりも少量で売られているから、ひとり暮らしの年寄りには都合がいいのだ、とその女性客は語った。

「もっと若いころは残りなんて気にしなかった。別のお料理に使えばいいって。でも、近頃は残したことすら忘れちゃうの。冷凍庫はなんだかわからなくなった物体でいっぱいよ」

「わかります。私も冷凍庫の奥からラップフィルムでぐるぐる巻きにしたものが出てきちゃって、これなんだろーって……」

「途方に暮れるわよね。あなたぐらい若い人でもそうなら、私がそうなるのは当然。だからこそ、最初から残さずに済む量を買えるのがありがたいのよ」

「じゃあ、いつもこの売場で買われてるんですか？」

「そうよ。あんまり歩き回ると脚も腰も痛くなって大変だけど、ここなら一ヵ所で済ませられる。おまけにエスカレーターで下りてきてすぐのところにある。この売場ができたときは大喜びしちゃったわ。そうそう前にここで紹介されていたバターチキンカレーを作ってみたけど、あまり辛くなくて美味しかったわ」

美味しそうなレシピも紹介されている。おかげで少し料理をする機会が増えた、と女性は相好を崩す。

キャンプに出かける人たちが手軽に買い物を済ませられることを狙って作った売場を、体力不足を理由に使う人がいるなんて目から鱗《うろこ》だった。

「ご面倒をおかけしました。久しぶりに若い人と話せて楽しかったわ。それじゃ……」

合挽肉百グラムと三個入りのピーマン、タマネギをひとつ買い物カゴに入れて女性は去っていった。肉詰めって美味しいけど、焼いているうちにお肉が剝《は》がれちゃうのよね……と呟《つぶや》いていたから、今夜のおかずはピーマンの肉詰めだろう。嫌みがなく、必要に応じて助けを求められるし、感謝の言葉も忘れない。ただのお礼だけではなく、『楽しかった』と添える気配りもある。なんとも素敵な女性だった。アラサー独身、パートナーなし。もっと言えば、パートナーなんてほしいとすら思っていない千晶は、このままずっとひとりで暮らすのかもしれない。あの女性みたいに素敵に年を取れたらいいなあ、と思いながら、今度こそ買い物を済ませ、千晶もレジに向かう。

少量ずつ買ったせいか、トータル金額はいつもの三分の二ぐらいに納まった。喜んでくれる人がたくさんいるなら、ほかの店舗にも広げたい。なんなら、千晶のアパートの近所にある食品だけの小型スーパーでもやってくれないだろうか、などと思いながら、千晶は車に戻った。

ところが、荷物を積んでしばらく走ったあと、料理に使う予定の炭がほとんど残っていないことを思い出した。『ITSUKI』の災害対策用品売場で売っているからついでに買っていこうと思っていたのに、すっかり忘れていたのだ。

――だから炭も置いてって言ったのに！

千晶の提案に、今村も大賛成してくれた。ところが、炭を置くならトングや焼き網も置いたほうがいい、紙コップや紙皿、割り箸だって……と収拾がつかなくなり、面積がそれほど取れないこともあって食品だけ、ということになってしまった。

そういった経緯までわかっていて、あそこに炭が置いてあれば忘れることなんてなかった、などというのはただの八つ当たりだろう。

——最低限必要な消耗品についてはリスト化して『買い忘れはありませんか？』とか書いておいたほうがいいかもなあ……

情報はあればあるだけいい、と思いながら、千晶は車を先に進める。もうすでに『ITSUKI』よりも、少し先にあるアウトドア用品店のほうが近いところにいる。『ITSUKI』の売上げに貢献できないのは申し訳ないが、防災用品売場よりアウトドア用品店のほうが楽しいのは間違いなかった。

アウトドア用品店で売られている炭は、ホームセンターに比べると値が張る。だが、湿気《しけ》って火がつけづらいとか不完全燃焼で煙がモクモク、という心配はかなり少ない。安心と財布への打撃をかけた天秤《てんびん》がどちらに傾くかは、そのときの経済状況次第だが、千晶はなるべく質の高い炭を買うようにしている。

それでもなお、実際の価格を目にするとちょっとため息が出てしまう。キャンプ場に行く途中にスーパーがあり、以前立ち寄ったときに炭が売られていた記憶がある。ただあのときはゴールデンウィークだったからバーベキュー用に特設売場が設けられていただけかもしれず、今日もあるとは限らない。あったとしても千晶が愛用している燃焼時間が長い『オガ炭《たん》』ではない可能性が高い。

値が張ると言ってもたかが数百円の差だ。炭が手に入らない、あるいは望む品質が確保できないよりはここで買ったほうがいい、と判断し、千晶はその炭を買うことにした。

ところが、レジに運ぼうと炭の箱を持ち上げたとき、陳列棚の向こう側から話し声が聞こえた。

「先輩が言ってた寝袋、めっちゃ高《たけ》え……もっと安いのじゃだめかな」

「安いのは冬が『無理ゲー』って言ってたじゃん」

「でもさ、これじゃあ貯《た》めてたお年玉とお小遣いをかき集めたって足りねえよ」

「うーん……」

どうやらふたりは寝袋を買いに来たようだ。声や言葉の選び方から察するに、中学生か高校生の男の子だろう。先輩云々と言っているから、部活かサークルでアウトドア活動をしているのかもしれない。

「リク、カイ、見つかった？」

そこに女性の声も聞こえた。駅から遠い店だから、母親の車に乗せてきてもらったのだろう。

「見つかったのは見つかったけど……」

「どうしたの？」

「予算オーバー」

「そうなの？　足りない分、出してあげようか？」

「それはなしって言ったじゃん。趣味なんだから、自分たちでなんとかしたい」

「そうだったわね。あ、でも安いのもたくさんあるじゃない。これぐらいなら買えるでしょ」

「安いのは夏用」

「キャンプって夏だけじゃないの？」

「違うよ。俺たちのアウトドア部はオールシーズン」

「冬も行くんだ……」

「うん……だから先輩たちに冬でも大丈夫なやつを教えてもらってきたんだけど、どれも聞いてた値段よりずっと高くて」

そりゃあそうだろう、と思わずにいられなかった。

一学年上か二学年上かはわからないけれど、先輩たちが寝袋を買ったのは少なくとも一年以上前のはずだ。このところの急激な物価上昇はアウトドアグッズにも影を落としている。テントも寝袋も値上がりしているから、聞いた値段と食い違うのも無理はない。

「ほかにも買わなきゃならないものがあるのに、これじゃあぜんぜん……」

「やっぱりアウトドア部は無理だったのかな……」

微《かす》かなため息まで聞こえてくる。

予算問題は頭痛の種よね……と思ったが、いつまでも盗み聞きしている場合ではない。ただでさえ予定より遅れがちなのだから、さっさとキャンプ場に行かなければ……とレジに向かう。

ところが、寝袋コーナーを通り過ぎようとした千晶は思わず足を止める。ふたりの子どもとそこにいたのは、あまりにも意外すぎる人物——比嘉次長だった。

比嘉も千晶に気付いたようで、意外そうな声を上げた。

「榊原さん……」

休日、いや、いついかなる時であろうと顔を見たくない天敵に、よりにもよってアウトドア用品店で出くわすとは……

こんなことなら品切れ覚悟でスーパーに行くんだった、と悔やんでも後の祭りである。会釈で通り過ぎようと思ったが、比嘉はとても困った顔をしている。さすがに子どもの前でつっけんどんにもできず、会釈して答えた。

「こんにちは、比嘉次長」

「こんにちは。こんなところで会うなんて……。そういえば榊原さん、キャンプが趣味だったわね」

「え……はい、まあ……」

「よかったら、ちょっと教えてくださらないかしら」

そこで比嘉はおもむろに声を潜め、ここよりも安く寝袋が買えるところを知らないか、と訊ねてきた。店の中で訊くようなことではないが、やむにやまれずと言ったところだろう。

これまであんなに冷遇しておいてよくそんなことが訊けるものだ、と呆れかけたが、子どもたちに罪はない。同好の士として、千晶はアドバイスすることにした。

「こんにちは。榊原と言います。お母様にはいつもお世話になっています」

「あ、ども……」

「『ども』じゃないでしょ！　ごめんなさい、榊原さん。この白のパーカーが陸人《りくと》、青いほうが海人《かいと》」

パーカーの色が違うだけで、顔も体型もそっくり……思わず千晶は訊ねてしまった。

「双子さんですか？」

「そうなの。ふたりとも高校一年生」

「なるほど。で、陸人くんたちは、これからキャンプを始めるの？」

あえて名前を出すことで、比嘉を会話から引き離す。このままだといつまでも母親を介して話すことになる。時間の無駄だし、千晶自身が彼女とは話したくなかったからだ。

名指しされた陸人は素直に頷く。

「はい。俺たち、高校でアウトドア部に入ったんです。今まで学校でロープワークとか応急手当とか基礎固めみたいなことをしてたんですけど、そろそろ実際にキャンプをしてみようってことになって」

「基礎固め！　それはしっかりした部だね。でも……つまらなかったでしょ」

千晶の言葉に、双子は嬉しそうに頷いた。おそらく理解者がいた、とでも思ったのだろう。

「そうなんです。大事なことだってのはわかってるんですけど、そういうことしたくてアウトドア部に入ったんじゃねえよ、って……」

「わかるわかる。でも、基礎が大事だってことは間違いないからね。それで、どんなギアが必要なの？」

「寝袋と調理用のギアです」

「テントは？」

「とりあえず部の備品を借りられます。ゆくゆくは自分で買わなきゃなりませんけど」

「備品があるのはいいね。テントまで買うとなったらお金が大変だもの」

「そうなんです。寝袋だけでも予算オーバーなのに……」

「だよねー。私もちょっとでも安いところはないかって探しまくったわ。それで、寝袋は冬仕様のやつがいいんでしょ？」

「できれば」

「ちょっと待ってね」

そこで千晶はスマホを取り出した。

千晶が知る限り、一番おすすめなのは千晶が使っている寝袋だ。あの価格であの性能はなかなか手に入らない。ただ、あの価格は会員制スーパーならではのものだし、同じものが今も買えるかどうかわからない。だが、この店は会員向けにネットショップも展開しているので、スマホで在庫確認が可能だった。

「ああ、まだあるわ。これなんかどうかな？」

千晶にスマホの画像を見せられた陸人は、えっ！と声を上げた。

「カイ、これって、すごくいいけど高いって先輩が言ってたやつじゃね？」

「ほんとだ。でもやっぱりこれぐらいするんだ……」

画像の下に示されている価格は、大手通販サイトとほとんど変わらない。数十円は安いけれど、ほかにも買いたいギアがあるなら選びづらい価格だろう。

そこで千晶はにやりと笑って言った。

「これはネットショップの値段。送料が入ってるから、店頭ならもっと安くなるわ。ちなみに私はこれより千五百円ぐらい安く買った」

「ってことは、五千円以下!?」

「そういうこと」

それなら買えそう、と陸人が喜ぶ一方、海人は眉を顰《ひそ》める。画像の隅にある店名に気がついたようだ。

「これって会員制のスーパーじゃない？　うちって……」

双子が揃って母親を見る。比嘉は残念そうに首を左右に振った。

「ごめん、うちは入ってないわ」

「会費って高いの？　うちで入ることってできない？」

「入れなくもないけど、そのあと使う予定もないし、年会費を払うことを考えたらあまり安くないかも……」

この店は肉も魚も新鮮で美味しいことで有名だが、とにかくパッケージあたりの量が多くて一家族では使い切れない。おまけに我が家は冷蔵庫がそれほど大きくないし、冷凍庫も持っていないから、保存するにも限度がある。年会費は五千円近くするし、寝袋だけのためならよそで買うのと大差ない、と比嘉は言う。

そして息子たちの顔をじっと見て続けた。

「一年以内に退会すれば会費は全部返してもらえるから、ほしいものだけ買ってすぐにやめちゃう人もいるらしいわ。でも、お母さんはそんなことはしたくない。だって、あのお店の利益は会費を前提に成り立っているんだもの……」

あらかじめ店の特性や会費についての情報を持っているばかりか、自分の家の状況、さらにはその店の利益まで考えた意見を瞬時にまとめられるのはすごい。彼女の同期の間で出世頭と言われているらしいのも伊達《だて》じゃない、と感心してしまった。

一方双子は、あからさまに肩を落としている。スマホと目の前の寝袋の値段を見比べてはため息を繰り返す。

ここで比嘉が、差額を出してやるのは簡単なのかもしれない。だが、自分でなんとかすると息子たちが言う以上、それを全《まっと》うさせるのも大事な教育に違いない。

比嘉には何度も企画を潰されたが、少なくとも親としての姿勢は間違っていない。いやな記憶を全部なくせば、素直に『いいお母さん』だと思えただろう。

千晶も、キャンプを再開するにあたって予算の壁には大いに悩まされた。双子はまだキャンプに行っていない。ギアを選ぶのはそれだけで楽しいけれど、高校の三年間なんてあっという間に過ぎてしまう。一度でも多くキャンプを楽しめるように、できるだけ早く準備を整えるべきだ。たとえ天敵の息子たちであっても、キャンプに楽しみを見いだした仲間として、できる限り協力してやりたい——千晶は、そんな気持ちでいっぱいになっていた。

「大丈夫。私の母が会員で月に一度か二度は行ってるの。今月もそろそろ行くころだから、買うつもりなら頼んであげるよ」

「ほんと⁉」

「榊原さん、さすがにそこまでお願いできないわ！」

比嘉が慌てたように言う。千晶だけならまだしも、千晶の母親にまで迷惑はかけられないということだろう。

え、こんなに常識的なことを言うの？　じゃあ、普段はいったいなんなのよ……と思いつつ、千晶は答えた。

「気にしないでください。ほしいギアが買えなくて辛《つら》い気持ちはすごくわかりますから。今度いつ行くか、母に聞いてみますね」

話を続けながらメッセージを入力する。母はこまめにスマホをチェックする人だから、すぐに返信をくれるに違いない。

スマホを操作する千晶を見て、慌てたように比嘉が言う。

「ちょっと待って！　そんなご迷惑は……」

「もう送っちゃいました……あ、返信も来ました」

「早っ！」

海人が驚きの声を上げた。陸人もひどく嬉しそうな顔をしている。きっとこのふたりは、すぐにでも寝袋を手に入れてキャンプに出かけたいのだろう。

ふたりの気持ちはわかりすぎるほどわかる。千晶は、比嘉の戸惑いなど知ったことか、と母からのメッセージを読む。驚いたことに、母は今まさにその店に入ったところだった。

「あ、すごい偶然！　ちょうど今、店に入ったところだそうです。寝袋があったらふたつ買うように頼みました」

「やったー！」

「マジ⁉　ラッキー！」

双子が口々に歓声を上げる。手放しの喜びように、千晶まで嬉しくなってしまった。

一方、比嘉は心底すまなそうに言う。

「本当に申し訳ないわ……。それに、寝袋と言ってもいくつか種類があるのでしょう？　お母様、すぐにおわかりにならないんじゃないかしら……」

その店の売場面積の広さは比嘉も知っているらしい。いくら商品の画像があっても探すとなると大変に違いない、と心配そうにする。普段、千晶に見せるのとまったく違う表情で、同じ人かと疑いそうになる。ただ、職場と家庭で異なる顔を見せる人は多いらしいし、比嘉もそのひとりなのかもしれない。

双子が期待たっぷりの眼差《まなざ》しで見守る中、スマホの着信音が鳴った。急いで確かめると、そこには期待どおりの言葉が綴《つづ》られていた。

「まだあったみたいです」

「ずいぶん返信が早かったけど、駆け回ったりされてないでしょうね？」

「たぶんそんなことはしてないと思います。母はあの店をよく知ってますから、売場の見当も付けやすかったんでしょう」

「……お母様は、いつもどれぐらい店内にいらっしゃるの？」

「母にとってはレジャーみたいなものですから、最低でも一時間。買い物のあとでフードコートでひと休み、とかやってたら余裕で二時間ぐらいは」

「今から向かえば間に合うわね」

店に入ったばかりなら、買い物を終えるまでに着けるはずだ。それならすぐに寝袋も受け取れるし、立て替えてもらったお金も返せる、と比嘉は言う。

そういえば受け渡しのことまで考えていなかった。宅配便で送ったり、家を教えて取りに来てもらうよりも、店で渡したほうが簡単だ。早速母に訊ねてみると、ふたつ返事で了解してくれた。

「今から買い物をして、お昼はフードコートで食べるみたいです。あそこなら受け渡しもしやすいと思います」

「そうね。うまくお母様を見つけられるといいけど……」

比嘉はあからさまに眉根を寄せている。無理もない。一面識もない上に、けっして懇意とは言えない部下の母親にいきなり会えと言われたら、千晶だって困惑するだろう。

千晶の中で天使と悪魔がせめぎ合う。

ここまで関わったのだから、比嘉のこれまでの行為は忘れて一緒に行ってやれと分別顔で説く天使と、そこまで付き合う必要はない、ただでさえ予定より遅れているのだからさっさとキャンプ場に向かえとそそのかす悪魔……

だが、『説く』と『そそのかす』という言葉が頭に浮かんだ時点で、天使の勝利は決まったようなものだった。

「私も一緒に行きます」

その瞬間、比嘉の顔に浮かんだ表情に千晶はつい笑いたくなった。

安堵《あんど》と喜びと申し訳なさがごちゃまぜになっている。なんとも人間らしい、それにやっぱり『いいお母さん』だ。職場以外で出会っていたら、案外うまく付き合えていたかもしれない。そんな気までしてくる。

だが、やはり申し訳なさが勝ったのか、比嘉は残念そうに言った。

「さすがにそこまで無理は言えないわ。それに榊原さんも、このあとどこかに行く予定があるんじゃない？」

「ええまあ、キャンプに……」

炭の箱を抱えてほかにどこに行けと？と千晶は笑った。

「あ……」

「うそ……」

「ごめんなさい‼」

比嘉家揃っての平謝りに、千晶はもう苦笑するしかなかった。

「平気です。チェックインタイムは午後一時だし、多少遅れたところでどうってことありません。でも、あんまり遅くはなりたくないから、さっさと行きましょう」

「もちろんです！　榊原さん、誰かと待ち合わせですか？　だったらよけいに急がないと」

その人にまで迷惑が……と、海人が言う。

「それも大丈夫。ソロだから」

「ソロキャン！　超クール……」

陸人が感嘆している。

ソロキャンプは『超クール』なのだろうか。好き放題したいからひとりで行く、むしろ協調性のなさの表れみたいな気がするけどな……と思いながら千晶はレジに向かった。

二時間後、千晶はようやくテントの設営を終わらせた。

『ＩＴＳＵＫＩ』でのあれこれ、アウトドア用品店で比嘉親子と遭遇したこと……なんやかんやで予定より一時間以上遅くなってしまったが、まだまだ日は高い。

このキャンプ場は、キャンプを再開して初めて訪れた場所だ。あのときは日帰りで、名残惜しさでいっぱいになりつつ帰宅した。すぐにでもまた行きたいと思っていたのに、都内からのアクセスのしやすさもあるのか、かなり人気。特に週末はなかなか予約が取れず、ようやく来ることができた。周りに利用者がたくさんいれば、両親も安心に違いない。

今日はアースオーブンなどという肉体労働つきの料理はしないし、ひたすら身体《からだ》を休めることができそうだ。

――今日は休みにしてはいろんな人と話す日だったなあ……。まあ、人と話すのは嫌いじゃないけど、次長一家に出くわすとは思わなかった。それにしてもあの双子、なかなかいい子たちだった。お店を教えてほしいって言ってたけど、すぐにメッセージがきたりするのかな……

無事に母から寝袋を受け取ったあと、双子はひそひそとなにかを話し合っていた。「それはさすがに」とか「でもやっぱり……」なんてやりとりのあと、海人が意を決したように話しかけてきた。何事かと思ったらアウトドア用品店で千晶が発した『ちょっとでも安いところはないかって探しまくった』という言葉を覚えていて、ほかにも揃えなければならないものがあるから、できれば安い店を教えてほしい、というのだ。

千晶は、なんだそんなことか、お安いご用、とばかりに三人でSNSの連絡グループを作った。このほうが個別にやり取りするより情報共有や意見交換が楽になるからだ。

まずは、初心者向けのキャンプギア紹介記事を参考に、購入予定品リストを作る。紹介されているものを全部買うわけにいかないから、いる、いらないで言い合いになったりするかもしれない。言い合いとはいっても双子のこと、きっと喧嘩には至らない。仲良くじゃれ合う双子を想像しながら、千晶はテントに潜り込む。夕食の支度を始める前に少し休んでおけば、夜を堪能できる。久しぶりの純然たる『ソロキャンプ』、しかもテント泊、夜を楽しまない手はない。

その後、しばらく寝転がっていると海人からメッセージが送られてきた。支払いは比嘉と千晶の母の間でおこなわれ、千晶は金額まで把握していなかったが、海人によると千晶が教えた値段よりもさらに安かったそうだ。千晶の母曰く、この店はポイントが還元されるからその分を差し引いた、とのことだった。

「お母さんってば、よその子には優しいんだから！」

思わず声が出た。

母は、千晶のキャンプに関して学生時代からあまりいい顔をしていなかったし、ソロキャンプに移行した今はさらに心配の色を強めている。にもかかわらず、この対応……やはり、我が子とよその子は違うということなのかもしれない。あるいは千晶同様、自分の小遣いでなんとかしようとしている子どもたちに感じ入った可能性もある。

テントサイトの周りには樹木が葉を茂らせていて、午後の強い日差しを防いでくれる。似たもの親子かな……なんて思いながら、千晶は心地よい眠りに引き込まれていった。

午後五時、千晶は焚き火グリルに炭を入れた。

このところずっとお世話になっているファイヤーライターは、本日も着実な仕事ぶりであっという間に火をつけてくれる。火が安定するのをしばらく待って、焼き網の上にスキレットをのせた。

——この量で買えるっていうのは確かにすごく便利かも……

そんなことを考えながら、温まったスキレットに合挽肉を入れる。百グラムの挽肉は、ひとり用のスキレットで炒めるのにちょうどいい。そのままジュージューと炒めて、酒、味醂《みりん》、醤油《しょうゆ》で味を付ける。仕上げにほんの少し味噌《みそ》をまぜ込んだら肉味噌の完成だ。

実は、『ＩＴＳＵＫＩ』で出会った女性客が合挽とピーマンを買ったのを見て、ピーマンの肉詰めが食べたくなってしまった。だが、ピーマンの肉詰めは地味に手がかかる。いったんは、家に帰ってから作ろうと思ったが、アウトドア食材コーナーに並んでいたピーマンがあまりにも瑞々《みずみず》しくて柔らかそうで、どうにも諦めきれない。いっそ丸焼きにして食べてしまおう、と思ったとき、肉味噌を思いついた。

千晶の実家では、生のピーマンに肉味噌をのせて食べる。初めて出されたときは、ピーマンを生で食べるの⁉と驚いたけれど、母は『パプリカと同じよ』と言う。あまりにも平然としているから恐る恐る食べてみたら、ピーマンの苦みはまったく感じられず、シャキシャキとした歯応えと少し濃い味付けの肉味噌がベストマッチ。家族で奪い合いになってしまったのだ。

ピーマンの肉詰めならぬ肉味噌ピーマンなら簡単にできるし、酒のつまみとしても最高、ということでピーマンと合挽肉を買ったのである。

肉味噌はあっという間に出来上がった。幸いこのキャンプ場は洗い場が設けられているのでピーマンもしっかり洗ってある。

ピーマンをふたつに切って種を取り、たっぷり肉味噌をのせて口の中へ……

「最高！　これはもうビールだ！」

まるでお店の生ジョッキのようだと評判の缶ビールの蓋《ふた》を開け、泡が落ち着くのを待つ。いつもならモコモコ盛り上がる様子を楽しむのに、今はそれどころじゃない。じれじれと待った挙げ句「いつまでも遊んでないでさっさと席に着け！」なんて小学校低学年の先生みたいに叱りつけ、やっとのことで口を付ける。

ゴクゴクゴク……普通の缶ビールより飲み口が広いだけあって、勢いよく呑むことができる。これも含めて『お店の生ジョッキ』なのか、と感心したところで、また肉味噌ピーマンを頬張る。

口の中でビールの冷たさとできたての肉味噌の熱のバトル発生……かと思いきや、常温のピーマンのおかげでそれほどの乱闘にはならずいい感じ。

さらにいい感じだったのは、肉味噌とピーマンの量のバランスだ。合挽肉百グラムは、それぞれをふたつに切って六切れにしたピーマンにぴったり……いや、けっこう山盛りになってしまったが、とにかく食べきることができた。家で作るとどっちかが余って始末に困ってばかりの千晶は拍手喝采だった。

――なるほどね……あの人が、ひとり暮らしにちょうどいいって言ったのがわかる。これなら販促方法によってはキャンパー以外にも売上げを伸ばせそう……

狙いはアウトドアを手軽に楽しみたい人であっても、それ以外に売ってはいけないはずがない。『ひとり用』とか『レシピの量にぴったり』とかを謳《うた》い文句にすれば、さらなる売上拡大が望めるだろう。

――肉味噌ピーマン終了。お次は……

あっという間に食べ終わり、次の料理を考える。

呑みながら作るという行為は、家でやったら眉を顰められがちだ。テーブルでのホットプレートや鍋料理はよくて台所ではだめというのは全然納得できないが、やはり『立ったまま』というのが問題なのかもしれない。

問題があろうがなかろうが千晶自身は気にしないが、やはり立ったままは落ち着かないし、家でホットプレートや鍋料理はしないから、調理しながら呑むことはない。

だからこそ、座って料理しながら呑めるキャンプに魅力を感じるのだろう。

さてさて、という感じで取り出したのはパスタと明太子、そして牛乳だった。明太子は片腹、牛乳は二百ミリリットル入りの小パックでいずれも『ITSUKI』のアウトドア食材コーナーに並んでいたものだ。パスタだけは三百グラム入りだったが、さすがにパスタを小分けして売るのは無理だろうし、持って帰るのに苦労するような食材でもない。何事にも限界はあるものだ、と頷いて買ってきたのである。

空になったスキレットをメスティンと入れ替える。メスティンにはふたつに折ったパスタと水、牛乳を入れてある。水分がなくなるのを待って確かめるとパスタは千晶の好みよりも固かった。もう少しだな……と水を少しだけ足してまた待つ。

——今度はどうかな……お、いい感じ！

これこれ、と笑みを浮かべ、バターの欠片《かけら》をのせる。バターはパスタの熱であっという間に姿を消す。続いて登場したのは明太子だ。片腹で売られていなければパスタソースで我慢するしかなかっただけに、生の明太子を使えるのは嬉しい。

ここで崩してまぜ込むか、食べながら崩すか悩むところだが、福岡の有名老舗《しにせ》の明太子だけあってかなり太い。全部まぜたら多すぎると判断し、箸で割って半分をまぜ、半分はそのままにする。圧倒的なバターの香りの前に磯の香りが少々苦戦気味で、これは大変と味付け海苔《のり》を揉《も》んで散らす。海苔の加勢で陸対海の戦いはめでたくドローとなった。

実はこの海苔もアウトドア食材コーナーにあった少量パックだ。千晶はそのままはもちろん、チーズやバターに巻いたら絶好のつまみになると思って買ってきたのだが、パスタにも役立った。

ビールはすでに呑み干した。お次は……とクーラーボックスから白ワインの小瓶を取り出す。崩さなかった明太子をちびちび齧《かじ》りながら呑む白ワインなんて素敵すぎる。キャンプではお酒は一種類、一本だけという決まりは反故《ほご》にしてしまった。この先、一泊ならまだしも二泊、それ以上のキャンプに行くこともあるかもしれない。二晩、三晩と焚き火の前で過ごすのにお酒が一本だけなんて楽しみ半減ではないか。

アウトドア食材コーナーでひとり暮らしの人が買い物をする。アウトドア用かどうかなんて関係ない。自分に都合がよければ大いに利用する。その臨機応変さが何気ない日常に彩りを与えてくれる。

——自分で決めたルールを守ろうとするあまり、人生がつまらなくなっちゃったら本末転倒。これは違うな、と思ったら直していけばいい。ルールは物事をうまく運ぶためのものなんだから、それに縛られて動けなくなるようでは意味がないよね……

そんなことを考えながら白ワインをマグカップに注ぐ。ステンレス製のマグカップはすぐに周りが白く曇る。新しく買ったクーラーボックスは期待以上の仕事をしてくれているようだ。

明太子を少し齧ってワインを含む。北海道産白ワインの適度な酸味がパスタの味をさらに引き上げる。

なるほど、パスタにレモンを搾ったようなものなんだな……と納得したところで、スマホがポーンと着信を告げた。

また比嘉兄弟かな、と思って確かめてみると、比嘉は比嘉でも母親のほうだった。

『今日は大変お世話になりました。おかげで寝袋を安く手に入れることができました。これからも息子たちがいろいろお訊ねするかもしれませんが、その際はよろしくお願いします。お礼がてら、今度食事でもご一緒しましょう』

息子に任せきりではなく、自分もきちんと礼を言う。やっぱり『母親としては』ちゃんとした人なんだな、と感心するが、さすがにあの人と食事をする気にはなれない。子どもに罪はないとフォローしたものの、比嘉自身への恨みはそう簡単に消せそうになかった。

ただ、こういう場合は十中八九社交辞令、顔を合わせる機会自体ほとんどない彼女と食事に行く機会はないだろう。

とりあえず『次長もご多用でしょうから、お気になさらないでください』とメッセージを返す。社交辞令には社交辞令よね、とスマホをしまい食事を続ける。調理を終えた焚き火グリルは、炭から薪へと選手交代だ。

——先発オガ炭、中継ぎいらずで頑張りました！　健闘を称《たた》えつつクローザー薪！

燃え尽きてマウンドから下りる炭と意気揚々と上がっていく薪を想像してケラケラ笑いながら、ファイヤーライターで火をつける。

その時点で千晶は、本当に比嘉と食事をすることになるなんて思ってもいなかった。


八月第二週の木曜日、千晶は本社近くにあるカフェに向かっていた。

なんでこんなことになったのかわからない。ありとあらゆる手で回避する努力をしたのに、現実は厳しい。これから運がよければ三十分、最大五十分ほど気まずい時間が続く。現在時刻は十二時五分、午後一時には試食会が始まるから、それ以上長引きはしないのが不幸中の幸いだった。

指定されたカフェに着き、入り口で名前を告げると奥の席に案内された。片手を上げて挨拶をしたのは比嘉次長だった。

「お待たせしました」

「大して待っていないわ。来てくれてありがとうね」

来てくれてありがとうもへったくれもない。ありとあらゆる用事をでっち上げて、時間が取れないことを主張したのに、彼女はまったく諦めず、とうとう試食会の日を指定してきた。

試食会には参加しないわけにはいかないから、断る理由がない。試食会が終わってからのほうがゆっくり話せるから、と誘う彼女に、どうしても実家に戻らなければならないから、とありもしない用事をでっち上げ、ランチにするのが精一杯だった。

比嘉は千晶が腰掛けるのを待って、メニューを渡してくる。どうやら千晶が来るまで彼女も注文を待っていたようだ。

「ランチセットが三種類あって、Aはパスタ、Bはピザ、Cはラザニア。それぞれにドリンクとサラダがつくわ。あ、ここはデザートも美味しいから、それも注文しましょう」

柚子《ゆず》シャーベットかティラミスがおすすめよ、と比嘉は笑う。

なにがそんなに嬉しいのだ、と思いながら、千晶はBセットと柚子シャーベットを注文する。さほどピザが食べたいわけではなかったが、店頭にあった食品サンプルを見た限りサイズはそれほど大きくなく、三種類の中では一番早く食べ終われそうだったからだ。幸い比嘉も同じくBセット、ランチタイムなら提供も早いはずだから、最短三十分を狙えるだろう。

「それで……」

注文を済ませた比嘉が、それまでと打って変わった真面目な表情になった。

そして彼女はおもむろに、千晶に向かって頭を下げたのだ。

「今まで本当にごめんなさい」

「え……なんのことですか？」

「わかってるでしょ？　私があなたの企画にいちゃもんを付けていたことぐらい」

「いちゃもん……」

「そう。紛れもなくいちゃもんよ。些細《ささい》な欠点を見つけては文句ばかり付けていたの。あなたの企画が通らないように」

「あの……どうしてそんなことを？」

比嘉が千晶の企画を意図的に潰していたという千晶の認識は正しかった。問題はそんなことをした理由である。

真顔で訊ねた千晶に、比嘉は深いため息とともに答えた。

「嫉妬……そうとしか思えないわ。あとは言い訳にしか聞こえないでしょうけど、体調変化。いわゆる更年期ってやつね」

それを自分で口にする潔さ――敵ながらあっぱれ、と思いかけたが、感心している場合ではない。

噂《うわさ》では比嘉は日本では知らない人がいないほどの有名大学を卒業し、入社以来出世街道を突っ走り、同期の出世頭どころか、二年、三年上の先輩方を追い越して次長に就任した。

おまけに、素直でしっかりしている息子がふたりもいる。よき仕事、よき家庭に恵まれている彼女が千晶に嫉妬するなんて、意味不明もいいところだった。

「私は次長に嫉妬されるようなスペックじゃありません。誰かと間違えてませんか？」

ところが比嘉は、千晶の問いをきっぱり否定した。

「間違えようがないわ。四年前、あなたに異動話が持ち上がったとき、鷹野主任が猛反対したの。このまま売場に置いておきたいってね。行き先が商品開発部だと知って危うく夫婦喧嘩になりかけたとも聞いたわ。でも、鷹野課長に榊原さんは商品開発部に入ったほうが伸びるし、会社のためにもなるって言われて諦めたそうよ」

「課長が？　どうしてそんなふうに思ったんでしょう？」

「あなたについて、鷹野主任からかなりいろいろ聞かされてたらしいわ。それらを総合して、あなたは『人疲れ』するタイプだから売場から離れたほうがいいと判断したみたい」

決して人付き合いができないということではない。ただ、まわりの人とうまくやろうとするあまり気を遣いすぎる。同僚だけでも大変なのに、毎日客の相手を続けるうちにヘトヘトになって潰れかねない、と鷹野は説明したそうだ。

「バレてた！」

さすが課長だ、と千晶が感心する一方、比嘉はしょんぼりと言う。

「それまで会ったことすらなかった鷹野課長がそこまであなたのことを理解していた。そりゃあ鷹野主任からいろいろ聞かされていたでしょうけど、興味が持てない人間の話なら聞き流すでしょう？　でも鷹野課長はしっかり聞いて、自分の部署に引っ張ろうとした。言い方は悪いけど、もともとあなたに目を付けていたんだと思う」

「いずれ引き抜こうと？」

「たぶんね。で、売場にも二年いたし、そろそろ異動の時期ってことになって一番に名乗りを上げた。ちょうど商品開発部に欠員が出るタイミングでもあったしね。鷹野夫婦はどっちも有能、人格者でもあるわ。そのふたりに取り合われた人なんてあなたぐらいしかいないわよ」

「……これ、なにかのドッキリですか？」

周りをキョロキョロと見回す千晶に、比嘉の表情がようやく緩んだ。この場面で『ドッキリ』を疑うばかりか、それを口にするなんてあり得ないと呆れたのだろう。

「むしろドッキリだったらよかったのに。それならこんなことにはならなかったし」

「そうでした……でも、鷹野課長たちに取り合いされたかどうかなんて、本当のところはわからないし、もし本当だったとしても、そこまで気にすることじゃ……」

自分がそれほどの人材かどうかはさておき、人事異動の際のすったもんだなんてどこにでもある話だ。比嘉自身についても、社歴のどこかでそんなことがあったに違いない、と言う千晶を、彼女は少しきつい眼差《まなざ》しで見返した。

「もちろんあったとは思う。でも、大事なのはそこじゃなくて結果よ。あなたは鷹野課長夫婦の議論の末に、一番能力を発揮できる部署に異動した。これまで食品開発なんて一度もやったことがないのに」

「お言葉ですが、それこそいくらでもあることですよね？　やれるかどうかはやらせてみなければわかりません。やったことがないからって排除しているようじゃ……」

「それは一般的な部署の話よ。商品開発は研究部署なのに、基礎知識もないような素人を入れるなんて！」

比嘉は強い口調で言い放った。千晶は、これがいつもの次長だ、と謎の懐かしさを覚えつつも返す言葉を失う。比嘉は、言葉に詰まった千晶に気付き、慌てて言葉を続けた。

「……と思ったのよ、あのときは。しかも異動したあと、あなたはものすごく意欲的で、新商品企画を連発、会議での評判もすごくよかった。私はそれが悔しくて仕方がなかったの。本当なら私がやっていたはずなのに、って」

「え、次長って商品開発に行きたかったんですか⁉」

唖然《あぜん》とする千晶に、比嘉はひどく辛そうに話し始めた。

「私はもともと大学で食品化学を研究していて、商品開発をやりたくてこの会社に入ったの。入社直後に店舗配属されるのはわかってたわ。売場やお客さんのことを知らずに商品開発なんてできないものね。でも、一年が過ぎ二年が過ぎ、三年経っても私は最初に配属された店舗にいたの」

「売場のままですか？」

「じゃなくて、店舗の総務課に異動になったの。会社は私をいずれ管理職、しかも人事教育をやらせようと考えたみたい。教育なんて一番嫌いなのに」

さもありなん――それが千晶の正直な感想だった。

比嘉の千晶に対する過去の振る舞いは、どう考えても理不尽としか思えない。自分だけならまだしも、鷹野ですらそう言うのだから間違いない。人事教育部は新旧問わず従業員の異動や教育を司《つかさど》る部署である。そんなところにこの人がいたら、教育される従業員が気の毒だ。

だが、さすがに面と向かって言えることではない。曖昧に頷く千晶に、比嘉は見透かすように言った。

「教育される人たちにとっては、とんだ迷惑よね。まったく向いてないもの。でも、会社は私の適性なんて考えてくれなかった」

「えーっと……考えなかったというよりも、そこにも適性があると思われたのでは？」

見るからに頭がよさそうで動作もキビキビしている。育ちがいいのか、礼儀作法もしっかり心得ているし、教育は女性が担当することが多い。男性よりも女性の人数が圧倒的に多いという『ITSUKI』の特性によるものかもしれないが、とにかく人事教育部の七割が女性で構成されている。一方、商品開発部は圧倒的に男性が多いのだ。

「次長が入社された当時、商品開発部に女性っていました？」

「ひとりだけいたわ。入社三十年のベテランが……」

「聞いたことがあります。企画通過率八十パーセント、ヒット連発の伝説の開発員とか」

「たぶんその人ね。その人があまりにも優秀で、周りからは神様みたいに思われてた。こっちは、会社を辞めようか悩んでたのに」

「辞めようとしたんですか⁉」

「人事教育がいやで仕方がなかった。それならいっそ辞めて仕切り直そう、って思ったわ。でも、あるとき人事資料を見ていて気付いたの。この人、もうすぐ退職だわって」

「それはいいタイミングでしたね」

「もうね、狂喜乱舞《きようきらんぶ》よ」

もう少しの我慢だ、この人の退職を機に異動させてもらおう。そう思った比嘉は、大学で食品を研究していた事実に、とにかく今の仕事が合わなくて退職も考えたことまで添えて、異動願いを出そうとした。ところが、そこで予想外の事態に陥ったという。

「まさか、継続雇用とか？」

今のように明確な継続雇用制度はなかったにしても、当時も社員が退職後、パートやアルバイトとして再雇用されることはあったはずだ。社員だろうがパートだろうが、開発の仕事に変わりはない。そのままパートにスライドして働き続けるという選択肢はゼロではなかった。

だが、比嘉は深いため息を吐いて答えた。

「まだそれなら諦めがついたわ。でも、違うの。私のほうに異動できない理由ができてしまったの」

「というと?」

「妊娠しちゃったのよ」

「え……」

「浅はかな考えからよ。ただ辞めたいって言っても止められるのはわかってた。でも、妊娠理由の退職希望を止めることはできないし、なんなら産休を取って休める。とにかく一時的でも職場を離れられさえしたらよかった。あ、もちろん子どもがほしかったのは間違いないのよ! 子育てだってすごく頑張ったし!」

「わかってますって。ふたりともすごくいい子ですものね。ただ会社を辞めたいだけの理由で産んだ子どもが、あんなふうに育つわけありません」

どう見ても愛情たっぷりに大切に育てられた子たちだ、という千晶の言葉に、比嘉は一瞬目を見張ったあと、心底嬉しそうに笑った。

「ありがとう。あなたにそんなふうに言ってもらえるなんて思わなかったわ。あんなに意地悪ばかりしたのに」

「まあそれはそれです。で……？」

「伝説の開発部員がもうすぐ定年退職だって気付いてすぐに妊娠がわかったの。気持ちがジェットコースターみたいになったわ。子どもを授かったのは嬉しいけど、これじゃあ異動は願い出られない。異動してすぐに産休なんて無責任すぎるもの」

泣く泣く異動を諦めて人事教育部の仕事を続けた。途中で双子だとわかったときは、異動していなくてよかったとすら思った。人事教育部と商品開発部では座ったままできる仕事の割合が違う。人事教育部のほうが遥《はる》かに体力的な負担が少ないため、妊娠判明後あえて人事教育部に異動してくる女性もいるぐらいなのだ。

「結局、社則で認められる時期になるなり産休に入って、ぎりぎりいっぱい育休を使ったあと復帰した。それが今の商品部」

「人事教育じゃなかったんですね」

「それこそ必死の談判よ。とにかく向かない、異動させてくれないならこのまま退職するって、半ば脅したの」

「それが通るってことは、やっぱり次長ってすごく期待されてたんですね」

　普通なら無視される。辞めたいなら辞めろと言われても仕方がないというのに、受け入れられたのだから、会社にとって比嘉はどうしても必要な人材だったのだろう。

「商品部でよかったんですか？」

「もちろん商品開発部に行きたかった。でも、双子を抱えて研究開発の仕事は難しいと思ったの。育児ってトラブルがつきものだから……」

　保育園に預けてはいたが、体調不良になるとすぐに連絡が来て引き取りに行かなければならない。頼りになる親族も近くにいないため夫と交替で対応することになるが、夫はほかの会社の研究室に勤めている。

　夫婦ふたりともが手や目が離せない作業中に呼び出しがきてしまったら子どもたちはどうなるのか、と考えたとき、自分まで研究職を選ぶことはできなかった、すでにその職に就いている夫を優先するしかなかった、と比嘉は言う。子どもを大切に思っているからこその発言に、千晶は半ば感動していた。

「双子くんたちがいい子に育つわけですね」

「いい妻、いい母親ぶりたかっただけ。心から納得してたわけじゃないの。でなきゃ、あなたが商品開発部に行ったときにあんな気持ちにはならなかった」

「でも私、研究員じゃありませんよ？」

　千晶はリサーチをもとに企画を立てるだけで、製作するのはほかの部員だ。比嘉が望んでいたのはそちらではないのか。そんな疑問に対する比嘉の答えは、これぞいちゃもんと言わざるを得ないものだった。

「そのころには仕事内容なんてどうでもよくなってた。とにかく榊原千晶という子が商品開発部に異動した。あれほど私が行きたかった部署に、食品研究のことなんてこれっぽっちも知らないくせに……って、歯ぎしり」

「歯ぎしり……」

これは謝るべきことなのか？と思っていると、比嘉が苦笑して言う。

「ごめんなさい。本当は、あなたに責任なんてないことぐらいわかってる。でも、異動してからのあなたの仕事の内容を聞いたら余計に腹が立ったわ。リサーチや企画立案だけならあのときの私にだってできたかもしれない、ううん、絶対できたはず、どうして私にやらせてくれなかったの⁉って」

「それはそうかも……私自身、商品開発ってそういうのもやるの？って思いましたから」

「でしょ？　で、思ったの。あれはきっと鷹野課長があなたのために考えた仕事だって」

「それは違いますよ。商品開発部で企画からやってみたらどうかって案は前からあったそうです。たまたま私がそこにはまり込んだだけで」

「その『はまり込んだ』っていうのも羨ましかった。タイミングが最悪だった私に比べて、なんて運がいいんだろうって。で、全部まとめてあなたのせいにした。そうでもしなければやりきれなかったの。それで、ちょっとでもあなたの企画採用率を下げてやりたくて文句ばかり付けてた。それなのにあなたってば……」

どれほど邪魔されても、次から次へと企画を出してくる。自分が邪魔をしなければ六割、いや七割以上の採用率だ。商品開発に向いていると言った鷹野の慧眼《けいがん》を認めるとともに、これはもうやるだけ無駄と悟ったそうだ。

「そういえば、次長がいても採用されることが増えた気がしてましたけど……」

「諦めたのよ。倒しても倒しても起き上がってくるゾンビみたいなんだもの。しかも、最近では売場作りにもいいアイデアを出したし」

「アウトドア食材コーナーのことですか?」

「そうよ」

諦めたと言いつつも、微妙に悔しそうな表情を滲《にじ》ませたまま比嘉が話してくれたところによると、アウトドア食材コーナーに『おひとり様向き』と『ぴったり量』という概念を加えて広告展開してみたら、売上げがかなり伸びたそうだ。

「あーそれ、私は最初から提案してたんですけど、今村チーフはキャンプブームにとことん乗っかりたかったみたいで採用されなかったんですよね。でも、やっぱり『少量買い』したいお客さんがいるってわかって再提案して、めでたく採用されました」

「あの店舗の周りって、意外にひとり暮らしとか若い夫婦が多いらしいわ。お料理が苦手でレシピに頼りっきりとか……そういう人たちにとって『ぴったり量』はありがたいみたい」

「お料理が苦手……確かに残った食材の始末とか、食材の量に合わせて調味料を加減するとかすごく面倒ですからね」

「でしょ？　で、とにかく売上げは増えたし、小分けしても利益が確保できる食材を探してこいとか、半量のカット野菜を作れとか、商品部にも矢の催促」

「それは……申し訳ありません……」

「いいの。売場が商品部に注文を付けてくるほど積極的になったのはとてもいいことだもの。ただ、それがあなたのアイデアだって聞いたときは……」

説明されるまでもない。自分が気に入らない、認めたくない人間の手柄ほど腹立たしいものはない。比嘉はさぞ虚《むな》しい思いに襲われたことだろう。

なにを言っても差し障りがありそうで、ただ黙っている千晶に気づき、比嘉はふっと笑った。

「あのアウトドア用品店で会ったときも、いっそあなたに冷たくあしらわれればいい、と思ったわ。それなら『性格が悪い人』って片付けられた。それなのに、あなたはものすごく親切……恥ずかしくて穴があったら入りたい、なければ掘ってでも入りたい、いっそシャベルでも買い込もうか……そこまで考えたわ」

「穴を掘るのはおすすめしません。人が入れるぐらいの穴なんて半端なシャベルじゃ無理だし、埋め戻すのも大変です」

「そこで私の心境じゃなくて、シャベルとか穴掘りそのものに興味がいっちゃうのね」

やっぱり商品開発に向いているのかも、となんだか嬉しそうに笑ったあと、比嘉は再度深々と頭を下げた。

「これまで本当にごめんなさい。これからはもう邪魔なんてしない」

「邪魔はしてほしくないですけど、必要な意見はくださいね」

「え……？」

「毎回全員一致で企画が通過するなんて、会議をする意味がありません。それに、次長の指摘だって百パーセント納得できないことばっかりってわけじゃなかったんです。言われても仕方がないこともちょっとはありました。だから、気付いたことはなんでも言ってください」

これまでは理不尽ないちゃもんだった。言い返すだけ無駄だと思っていた。けれど、私情と離れてなお指摘すべき点があると思うなら、言ってもらう必要がある。直すべきは直し、より良い商品を作り上げるためにも、問題点の指摘は必要不可欠だ。

千晶の熱弁に、比嘉は何度も頷く。そして晴れ晴れとした表情で言った。

「すごく納得したわ。あなたってかなり説得上手ね。人事教育部に行くべきかもしれない」

「え……私、今のところがいいんですけど……」

「わかってるけど、あなたと話しているとなんだか気持ちが楽になる。ちょっとカウンセラーみたい……あなたみたいな人が教育を担当してくれたら喜ぶ従業員はたくさんいそう」

――これって、私がカウンセラーになり損ねたことを知ってて言ってるのかな？　だとしたらやっぱり性格悪い……

千晶が大学で学んだのは心理学だ。臨床心理士資格を取ってカウンセラーになりたいという夢も持っていた。だが、資格を取って就職活動を始めてみたものの、あまりにも狭き門で叶《かな》わず、やむなく『五木ホールディングス』に就職したのだ。

千晶が入社したのは、比嘉が商品部に異動したあとだから、千晶の経歴を知っているとは思えない。だが、次長という役職にいれば見ようと思えば見られるのかもしれない。

一矢報いてやろうと皮肉をぶつけてきた可能性はゼロではないが、わざわざ応戦して泥沼になるのは嫌だ。それに、カウンセラーになるための勉強は千晶の人格形成に大きな影響を与えた。人間のずるさや酷《ひど》さを否定せず、誰だって状況次第では同じように非道なおこないをする可能性がある、と思えるようになった。

比嘉のこれまでの行為を、腹は立つにしても『そういう人もいる』『運が悪かった』

で片付けてしまえるのは、カウンセラーに必要とされる冷静さを身につけたことに加えて、心理学で人の心の動きについて学んだおかげだろう。

比嘉との時間は思ったほど苦痛ではなかったし、ピザもサラダも美味しかった。昼休みは半分過ぎたし、あとはデザートをたいらげて、さっさと会社に戻るべきだろう。

「このシャーベット美味しいでしょ？」

「柚子の香りがすごくいいですね。でもこれ『へべす』で作ったらもっと……」

「『へべす』って前に榊原さんが企画に出してきたものね？」

「はい。安定供給が望めないって次長にぶった切られましたけど」

「覚えてるわ。でも、あれは本当にそう思ったのよ。農家と契約から始めないと無理だけど、そこまで手間暇かけても差別化できないと思う」

果汁だけを舐《な》めて、柚子《ゆず》と酢橘《すだち》とカボスの違いがわかる人は珍しい。デザートにしてしまったらさらにわかりにくくなる。『へべす』も同じで、苦労してデザートにしたところで、なにかの柑橘《かんきつ》類が使われている、くらいにしか思われない上に、『へべす』は柚子、酢橘、カボスに比べて柔らかいため、長持ちしないと言う。

「柔らかい……確かにそのとおりですけど、よくご存じですね」

「そりゃ知ってるわよ。調べたもの。調べたっていうか、取り寄せて使ってみたわ」

「わざわざ⁉」

「意図的に妨害してるって意識があったから、少しでも根拠がほしかった。それに、もともとは食品研究畑にいた人間だもの。知らない食材には興味があるに決まってる」

実際に使ってみた結果、コストパフォーマンスが悪すぎるとわかった。私情を交えなくても否定すべき企画だった、と比嘉は断定した。

「わざわざそこまでしてくださったんですね……。わかりました。『へべす』は諦めます」

再企画してなんとしてでも通してやろうと思っていたが、それはただの意地だ。この企画には無理がある。気に入らない人間が出してきた企画をそこまで検討し、問題点の裏付けをしてくれたことに感謝するばかりだった。

「でも『へべすゼリー』はとても美味しかった。今度はもう少し採算が取れそうな企画を待ってるわ。あと、これは私の憶測だけど……」

そのあと比嘉は、鞄から財布を取り出す体《てい》で千晶から目を逸《そ》らしつつ続けた。

「秋の人事でちょっと大きな動きがあると思うわ」

「動き？」

「異動と昇格。あなたの名前もきっと入る」

「私……異動になりそうなんですか⁉」

「そっちじゃないほう」

異動する人のポジションを受け継ぐことになるのではないか、と比嘉は考えているらしい。商品開発部に来て四年、そろそろそういう時期だろうと……

千晶は今の仕事をとても気に入っているし、自分に合っているとも思う。大変には違いないが、異動を伴わない昇格ほど望ましいものはない。

「憶測よ、本当にただの憶測。でも、そうなったら今まで以上に頑張ってね」

「はい！」

なにをどう聞いても、これまでの比嘉の行動はあり得ない理由からだった。けれど、こんな憶測を語るところを見ると、心の底では千晶を評価してくれていたようだ。だからこそ、潰しにかかったという見方もある。取るに足らない存在なら、放っておけばいいのだから……

もう理不尽に企画を潰されることはないし、たとえ比嘉の憶測が本当にただの憶測で終わったとしても、彼女自身は千晶が昇格に値すると考えてくれているという事実が嬉しい。それ以上に嬉しいのは、昇格に伴う収入増だった。

比嘉家の双子ではないが、キャンプがらみの出費は常に頭の痛い問題だ。便利なギアは次々出てくるし、手に入れたギアでさえ使い続ければ傷んだり壊れたりする。手当目当てに無駄な残業や休日出勤をするわけにはいかないし、そんなことをしていたらキャンプに行く時間や体力を削《そ》がれてしまう。給与そのものが上がるに越したことはなかった。

——お給料が上がったら、ずっとほしかったギアが買える。あのかっこいいオイル式のランタンとか、大型蓄電池とか！

今の今まで仕事の話をしていたのに、もう頭はキャンプでいっぱいになっている。どれだけキャンプに行きたいのだ、と我ながら呆れてしまう。

だが、このところの千晶のキャンプは『なんちゃってソロキャン』状態続きだ。そろそろ静かなソロキャンプを楽しみたいし、電化製品に頼りたい日もある。なにより大型蓄電池は容量が大きいからスマホの充電だってし放題、バッテリー切れの不安から解放されるのだ。

——ストレス発散のためにキャンプを再開して、仕事に熱が入るようになった。おまけに、キャンプがらみのアイデアで評価も上がりそう……収入が増えれば、キャンプをもっと充実させられる！

なんとかして逃げられないかと思っていた比嘉とのランチは、思わぬ喜びに繋《つな》がった。『アウトドア食材コーナー』企画の成功で、今村をはじめとする生鮮グループ内での千晶の認知度がぐんと上がり、『ITSUKI』に買い物に行ったときに声をかけられることが増えた。

こっそり、「今日一番のお買い得はこれよ」なんて言われて、コスパのいい食材をゲットすることができたり、売場に掲げるレシピの確認を頼まれたりもする。ずっと自分が担当するのかと思っていたが、たまたまキャンプが趣味というバイトの子が入ったそうで、あとはこちらで……と言われた。いつまでも他部署の千晶に頼るわけにはいかないということだろう。

花恵はというと、幸運にも治恩の『ソログルキャン』イベントの参加権を取得したらしく、当日に向けての準備に余念がない。

聞いたところによると、先週末にはひとりでデイキャンプにでかけたそうだ。本人曰く、グループではないソロキャンプは難しいけれど日帰りならなんとかなる、治恩くんのイベントまでにもっともっと火やギアの扱いに慣れておきたかった、とのことだった。

そういえば花恵は、近頃ずいぶん仕事の段取りがよくなった。おそらく、なんでも自分で、しかもいくつもの作業を同時にこなさなければならないソロキャンプの効果だろう。たまに失敗もするけれど、それは今までのような尻拭《しりぬぐ》いが大変なものではなく、誰もがやりかねない、笑って済ませられるレベルとなり、千晶の負担は一気に減った。

今後商品開発部に新入社員が配属されることがあれば、花恵は立派に『教育係』を務められるだろう。

――なんか最近、いいことばっかりだ。これなら試食会もうまくいきそう！

現在試食会は三連勝中、この分ならまだまだ伸びそうだ。キャンプのおかげで人生がいいループに入っていることを実感しながら、千晶は出口に向かう比嘉に続いた。

ソロキャン！　2　　朝日文庫

2023年7月30日　第1刷発行

著　　者　秋《あき》川《かわ》滝《たき》美《み》

発 行 者　宇都宮健太朗
発 行 所　朝日新聞出版
〒104-8011　東京都中央区築地5-3-2
電話　03-5541-8832（編集）
03-5540-7793（販売）

印刷製本　大日本印刷株式会社

Published in Japan by Asahi Shimbun Publications Inc.
定価はカバーに表示してあります

ISBN978-4-02-265109-9

秋川 滝美
ソロキャン!
子供の頃よく行ったキャンプ。千晶はストレス解消と癒しを求めて久々に始めることにした。絶品料理と一人時間を存分に楽しむソロキャンプ小説。

伊坂 幸太郎
ガソリン生活
望月兄弟の前に現れた女優と強面の芸能記者!? 次々に謎が降りかかる、仲良し一家の冒険譚! 愛すべき長編ミステリー。《解説・津村記久子》

伊東 潤
江戸を造った男
海運航路整備、治水、灌漑、鉱山採掘……江戸の都市計画・日本大改造の総指揮者、河村瑞賢の波瀾万丈の生涯を描く長編時代小説。《解説・飯田泰之》

今村 夏子
星の子
《野間文芸新人賞受賞作》
病弱だったちひろを救いたい一心で、両親は「あやしい宗教」にのめり込み、少しずつ家族のかたちを歪めていく……。《巻末対談・小川洋子》

宇江佐 真理
うめ婆《ばあ》行状記
北町奉行同心の夫を亡くしたうめ。念願の独り暮らしを始めるが、隠し子騒動に巻き込まれてひと肌脱ぐことにするが。《解説・諸田玲子、末國善己》

江國 香織
いつか記憶からこぼれおちるとしても
私たちは、いつまでも「あのころ」のままだ——。少女と大人のあわいで揺れる一七歳の孤独と幸福を鮮やかに描く。《解説・石井睦美》

中山　七里
闘う君の唄を
新任幼稚園教諭の喜多嶋凛は自らの理想を貫き、周囲から認められていくのだが……。どんでん返しの帝王が贈る驚愕のミステリ。《解説・大矢博子》

葉室　麟
柚子《ゆず》の花咲く
少年時代の恩師が殺された事実を知った筒井恭平は、真相を突き止めるため命懸けで敵藩に潜入する――。感動の長編時代小説。《解説・江上　剛》

畠中　恵
明治・妖《あやかし》モダン
巡査の滝と原田は一瞬で成長する少女や妖出現の噂など不思議な事件に奔走する。ドキドキ時々ヒヤリの痛快妖怪ファンタジー。《解説・杉江松恋》

細谷正充・編／宇江佐真理／北原亞以子／杉本苑子／半村良／平岩弓枝／山本一力／山本周五郎・著
情に泣く
朝日文庫時代小説アンソロジー　人情・市井編
失踪した若君を探すため物乞いに堕ちた老藩士、家族に虐げられ娼家で金を毟られる旗本の四男坊など、名手による珠玉の物語。《解説・細谷正充》

村田　沙耶香
しろいろの街の、その骨の体温の
《三島由紀夫賞受賞作》
クラスでは目立たない存在の、小学四年と中学二年の結佳を通して、女の子が少女へと変化する時間を丹念に描く、静かな衝撃作。《解説・西加奈子》

湊　かなえ
物語のおわり
悩みを抱えた者たちが北海道へひとり旅をする。道中に手渡されたのは結末の書かれていない小説だった。本当の結末とは――。《解説・藤村忠寿》

山本　一力
たすけ鍼《ばり》

深川に住む染谷《せんこく》は〝ツボ師〟の異名をとる名鍼灸師。病を癒やし、心を救い、人助けや世直しに奔走する日々を描く長編時代小説。《解説・重金敦之》

森見　登美彦
聖なる怠け者の冒険
《京都本大賞受賞作》

宵山で賑やかな京都を舞台に、全く動かない主人公・小和田君の果てしなく長い冒険が始まる。著者による文庫版あとがき付き。

横山　秀夫
震度0《ゼロ》

阪神大震災の朝、県警幹部の一人が姿を消した。失踪を巡り人々の思惑が複雑に交錯する。組織の本質を鋭くえぐる長編警察小説。

柚木　麻子
嘆きの美女

見た目も性格も「ブス」、ネットに悪口ばかり書き連ねる耶居子は、あるきっかけで美人たちと同居するハメに……。《解説・黒沢かずこ（森三中）》

綿矢　りさ
私をくいとめて

黒田みつ子、もうすぐ三三歳。「おひとりさま」生活を満喫していたが、あの人が現れ、なぜか気持ちが揺らいでしまう。《解説・金原ひとみ》

宇佐美　まこと
夜の声を聴く

引きこもりの隆太が誘われたのは、一一年前の一家殺人事件に端を発する悲哀渦巻く世界だった！平穏な日常が揺らぐ衝撃の書き下ろしミステリー。

ドナルド・キーン著／金関　寿夫訳

このひとすじにつながりて

私の日本研究の道

京での生活に雅を感じ、三島由紀夫ら文豪と交流した若き日の記憶。米軍通訳士官から日本研究者に至るまでの自叙伝決定版。《解説・キーン誠己》

佐野　洋子

役にたたない日々

料理、麻雀、韓流ドラマ。老い、病、余命告知――。淡々かつ豪快な日々を綴った超痛快エッセイ。人生を巡る名言づくし！《解説・酒井順子》

深代　惇郎

深代惇郎の天声人語

七〇年代に朝日新聞一面のコラム「天声人語」を担当、読む者を魅了しながら急逝した名記者の天声人語ベスト版が新装で復活。《解説・辰濃和男》

本多　勝一

〈新版〉日本語の作文技術

世代を超えて売れ続けている作文技術の金字塔が、三三年ぶりに文字を大きくした〈新版〉に。わかりやすい日本語を書くために必携の書。

群　ようこ

ゆるい生活

ある日突然めまいに襲われ、訪れた漢方薬局。お菓子禁止、体を冷やさない、趣味は一日ひとつなど、約六年にわたる漢方生活を綴った実録エッセイ。

山里　亮太

天才はあきらめた

「自分は天才じゃない」。そう悟った日から地獄のような努力がはじまった。どんな負の感情もガソリンにする、芸人の魂の記録。《解説・若林正恭》